范楟与他的《海康集》

张应斌 著

暨南大學出版社
JINAN UNIVERSITY PRESS

中国·广州

图书在版编目（CIP）数据

范梈与他的《海康集》/张应斌著．—广州：暨南大学出版社，2014.12
ISBN 978－7－5668－1156－1

Ⅰ．①范…　Ⅱ．①张…　Ⅲ．①古典诗歌—诗歌研究—中国—元代　②古典散文—古典文学研究—中国—元代　Ⅳ．①I206.2

中国版本图书馆 CIP 数据核字（2014）第 212717 号

出版发行：暨南大学出版社

地　址：中国广州暨南大学
电　话：总编室（8620）85221601
营销部（8620）85225284　85228291　85228292（邮购）
传　真：（8620）85221583（办公室）　85223774（营销部）
邮　编：510630
网　址：http：//www.jnupress.com　http：//press.jnu.edu.cn

排　版：广州市天河星辰文化发展部照排中心
印　刷：佛山市浩文彩色印刷有限公司

开　本：787mm×960mm　1/16
印　张：14.75
字　数：265 千
版　次：2014 年 12 月第 1 版
印　次：2014 年 12 月第 1 次

定　价：38.00 元

（暨大版图书如有印装质量问题，请与出版社总编室联系调换

序

张应斌教授的新著《范梈与他的〈海康集〉》即将出版，我十分高兴。他特别叮嘱我，在前面写几句话。

本不欲应承，因为我才疏学浅，故从未斗胆为他人作序；何况文史专家应斌兄学富五车，我哪敢不自量力地“赐序”呢？但是，为了纪念我们的特殊缘分，为了纪念我们三十余年的友情，我又欲罢而不能。

在茫茫人海中，我与应斌兄特别有缘。首先，我们是同乡，均出生在湖北省西南部的利川土家族地区。其次，我们是“同年”，1977 年恢复高考时我们一起洗脚上田，进入大学。再次，我们两度成为同事：先是在湖北民族学院中文系同事十二年；尔后我们天各一方，再相会于湛江师范学院人文学院同事十二年，直到今天。更为重要的是，他性情直爽，这一点我们也非常相似。因此，多年来我们一直在人格上彼此欣赏，学问上共同切磋，人生上相互扶助，友情历经三十余载而始终不渝。莎士比亚在《安东尼与克莉奥佩特拉》中说，深厚的友情是“思想所不能形容、言语所不能详尽、计数所不能衡量、文士所不能抒发、诗人所不能讴吟”的。人生不过百年，生命何其短暂，人海何其茫茫，但是我们竟能如此，难道不是特殊的缘分和人生之大幸么？为此，我又怎能拒绝呢？

既是老友，自不便相互吹嘘，但我又不能不说上几句。《范梈与他的〈海康集〉》，是应斌兄退休后在新的领域中撰写的第一部专著。他的专业本是中国古代文学，著述甚多，其中《中国文学的起源》已纳入台湾的国学基本丛书。但他在花甲之年仍宝刀未老，又转入雷州地方文化研究的新领域，而且在一年内完成了这部力作。它所体现的生命不息、研究不止的人生精神，令人感佩。

《海康集》是元诗四大家之一的范梈在海北海南道肃政廉访司的首府雷州任照磨期间的诗集，但它在明代已散佚。应斌兄在文献典籍中游弋时发现了它，并披沙拣金地寻觅和辨识，终于把它们一一地钩稽出来，并作了很好的梳理分析，使《海康集》几百年后得以重现“江湖”。2014 年春节期间，我一口气通读了全稿，深感《海康集》这颗南海之珠的可贵，更感应斌兄在沧海之中发现它的艰辛。这部著作具有原创性、开拓性，为北部湾地区和雷州半岛的历史与文化研究提供了新的历史和文学资料，打开了新的学术视野。它所体现的博览群书、目尽今古的学术精神，也令人景仰。

在湛江师范学院的日子里，我们几度合作开展学科建设和学术课题研究，本书即是我主持的广东省特色重点学科——汉语言文字学学科建设的重要成果之一。

为了我们的缘分和情谊，为了本书所体现的人生精神和学术精神，我冒昧写下以上文字。不知应斌兄以为然否？

朱　城

甲午年正月初五于湛江

自序：失落的诗集

在元代，岭南地区分为广、桂、雷三道，海北海南道的首府就在雷州路海康县。元《宛陵群英集》卷六载元汪泽民《送海北宪使》：“海康隆宪府，曹掾简清忠。问俗通黎语，忧民卜飓风。辟书催棹发，行李任囊空。勿惮南程远，升台计日功。”海康成为海北海南道的首府后，揭开了雷州在岭南甚至中国历史上极为重要的一页。

元代岭南三道虽有不少诗歌和散文保存下来，但罕有岭南文学的专集。这是因为，一些任职岭南的官员虽有诗集传世，但其中未必有多少笔墨描写岭南的地理和人文。如元海北广东道肃政廉访使周伯琦著有《近光集》三卷，海北广东道宣慰使司都元帅府照磨王礼著有《麟原文集》二十四卷，但它们在内容上均与岭南文学没有多大的关系。元海北海南道肃政廉访副使郑潜著有《樗庵类稿》二卷，其《次韵答乌孙员外延平见寄》写到雷州：“王师百万控荆蛮，颇牧萧曹济世艰。一代中兴全治乱，十年薄宦半幽闲。未观海北雷阳俗，且看江南雨后山。羡子泠风增意气，剑光时复映酡颜。”但仅有“未观海北雷阳俗”一句，涉及地方文化。元刘鹗《惟实集》和元傅若金《傅与砺诗集》等集中，涉及广东和广西地方文化的内容要多一些，但仍不是岭南文学的专集。元代可称为岭南文学的专集有二，一是范梈的《海康集》，二是陈孚的《交州稿》。陈孚的《陈刚中诗集》第二卷即《交州稿》，它是陈孚在至元二十九年（1292）以翰林院国史院编修、礼部郎中、安南副使的身份随吏部尚书、安南正使梁曾出使安南（今越南）时，在往来的途中所作。《交州稿》虽有记行广西的诗歌，但是它的主题集中在交州（今越南）。故在元代岭南三道中，唯一可称为岭南文学专集的，只有范梈的《海康集》。

“海康城下白云飞”，范梈在《题燕山佥事彩绣堂》中的这句诗，可移以形容他的《海康集》。《海康集》是以海北海南道的首府所在地“海康”（今雷州市）来命名的诗集，它是海康城中一朵飘逸而美丽的白云，是雷州半岛古代文明中最灿烂的精神之花。它原称《海康稿》，最早被记载在元代大文人吴澄的《故承务郎湖南岭北道肃政廉访司经历范亨父墓志铭》（以下简称《范亨父墓志铭》)，其中写道："范之诗文，有《燕然稿》、《东方稿》、《海康稿》、《豫章稿》、《侯官稿》、《江夏稿》、《百丈稿》，总十二卷。"范梈所著诗集七本中，第三本就是《海康稿》。《范亨父墓志铭》作于元至顺二年（1331），即范梈去世的次年，是可信的。明代刘嵩还不止一次读过《海康稿》，在元刊本《范德机集》中，有大量雷州和海北海南道题材的诗歌，当选自《海康集》。范梈著有《海康集》，是确定无疑的。

但是，《海康集》在明代已散佚，清代《四库提要》已不提及。《四库全书总目》卷一百六十七："（范梈）所著有《燕然稿》、《东方稿》、《豫章稿》、《侯官稿》、《江夏稿》、《百丈稿》，凡十二卷。"所说的范梈六本诗集、十二卷中，独缺《海康稿》。因此，范梈在海北海南道八年，其间所著的《海康集》，便湮没在历史的长河中。

它之所以被湮没，是因为从未印刷出版过。范梈传世的诗歌主要有两种：一是元代刊印的七卷本《范德机集》，一是明代刊印的九卷本《范文白诗集》。二书均打破范梈原著各诗集的界限，依体裁分类选诗，而非范梈的原著；而原著后来又飘零散佚，故《海康集》在世间黯然消失。

但《海康集》对于中国文学和中国历史却有着重要意义。14 世纪，在西方是文艺复兴的世纪，在中国却是"武艺复兴"的世纪。海北海南道是在这一特殊历史时期出现且仅出现过一次的南海之滨的行政区。当时，越南已从岭南独立出去，岭南余下的地区分为广、桂、雷三道。其中，"雷"道即海北海南道，它是个充满海洋气息的新的政区名词，即指以南海与北部湾结合部的雷州为中心而建立的一个跨海性的政区，是成吉思汗式的世界视野下中国新的海洋意识在行政建构上的体现。海北海南道意味着：站在中国大陆的"南极"雷州，进可以开发"海南"的南海海洋，退可以守卫"海北"的中国南海和北部湾海疆。元代的海北海南道曾经凝聚着怎样的"武艺"意识和国际新思维，今天已没人能全知了。尽管如此，仍可以寻绎"海北海南道"的基本旨趣：海北海南道对于元代中国南海的军事、政治和国际交流具有重要的意义。《海康集》便是海北海南道时期诞生的诗集，也是历史上第一部以雷州地名命名的诗集。但是，这部重要的诗集却随着海北海南道的消失而灰飞烟灭，这对于中国南海跨海性政区的文学和历史研究、中国南海的海疆史研究，不能说不是一个巨大的遗憾！

为了弥补这个历史遗憾，近几年来，本人着手搜辑《海康集》。本书以元刊本《范德机集》和明刊本《范文白诗集》为基础，结合《元文类》、《元诗选》、《御选元诗》等元诗的选本，钩稽出范梈在元代海北海南道的雷州、化州、廉州等海北五路和海南四军以及在岭南其他地方的诗歌，并从时间、地点、题材特征上加以辨识、考论、确认和阐释，以期恢复范梈《海康集》的大致面貌。

在封建社会，掌握物质资源的官僚的地位是最高的，而职位不高的官吏在历史中便没有什么地位，故万历《雷州府志》中并没有《范梈传》。今天雷州的文史研究者所提到的范梈的诗歌，多为《登沓磊驿楼自此渡海》一首。笔者辑得范梈在海北海南道的诗歌80余题、100余首，以及散文5篇。能有这样丰厚的收获，笔者也是大喜过望：难道范梈的《海康集》真能重现江湖？这本失落的诗集，这颗南海的遗珠，是范梈从元仁宗延祐元年至元英宗至治二年（1314—1322）八年间所作的诗歌，现存篇幅约三卷。这不仅是对《海康集》力所能及的还原，也为中国南海和北部湾地区最后一个跨海性政区的文学与历史研究，提供了一个基础性的研究文本。

其实，“还原”谈何容易？今距范先生在世已近七百年，所辑得的《海康集》逸文难免残编散简。但是，所得十居七八，这已可告慰范德机先生和海北海南道的先贤了。

因能力有限，笔者在《海康集》的“还原”中，难免有未“还”者和误“还”者，还望方家补充和指正。

张应斌

二〇一三年十二月

于湛江燕岭阁望海楼

目录

第一章　范梈的著作与《海康集》

范梈（1272—1330），字亨父，一字德机，人称文白先生，元代江西行省临江路清江县（今江西樟树市）人。《元史·范梈传》："范梈，字亨父，一字德机，清江人。家贫，早孤，母熊氏守志不他适，长而教之。"范梈的人生比较凄苦，他出身贫寒，而且幼年丧父，赖寡母守志不嫁，亲自把他抚养和教育成人。他生于元朝，当时朝廷已废除科举，他以算命先生的身份卖卜京师，以谋取进身，其穷愁潦倒可见一斑。幸运的是，喜爱贤才的董士选发现了他，让他以家庭教师的身份暂时在董家栖身，后推荐他为左卫尉教授，继而任翰林院编修，他才走上了仕途。但时运不济，遭逢官员贬职风潮，他改任为海北海南道肃政廉访司照磨，在雷州沉沦于九品的下僚长达八年，后任福建闽海道廉访司知事、经历等职。他一生官位不高，最高的经历一职也仅从七品，致使他一家十口时常无米下锅。妻子易氏早卒，他本人身有痔病，长期体弱多病，使他五十八九岁便早早地离开人世。他去世时，长子范继文（小名山寿）才七岁，次子四岁。他的好友虞集《题元范梈范德机诗集后》叹道："遗稿飘零存梗概，孤儿瘦弱赖高情。"①他逝世后，遗孤挣扎在死亡线上，遗稿无人整理保护，以致飘零散佚。面对此情此景，老友忍不住为他的不幸遭遇而潸然泪下。

但是，范梈却是元代一位颇有建树的儒士。他一生以"每饭不忘君"的杜甫为楷模，在黑暗的时代里始终坚守道义，为官正直，施惠于民，赢得人民的好评。在文学上，他诗歌散文兼擅，尤长于古体诗，自出机杼，开创有元一代诗风。诗歌上，他与虞集、杨载、揭傒斯一起，被誉为"元诗四大家"，著作传世的有《范德机诗集》、《范文白诗集》等。书法上，有《北斗道经》等作品，成为一代大家。

---

① （元）虞集．道园学古录·卷二十九．四部备要．上海：中华书局，1912.

一、范德机与元诗四大家

范梈在元代诗歌史上的地位很高。他虽然生在“九儒十丐”的时代，但是在文学上却坚持雅正诗风，拒绝勾栏瓦舍习气，成为元诗四大家之一。

元诗四大家的形成有个酝酿过程。在元代诗歌的代表者里，有推许范梈的。揭傒斯《傅与砺诗集序》：“自至元建极，大德承化，天下文士乘兴运，迪往哲，稍知复古。至于诗，去故常，绝模拟，高风远韵，纯而不杂，朔南所共推而无异论者，盖得江西范德机焉。”① 诗序作于元统三年（1335）七月，此时范梈已去世五年，揭傒斯的陈述应当被当时社会所公认。明李东阳《镜川先生诗集序》：“元之盛时，称范德机善作，刘会孟善评。”② 明练子宁《中丞集》卷上《黄体方诗序》：“元初，惟清江范德机，清修之节，超卓之见，发而为文，以鸣其一代之盛。亦往往有能蹈其轨辙者。盖非特其祖述之工，由其本诸中者，有以异于人也。”文章所谓“蹈其轨辙”，是在“李太白神仙之流”的语境下，认为元代范德机的诗歌有李白之风，因此成为“一代之盛”。这些评论说明在元、明之时，他曾被推为元代文学的主要代表。

元代文学的代表也有推举二人的，如“南州双璧”说。《元明事类钞》卷二十一：“柳贯诗：‘南州双璧范与虞，君当赋诗倾明珠。’按：此谓范梈、虞集。”这里，以范梈与虞集并驾齐驱，作为元代文学标志。柳贯的原诗为《为蒋英仲作颜辉画〈青山夜行图〉歌》，诗云：“心融意定不少假，收揽奇怪一笔模。蒋君闲朝携过予，墨色照几晴光铺。老颜未老为此图，柳子歌罢三呜呼。南州双璧范与虞，君当赋诗倾明珠。”③ 柳贯（1270—1342），字道传，元代婺州浦江（今江西兰溪市横溪）人，受学于金履祥，博学多通，名列儒林四杰。柳与范为同时人，诗歌主题歌咏颜辉的画——《青山夜行图》的“奇怪一笔”，以及当事人蒋英。但诗歌笔锋一转，转到当时诗坛的泰斗——范梈与虞集：希望你的画能得到他们倾以“明珠”般的赋诗相助，这就能为你的画增价。其时，范梈与虞集并不在场，诗人叙述的是当时的社会舆论和风尚：他们作为当代文坛的巨星，享有

---

① （元）傅若金．傅与砺诗集·卷首．上海：上海古籍出版社，1986.

② （明）李东阳．怀麓堂集·卷二十八．上海：上海古籍出版社，1986.

③ （元）柳贯．待制集·卷三．上海：上海古籍出版社，1987.

至高无上的声誉，因而他们的诗歌被世人高山仰止。在这里，范梈与虞集被视为元代文坛的双子星，他们两人都是文坛的统帅。

元代文学的代表也有多家并举的。元杨维祯《剡韶诗序》："我元之诗，虞为宗，赵、范、杨、马、陈、揭副之，继者叠出而未止。"①所举七家中，虞指虞集，赵指赵孟頫，范指范梈，杨指杨载，揭指揭傒斯，其他还有马祖常等。明章懋《新刊杨铁崖咏史古乐府序》："昔者元氏之有天下也，收南宋之遗才，而迪简在王廷，风教稍振。故文章一脉，代有作者，未尝绝响。若虞伯生、范德机、杨仲弘、揭曼硕、欧阳原功、马伯庸、萨天锡暨吾乡黄晋卿、柳道传诸人，各以其诗文鸣，莫不涵淳茹和，出入汉唐，郁乎彬彬，何其盛也。"所举九家，虞、范、杨、揭居首。明王世贞亦主多家之说，其《艺苑卮言》："元诗人，元右丞好问、赵承旨孟頫、姚学士燧、刘学士因、马中丞祖常、范应奉德机、杨员外仲弘、虞学士集、揭应奉傒斯、张句曲雨、杨提举廉夫而已。"②

但经过历史的选择，元诗四大家之说最终形成。其实在多家代表说中，已经包含虞、范、杨、揭四人，这离四大家之说并不遥远。在此基础上，四家说便顺理成章地产生了。揭傒斯《范先生诗序》："（范梈）与浦城杨载仲弘、蜀郡虞集伯生齐名，而余亦与之游。"③这也隐含了四家说。在揭序中，还说到虞集的评论："杨仲弘诗如百战健儿，范德机诗如唐临晋帖，揭傒斯诗如三日新妇"，虞集自评己诗为汉廷老吏。这些语境的背后，便是社会公认的元诗四大家说。

元诗四大家之说的典型表述，出自陶宗仪。清姚之骃《元明事类钞》卷二十二："《辍耕录》：国家诗称虞、杨、范、揭。"陶宗仪《南村辍耕录》成于元末，此时"元诗四大家"之说已成定论。《新元史·杨载传》："故元一代之诗，称虞、杨、范、揭云。"四大家的另一种表述，是"元诗四杰"。明熊逵《清江诗法序》："范先生以诗鸣世，其时与蜀郡虞伯生，浦城杨仲弘，丰城揭曼硕四先生者，在元号四杰焉。"④四大家与四杰，只是用词有别。明毛晋编选了《元四家诗》，其中收《虞集诗》八卷、《杨载诗》八卷、《范梈诗》七卷、《揭傒斯诗》三卷。《四库提要》说："明毛晋编《元四家诗》二十六卷……乃晋以意摘抄，非其完本，且四家各有专集，亦无庸此合编也。"对毛晋《元四家诗》不以

---

① （元）杨维祯．东维子集·卷七．上海：上海古籍出版社，1987.
② （明）王世贞．艺苑卮言·卷四．南京：凤凰出版社，2009.
③ （元）揭傒斯．揭傒斯全集·卷三．上海：上海古籍出版社，1985.
④ 张健．元代诗法校考．北京：北京大学出版社，2001. 465～466.

为然。其实，《四库提要》并不明白毛晋编《元四家诗》的深意：《元四家诗》以刊本的形式将陶宗仪四家诗之说确定下来，并传之天下，使“元诗四大家”成为一个客观的存在。毛晋对于元诗四大家之说的确立，其功不亚于陶宗仪。

平心而论，一个人的黄金时代为30年，这便是古人以30年为一代的内在根据。因此，元代90年的文学，实际上就是三代人的文学。第一个30年即第一代人时，天下初定，文学正在起步，虽然也有如姚燧被称为文章大家者，但是难以代表整个元代。第三个30年即第三代人时，天下动乱正在酝酿，元代已难掩亡国颓势，文学也不能成为时代的代表。第二个30年即第二代人时，也即延祐、天历之间，文学达到鼎盛阶段，故它成为元代文学的当然代表。而在延祐、天历时期的文坛中，虞、杨、范、揭是其中的佼佼者，故“元诗四大家”之说，具有客观性和合理性，故逐步被后人接受。今《中国文学史》：“元诗四大家，是指虞集、杨载、范梈、揭傒斯四人。他们都是当时的馆阁文臣，因长于写朝廷典册和达官贵人的碑版而享有盛名。他们的诗歌典型地体现出当时流行的文学观念和风尚，所以备受时人称誉。”① 其说并非没有瑕疵，例如杨载和范梈的官位便不高，而且二人并无碑版文传世。在论述四人的论据中，这二人的论据悬空，其说的科学性便大打折扣。但是，元诗四大家备受时人的称誉，这却是正确的。

当然，对“元诗四大家”之说并非没有异议。明宋濂《待制集后记》：“国子监丞、莆田陈公旅尝评之曰：‘柳公之文，庞蔚隆凝，如泰山之云层，铺叠涌沓，莫穷其端倪。天历以来，海内之所宗者，惟雍虞公伯生、豫章揭公曼硕、乌伤黄公晋卿及公，四人而已。’识者以为名言。呜呼，先生之于文，可谓至矣。”②《待制集》，即他的老师柳贯的文集。宋濂等撰《元史》卷一百八十一《柳贯传》，更称柳贯、黄溍、虞集、揭傒斯为“儒林四杰”，而不及范。当然，“元诗四大家”与“儒林四杰”并不是同一个概念，但也有一定联系。这在当时有一定的代表性，程钜夫曾对柳贯说：“天下文章，今属子矣。”但是不要忘了，宋濂是柳贯、黄溍的弟子，其《待制集后记》即署“门人金华宋濂谨记”。门人宋濂对老师柳贯的赞誉还表现在《柳贯赞》、《元故翰林待制承务郎兼国史院编修官柳先生行状》、《元故翰林待制柳先生谥文肃议》等文中。学生私爱之语，不能视为历史定论。清沈钧德《元诗别裁集序》说：“至如赵（孟頫）、虞

---

① 袁行霈．中国文学史·第三册．北京：高等教育出版社，1999. 372 ~ 373.
② （元）柳贯．待制集外编附录．上海：上海古籍出版社，1986.

(集)、杨（载）、范（梈），皆卓然成家，为正宗。”① 而不及揭傒斯。元陶宗仪说：“国朝之诗，称虞、赵、杨、范、揭焉。”② 清顾嗣立《寒厅诗话》云：“延祐、天历之间，风气日开，赫然鸣其治平者，有虞、杨、范、揭；又称范、虞、赵、杨、揭。一以唐为宗，而趋于雅，推一代之极盛。时又称虞、揭、马（祖常)、宋（本聚)。”顾嗣立一下就提到“元四家”的两种不同的说法，五家说则在范、虞、杨、揭中加上赵孟頫。但是一般而言，比较一致的说法是虞、杨、范、揭，即“元诗四大家”。清宋荦《漫堂说诗》：“元初袭金源派，以好问为大宗，其后则称虞、杨、范、揭。”另外，还有在四家中又分出高下优劣的。如清沈德潜《说诗晬语》卷下：“虞、杨、范、揭，四家诗品相敌，中又以汉廷老吏（伯生自评其诗语）为最。”清翁方纲《石洲诗话》卷五说：“总之，杨、范、揭三家，不应与虞齐名。其所以齐名者，或以袁伯常、马伯庸辈，才笔太纵，转不若此三人之矜持格调者，谓可以绍古乎？然以格调论之，范稍雅饬，揭稍有致，杨则平平，皆非可语于道园之‘学古’也。”沈德潜和翁方纲均推尊虞集为最，不无道理。范梈《怀京城诸公书崖州驿四首》之四即称赞虞集为：“妙为文字吾雄甲，精切于今孰与俦。”这是范梈时代推虞集为“吾雄甲”的最早记载。翁方纲虽有上说，但他也承认，“元诗四大家”说的产生自有其原因。其实，中国文学史上诸如“四大家”、“四杰”、“四士”、“八大家”等说，无不有可议之处者。但是，它们又是社会约定俗成的结果，自有其历史的必然性。后人没有必要锱铢必较，一定要在四人中分出个雌雄来。

学界对范梈的研究是比较少的。自 1980 年以来，有关范梈研究的论文主要有：刘厚章与涂文安的《范梈不是恩施人》[《鄂西大学学报》，1986（1)] 及《元代诗人马祖常和范梈的籍贯——新版〈辞海〉两条注释辨误》[《中国文学研究》，1986（2)]、肖永凤《范梈诗歌的艺术特色》[《六盘水师范高等专科学校学报》，2002（3)]、利煌《浅谈元代诗人范梈的道教情结》[《萍乡高等专科学校学报》，2010（4)]、余珊珊《〈木天禁语〉考辨》[《河北北方学院学报》，2009（5)] 等少数几篇，且都停留在研究起步阶段。

在范梈工作过的雷州地区，对范梈的研究也十分稀少。黄振强的《历代名人

① （清）张景星，姚培谦，王永祺．元诗别裁集·卷首．上海：上海古籍出版社，1979.
② （元）陶宗仪．南村辍耕录·卷四．北京：中华书局，1959.

与雷州半岛》①、《徐闻文史》第二十辑《诗词楹联选》等，选了范梈的《登沓磊驿楼自此渡海》等诗，注意到范梈留下的诗歌。此外，鲜有述及范梈与雷州者。

范梈不仅在雷州任职海北海南道肃政廉访司照磨，而且还著有诗集《海康集》。《海康集》是雷州历史上第一本以雷州地名命名的诗集，这部诗集对研究雷州的历史和文化，提供了十分宝贵的文献资料。

二、范德机的著作

明宋濂等撰《元史》和民国柯劭闵等撰《新元史》的最大缺点，是没有《艺文志》。其主要原因，是元朝对文籍的轻视，造成《艺文志》的编写缺乏史料基础。元朝在天历二年（1329）才设立艺文监，其时元朝的国运已过大半。艺文监地位不高，秩从三品，隶属于奎章阁学士院。此外，朝廷对艺文监极不重视，至正六年（1346），大臣们还在为是否废除奎章阁学士院和艺文监而争论，文化典籍在元朝生存的艰难便可想而知了。《元史》卷一百四十三载当时大臣们针对废除奎章阁学士院和艺文监的意见："民有千金之产，犹设家塾，延馆客。岂有堂堂天朝，富有四海，一学房乃不能容耶?"元朝不能容学房，表现出它对待文化典籍的态度甚是恶劣。艺文监的主要职责，是翻译蒙古语著作和校勘汉语儒书，主管者艺文监丞的职责即参检校阅书籍，其狭隘可见一斑，但它还不时受到不容许其存在的威胁。因而，元朝并没有留下可以给后人编《艺文志》的资料。清钱大昕有《补元史艺文志》，其《序》云："元起朔漠，未遑文事。太宗八年（1236），始用耶律楚材言，立经籍所于平阳（今山西临汾）编集经史……至正，儒臣撰《秘书监志》，仅纪先后，送库若干部、若干册，而不列书名。明初修史，又不列《艺文》之科，遂使石渠、东观所储，漫无稽考。"②《元史》无《艺文志》，是元代文化恶劣的生存环境和野蛮的文化政策的必然结果。

与此相联系，虽然范梈名列元诗四大家，但原著却没有保存下来。今存的范梈著作主要是诗歌选本，《四库提要》："《范德机诗》七卷，元范梈撰。梈字亨父，一字德机，清江人。以荐为左卫教授，迁翰林院编修官。出为岭海廉访使照

---

① 黄振强．历代名人与雷州半岛．广州：广东旅游出版社，1992. 52～55.

② （清）钱大昕．补元史艺文志．广州：广雅书局，1920.

磨，历转江西、湖东。后选充翰林应奉。又改闽海道知事，移疾归。天历二年（1329）授湖南岭北道廉访使经历，以母老未赴。明年母丧，竟以毁卒……此本七卷，不知何人所并。”[①]　《四库提要》卷一百七十四《别集存目一》又说：“《范文白诗集》六卷，元范梈撰。梈诗别有七卷之本，题《范德机集》者，乃临川葛邕所编，刊于闽中，已著录。是集为明杨翚所选，所取才十之六，其删汰亦不尽当。”上述两种选本均存世，但是，其原著《范梈全集》却永远消失了。

《范德机集》的编选，《四库提要》前说“不知何人所并”，但后作了补充：“乃临川葛邕所编。”葛邕，字仲穆，元人。他编定《范德机集》后，经过了儒学学正孙存吾（字如山）的校订。明叶盛载：“《范诗》，书坊本，七卷。”[②]《范德机集》七卷，为临川葛邕为书坊刻书而选，时在元后至元六年（1340），即诗人去世后的第十年，由孙存吾私塾附设的书坊益友书堂刊行。清叶德辉《书林清话》之“元私宅家塾刻书”条云：“孙存吾如山家塾益友书堂，至元庚辰（六年，1340）刻《范德机诗集》七卷，见《瞿目》、《丁志》、《陆志》。《云目录》后有‘至元庚辰良月益友书堂新刊’木记，又有‘儒学学正孙存吾如山校刊’墨图记。”[③] 21年后，孙存吾刻本已传到日本，有了日本延文辛丑（元至正二十一年，1361）刊本[④]。《范文白诗集》今存九卷本，比《四库提要》多出续选的三卷，今题名为：明杨翚《选校范文白公诗集六卷续选三卷》。另外，清康熙年间，金侃综合《范德机集》和《范文白诗集》两个选本，编成十卷本的《范德机诗集》。

范梈的著作，清钱大昕《补元史艺文志》卷四著录《范梈诗》七卷，而无《范文白诗集》。清黄虞稷《千顷堂书目》卷三十一著录：范梈《诗林要语》一卷、《诗学禁脔》一卷、《木天禁语》三卷；《千顷堂书目》卷三十二著录：范梈《批选李太白诗》四卷、《批选杜子美诗》六卷。后两种，在《补元史艺文志》卷四作《批选杜工部诗》六卷、《批选李翰林诗》四卷。这两部书声誉很高，明杨士奇《李诗》云：“盖世之选李杜者，范德机为精。”[⑤]

范梈的《木天禁语》和《诗学禁脔》被疑为伪托，理由是芜杂不伦。其实，

---

① （清）永瑢等．四库全书总目提要·卷一百六十七．北京：中华书局，1981.

② （明）叶盛．水东日记·卷三十八．北京：中华书局，1980.

③ （清）叶德辉．书林清话·卷四．北京：中华书局，1957.

④ 黄仁生．日本现藏稀见元明文集考证与提要．长沙：岳麓书社，2004.

⑤ （明）杨士奇．东里诗续集·卷十九．上海：上海古籍出版社，1986.

它由范梈的门人辑录，虽有伪书之讥，其内容也并非全伪。

门人辑录的范梈诗学著作，并不止于《木天禁语》，还有《诗法源流》、《说文要指》等。《诗法源流》又名《诗法正论》、《诗源至论》、《诗评》等，为范梈学生傅与砺述范德机意。它付梓的时间很早，已见于日本延文四年（1359）五山刊版，说明离范梈去世不到30年，书已传到海外。另外，还有《吟法玄微》，题为范德机门人集录，已见于明嘉靖间熊逵所编《清江诗法》第三卷。范梈还有《说文要指》，为范梈门人辑录。此书共三卷：卷一《说文》、卷二《说字》、卷三《说诗》。前两卷亡佚，唯存第三卷，今作《说诗要指》。《说诗要指》为明熊逵友人杨翚得之手抄，它分两个部分：第一部分为《吟法玄微》，其内容大体与《诗法正论》相同；第二部分为《总论》。熊逵将它与《木天禁语》、《诗学禁脔》同刻，题为“清江诗法”，刻印行世。范梈还有《诗家一指》，又名《诗家指要》，题范德机撰①。这些著作更加芜杂，但是它们于元末或明初已经盛行，如果一概以“伪作”视之，恐怕太简单了。它们本是诗歌方法论的秘籍，在“禁语”的名义下，不公开地在范梈的弟子中辗转流传。更重要的是，它们是范梈的弟子傅与砺以及再传弟子所辑的范梈对学生讲授写诗方法的讲义，自然与范梈原著和经典的诗学著作相距甚远。

范梈诗歌理论著作的真伪固然重要，但它的存在本身也说明，范梈的著作内容丰富，除了今存的诗歌外，还有丰富的散文和诗学著作。而他的诗学著作在元代已广泛流行，且东渡日本和朝鲜，对东亚的文学创作和理论产生了一定的影响。

三、范德机的《海康集》

范梈的诗歌，主要保存在《范德机集》和《范文白诗集》中。但这两本均是范梈诗歌的选集，那么范梈诗文的原著状况如何呢？

《四库提要》卷一百六十七在《范德机诗》的《提要》后说：“所著有《燕然稿》、《东方稿》、《豫章稿》、《侯官稿》、《江夏稿》、《百丈稿》，凡十二卷。”这里补充交代的六集、十二卷，当指范梈的原著。《四库全书简明目录》卷十七也说：“《范德机诗》七卷，元范梈撰。原本十二卷，分为六集。此本七卷，不知何人所并。”这里明确点明“原本”，即指原著。由于《四库提要》的地位，

① 张健．元代诗法校考．北京：北京大学出版社，2001.

范诗原著的“六集、十二卷”的说法，遂成为定论。如《黎族历史纪年辑要》附录《黎族研究参考资料简目》云：“《范德机诗集》，七卷，原本十二卷，分为六集，元范梈撰，四部丛刊集部，1919 年，据景元钞本影印本。”[①] 此说还见于中国科学院民族研究所广东少数民族社会历史调查组和中国科学院广东民族研究所编的《黎族古代历史资料》等。这些说法的源头，便是《四库提要》。

但是，六集、十二卷，仍然不是范梈诗歌原著的全部。除了上述六集之外，范梈还有《海康集》。

《海康集》未刊时名《海康稿》。范梈的《海康稿》见于钱大昕《补元史艺文志》。该书卷四著录“《范梈诗》七卷”后按：“吴草庐云：范之诗文有《燕然稿》、《东方稿》、《海康稿》、《豫章稿》、《侯官稿》、《江夏稿》、《百丈稿》，凡十二卷。”所谓“吴草庐”，指元代大儒吴澄，明叶盛《水东日记》卷三十八称其为“草庐先生”，范梈的学生危素著有《草庐年谱》二卷，均指吴澄。吴澄语见其《范亨父墓志铭》的结尾：

> 呜呼，亨父诚特立独行人也，而素之高义，亦薄俗所稀。范之诗文，有《燕然稿》、《东方稿》、《海康稿》、《豫章稿》、《侯官稿》、《江夏稿》、《百丈稿》，总十二卷。[②]

同样的记载还见于明隆庆《临江府志》卷十二《范梈传》：“梈精修苦学，砥砺名节，至治泰定以来，文章复古，梈力居多。草庐吴澄尝称其特立独行，有东汉诸君子风。工篆、隶、楷书，尤长于诗，时号虞、杨、范、揭。有《燕然》、《东方》、《海康》、《豫章》、《侯官》、《江夏》、《百丈》等稿，总十二卷。”另外，清顾嗣立编选《元诗选》初集卷二十九《范经历梈》之《序》，也与上同。

《海康稿》有作《海南稿》的。《钦定续通志》之《范梈传》：“按《清江县志》云：梈有《燕然》、《东方》、《海南》、《豫章》、《侯官》、《江夏》、《百丈》等稿，总十二卷，为时所重。”[③] 纵观史书，作《海南稿》的仅此一处，其余均

① 刘耀荃．黎族历史纪年辑要．广东民族研究所（内部资料），1982. 136.

② （元）吴澄．吴文正集·卷八十五．上海：上海古籍出版社，1986.

③ 钦定续通志·卷四百九十二．杭州：浙江古籍出版社，2000.

作《海康稿》。它既来自《清江县志》，当与明隆庆《临江府志》的来源相同。可见，《海南稿》当是《海康稿》之误；正如《东方稿》，在有的地方志中误作为《东方朔》一样。

在上述叙述中，范梈的原著均是七集、十二卷，独《四库提要》所涉的版本只有六集、十二卷。值得注意的是，范梈辞世在元至顺元年（1330），吴澄的《范亨父墓志铭》作于至顺二年，是《元史·范梈传》等传记资料的祖本，因此《范亨父墓志铭》的说法是完全可信的。《四库提要》的六本说，并非别有来历，而是在列举时有所省略。被《四库提要》省略的范梈诗集，正是在雷州时期的《海康集》。

值得注意的是，《海康稿》在明代犹存，刘崧还读过《海康稿》。刘崧《读范太史诗赋长歌一首以识感慕之私》："独怜生晚堕荒僻，每诵制作增涟洏。峨峨百丈遗灵阜，安得披榛荐卮豆。兹晨再读《海康稿》，玉立疏髯恍神觐。嗟哉老成今不存，筝笛满耳愁喧喧，百年气运有屯复，月落江南空断魂。"① "兹晨再读《海康稿》"，说明刘崧并不止一次读过《海康稿》，此集的存在不容置疑。

因此，范梈的诗集原著至少应有七本。

从范梈的这七本诗集来看，其诗集的命名多用地名，而且大多是他行踪所至的地方。燕然，本指燕然山，今蒙古人民共和国境内的杭爱山。东汉永元元年（89），车骑将军窦宪出塞大破北匈奴，登燕然山，刻石记功；但这里指燕山，亦即京城。宋宣和四年（1122）改燕京为燕山府，后燕山以指燕京，即今北京市。海康、豫章、侯官、江夏、百丈均是地名，多是范梈为官的地方，百丈则是他家后面的百丈山。因此可以确定：范梈写诗基本上是每官一集，所到之处均雁过留声。他在海康任照磨长达八年，那么在他的诗集中原有《海康稿》，是确定无疑的。

四、范德机的《东坊集》

范梈的诗集除了《海康稿》外，还有《东坊稿》（又称《东坊集》）。

袁桷《读范德机东坊稿》："范子东坊居，深巷蔽樛木。架上一帙书，墙东

① （明）刘崧．槎翁诗集·卷三．四库存目丛书．济南：齐鲁书社，1997.

数丛菊。”[①] 可见，东坊是范子的居所。东坊，本是董士选在京城东南的别墅，诗人在其家任教授和在翰林院任职时，均住在这里。虞集《题范德机为黄士一书一窗手卷》：“清江范德机氏，与予同生前壬申（宋度宗咸淳八年，1272）。三十后同游京师，先后客稿城董忠宣公（士选）之馆……德机清慎，为人所敬爱，盖无不得见焉，既有以极采其精蕴。董公子长房移居京城东南，园池在宅南，甚高洁。德机讲授，吟讽多暇。时官史馆，亦无大著述。德机于是时临池之工，无有及之者。”[②] 董公子长房移居京城东南，即东坊。范梈《范德机诗集》卷三有《移居东城》：“移居古城裔，桑竹似村墟。”东坊，即京城东南之坊。《东坊稿》，当是范梈任董家教授和在翰林院任职时住在东坊所著的诗集。

仅《东坊稿》的诗歌，就远远超过《四库提要》所载，多达二十卷。《江西通志》临江人物《范梈传》后按云：“范德机工篆、隶、楷书，尤长于诗，时称虞、杨、范、揭。所著《东坊集》二十卷，张伯雨题云：‘一编上有东坊字，惭愧诗中见大巫。’”[③] 这里，特别举出他的《东坊集》二十卷，可见《东坊集》的重要性。张伯雨的原诗名《题范德机编修东坊稿后》：

一编上有东坊字，惭愧诗中见大巫。直想瘦生如饭伙，竟从痒处得麻姑。

咸池水浅孤黄鹄，空谷天寒病白驹。拟共风流接尊酒，只愁尘土没双凫。

张雨（1277—1348），字伯雨，一名天雨，号贞居子、句曲外史、山泽醒者、幻仙，钱塘（今浙江杭州）人，道士。他博学多艺，擅长诗文、书画，著有《贞居外史集》，又名《句曲外史集》七卷，是当时的文坛名家。张伯雨的这首诗的背后，还有个故事。明刘基《句曲外史张伯雨墓志铭》：“外史钱塘人，姓张氏，字伯雨……自号句曲外史。明年，开元宫王真人入觐京师，外史自副。时范德机以能诗名，外史造范。范适出，有诗集在几上，外史取笔书其后，为诗四韵。守者见则大怒，趋白范，而范惊曰：吾闻若人，不得见，今来，天畀我友

① （元）袁桷．清容居士集·卷五．上海：商务印书馆，1936.

② 李修生．全元文·第二十六册．南京：凤凰出版社，2004. 368.

③ （清）江西通志·卷七十四．上海：上海古籍出版社，1986.

也。即自诣外史，结交而去。由是，外史名震京中，一时贤士大夫，若浦城杨仲弘、四明袁伯长、蜀郡虞伯生，争与为友，愿留之京师。”张伯雨因此诗而与元诗四大家成为朋友，他也因此而闻名京师。清吴景旭《历代诗话》之《东坊稿》说：“吴旦生曰：……今观其《题东坊稿》，即所书四韵者此耶。”① 吴旦生认为，张雨所题的四韵诗歌，就是《题范德机编修东坊稿后》一诗。此说不无道理。《题范德机编修东坊稿后》是张雨与范梈成为好友的契机，范梈后来找到张雨，并次韵回赠。张雨《句曲外史集》附录有范梈《和答张伯雨题东坊稿次韵》：

灵均逝矣不堪呼，几欲南游讯楚巫。城郭烟涛垂白帝，星河风露浥黄姑。

幽人昔恨九关豹，佳士今犹千里驹。久客资君相慰藉，可能无意谢飞凫？

此诗在《元诗选》初集卷二十九作《和谢伯雨见惠之作》。范梈高度称赞张雨，说他是“佳士”、“千里马”。由于范梈的名声和这首和诗，张雨也名满京城。明田汝成《西湖游览志》卷四说他“风裁凝峻，见者异之”，天下名士如赵孟頫、杨载、虞集、揭傒斯、范梈、黄溍等，皆与之友。这既是前贤奖掖后进的美谈，也是中国诗话史上的千古佳话。

《东坊稿》对于认识范梈的诗歌著作有重要的意义。第一，张雨的《题范德机编修东坊稿后》表明，范梈当时已经成为元代诗坛的旗帜。张雨博学多才，擅长诗文和书画，而性情狷介，常藐视流俗，却称范梈为大巫，为黄鹄，自己则为小巫、病驹，对范梈敬仰歌颂不已。第二，《东坊稿》二十卷并非等闲之作，它为范梈赢得了巨大的声誉，在范梈的诗歌中有重要的地位。第三，从《东坊稿》看范梈的诗集。《东坊稿》有两种可能：一种可能是它为《四库提要》所说的《东方稿》；另一种可能是它为范梈的新诗集。若是前者，范梈的诗集仍是七本，没有新增。若是后者，那么范梈的诗集就应该再增加一种，有八本之多。第四，从《东坊稿》看范梈诗歌的数量。仅《东坊稿》就有二十卷之多，那么，范梈诗歌著作的总数绝不是十二卷，而是至少有三十二卷。无论这些问题最终如何论定，但有一点是可以肯定的：《四库提要》关于范梈著有六本诗集、共十二卷的

① （清）吴景旭. 历代诗话·卷六十八. 上海：上海书店出版社，1994.

说法，并不准确。

范梈诗集的原始面貌如何呢？在明代，叶盛已无法得见范梈的《燕然稿》等，他在《跋海角亭记全文后》说："《范诗》，书坊本七卷……范《燕然》等诸稿，危《云林》等集，皆未尝见……今仅踰百年，而皆不可得见，惜哉！"① 但是，范梈的《侯官稿》尚存，明刘球《书范先生〈侯官稿〉后》说：

> 昔吾清江范德机先生以诗鸣。元盛所谓《侯官稿》者，乃其佐闽幕时所作。总五七言诗，不越五十七篇。已可见其用思之清苦，制辞之婉正，类事之切实，足以形容山川之胜，物景之美，吏政之得失，民风士气之好恶，况窥其全稿哉。宜乎，其与虞、杨、揭二三先生，并称贤当时也。自泰定迄今，百有余年，度兵燹而复睹文明之盛，其手笔犹幸存之友人刘大彰家，自非其精神流布，浩然有不可没，而又托得其人，亦何能如此其久于世哉。②

刘球（1392—1443），字求乐，又字廷振，明江西安福人（今江西省安福县山庄乡葛洲村）。明永乐十九年（1421）进士，曾任侍经筵、翰林侍讲。正统初，因谏王振征麓川，被王振逮下诏狱，并私命指挥马顺将他虐杀肢解。后平反，谥忠愍，著有《两溪文集》二十四卷。

侯官县，元代属福建行省福建闽海道之福州路，该路有侯官、闽县、怀安、古田、闽清、长乐、连江、罗源、永福九县。王国维《后汉会稽郡东部侯官考》："侯官者，都尉之属也。"③ 侯官自古是治所之地，侯官县是福建省福州府的附郭县，也即福建省的治所。《侯官稿》，为范梈任福建闽海道肃政廉访司知事时作。诗歌体裁上是五言诗和七言诗，总数五十七篇。内容主要为描写山川物景，政治得失，风气民俗，风格朴实雅正。《侯官稿》的状况，为我们认识范梈的其他诗集提供了一个实例。

即使《东坊稿》是《东方稿》，范梈的诗集也有七本，《海康集》的存在是确定无疑的。《海康集》的诗歌多选入《范德机集》和《范文白诗集》等书中。

---

① （明）叶盛．水东日记·卷三十八．北京：中华书局，1980.

② （明）刘球．两溪文集·卷十九．上海：上海古籍出版社，1986.

③ 王国维．观堂集林·卷十二．北京：中华书局，1959.

笔者从七卷本的《范德机诗集》、九卷本的《范文白诗集》和其他元代诗歌选集中，辑得范梈《海康集》的诗歌百余首。

第二章　范梈赴任雷州

元至元三十年（1293），中国历史上有了一个昙花一现的政区——“海北海南道”，它是一个将中国环北部湾地区联结成统一的行政单位的政区。虽然它的前身是汉代的合浦郡，但是明确地以南海与北部湾的结合部为背景，鲜明地提出中国“海北”、“海南”的海洋观念，明确地表达国家的海洋意识，并在行政实践上将中国大陆最南端的“海北”，与琼州海峡之南的“海南”连成一个整体，在中国历史上还是第一次，也是仅有的一次。在这个名称的背后，不仅是中国在南海及北部湾地区的行政区划和南疆海防有了重大改变，也是中国的海洋观念和世界意识起了重大变化。研究中国的海北海南道，对于研究中国政区的规划和管理以及中国与世界的关系，都有重要意义。

关于范梈到雷州，《元史·范梈传》云：“年三十六，始客京师，即有声诸公间，中丞董士选延之家塾。以朝臣荐，为翰林院编修官。秩满，御史台擢海南海北道廉访司照磨，巡历遐僻，不惮风波瘴疠，所至兴学教民，雪理冤滞甚众。迁江西湖东……”这里并没有具体的年月。笔者考证：范梈到雷州的时间是元仁宗延祐元年（1314），他时年42岁。这年，他在翰林院编修的任期已经届满，吏部在考核铨量后，“注拟”任建昌路照磨。在范梈即将启程时，宪台有识其才者，力请吏部将他改为将仕佐郎，任海北海南道肃政廉访司照磨。这样，他有了赴任雷州的机会。

虽然生活在一个朝廷轻视知识分子的时代，但范梈还是心怀壮志。《范德机诗集》卷三《种瓠二首》其一云：“岂是阶庭物，支离亦自奇。已殊凡草蔓，缀得好花枝。带雨宁无实，凌霄必有为。啾啾群鸟雀，从汝踏多时。”[①] 瓠瓜出生低贱，长在阶庭之间，但是它心有不甘，它那藤蔓的尖芽总是昂首向天生长，努力地向上攀缘，可见其凌霄壮志、能力超群。作者在《序》中介绍了写诗的缘

---

① （清）张玉书等. 御定佩文斋咏物诗选·卷二百六十五. 扬州：扬州书局，清康熙四十六年（1707）.

起："或言种瓠，蔓长剪其标，乃实。予斋所种，因树为架，蔓缘不已。果多虚花，欲去之，虑伤其凌霄之意。因赋五言，为之解嘲云。"① 可见，诗人并不是像老农那样简单地种瓠，而是别有深刻的寓意。他借与众不同的种瓠方法，表达自己的"凌霄之意"，他一生的矛盾，便是阶庭之间的地位与凌云壮志的胸怀之间的矛盾。诗人在雷州时，虽然胸怀凌云壮志，却又不得不任人踩踏，实乃造化弄人。

一、告别京都

海北海南道肃政廉访司的治所在雷州。范梈在赴雷州之前，对岭南也有所了解。赴任的前一年，他创作了《哀文集贤时奉使南海道弃》（《范德机诗集》卷三，以下诗歌出此集者，只列卷次）：

> 瘴海距天关，道逾千万山。空传灵雨送，不见使星还。
> 旌旆青枫暗，楼台白水间。郡人唯我最，远客泪潺潺。

此诗写于皇庆二年（1313），即范梈赴雷州的前一年。文集贤，指文天祥的嗣子文陞。文陞（1268—1313），字逊志，因文天祥三子均亡于战乱，遂以其弟文璧之子文陞为嗣子。文陞被封为集贤直学士、奉训大夫。皇庆二年春，他奉命祭祀淮济二河的河神，中岳嵩山、南岳衡山的山神和南海的海神。祭毕南海神后，六月二十五日，他病逝于回京途中，年仅46岁。贤人无寿，天何不怜，时人哀婉诗尤多。元程钜夫《集贤直学士文学山挽词》云："身是忠臣后，心悬圣主朝。瀛洲才接武，炎海远乘轺。"元刘诜《挽文逊志学士》："声名天下士，人物玉堂风。"这些诗人虽是元朝臣工，但他们对宋代忠臣文天祥之子依然无限敬仰。范梈时在京师，也写诗哀悼。诗歌首联写文陞的死因，他"奉使"南巡，不辞劳苦，来到岭南瘴疠之地，他的逝世与其父文天祥一样，是为国捐躯。颔联写文陞之死，叙事中已含无限哀婉；颈联描述了山河含哀，举国哀悼；尾联表达了自己特殊的哀悼之情。文天祥是江西庐陵人，范梈与之有同乡之谊，故有"郡人唯我最，远客泪潺潺"之语。文陞英年早逝，天不佑忠臣，故诗人悲痛尤甚。

---

① （清）顾嗣立．元诗选初集·卷二十九．北京：中华书局，1985.

诗中的“瘴海”、“天关”，显示出诗人对岭南的初步认识。他没有想到，一年以后自己也千里迢迢来到“瘴海”、“天关”之地。南宋末二帝端宗赵昰殁于雷州半岛以东的硇洲岛，末帝赵昺即位于硇洲岛，死于广东崖山，而文天祥是这一时期支撑南宋局面的国家栋梁。范梈对文天祥儿子的深情凭吊，其实暗含着作者对南宋王朝灭亡地广东雷州的地理和历史的关注。

范梈得知即将到雷州赴任后，一方面为宪台等的赏识而高兴，另一方面又对生活了十年的京城恋恋不舍，由是写下《二杏》（卷二）：

北邻杏一株，身作龙盘拏。直上青天中，虚空高结花。
南邻杏更好，枝干相交加。三月二月时，匝地堆红霞。
自我来京城，寄居诸公家。其地僻自阻，茂树绕窗纱。
亦有桃与李，盛节争豪奢。虽富无可人，纷纷乱如麻。
晚遇此二杏，突兀超尘沙。尝时好客来，立旆遥咨嗟。
欲去复顾恋，往往至日斜。我昔词馆直，羸马道路赊。
晨往昏黑归，无由领其嘉。今我已投散，终日犹枯槎。
朝暮出见之，百匝虚檐牙。而我又将去，何由报繁葩？
誓将适南郡，辟地江之涯。种此一万树，漫漫被荒遐。
花成实给食，收拾岁盈车。此事亦易集，但恐君疑夸。

此诗下注“甲寅”。甲寅年，即延祐元年（1314），也是诗人离开京师赴任雷州之年。

诗歌二十韵，可分为四部分。前四韵为第一部分，写庭院中的南北两株杏树。此时，他居住在京师中丞董士选家，二杏即董家庭院中两株最有特色的树木。杏树属蔷薇科落叶乔木，分布在北方。它枝繁叶茂，树高一二丈，开白色或微红的花朵。诗人先写北庭的杏树，它比较高大，身如龙盘，直上青天，在高处开花，而南庭的杏树更加茂盛。加之杏树先开花后长叶，故花期常常落英缤纷，满地红霞，甚是可爱。

接着六韵为第二部分，写诗人对二杏的感情。诗人只身来到京城，上无片瓦遮身，下无立锥之地，以替人算命糊口。幸而被思贤若渴的董士选发现和收留，诗人便住在他家，与二杏朝夕相伴。董士选家的庭园中桃李芬芳，但诗人最喜爱的还是二杏。它们突兀而起，超尘拔俗，有君子之风。朋友造访时，诗人把他们带到杏树下，谈天说地，徜徉低回，算是对朋友最好的款待。《贻李术鲁翀编修》："忆子旅江外，过余抚林间。晓色竹暗霭，春容杏阑珊。阳坡鸣赤鸡，阴馆来白鹇。"杏树与竹林，林中的赤鸡与白鹇，成为他在京城生活的见证人。

接着六韵为第三部分，写诗人对二杏的恋恋不舍。得到即将离开京城的消息后，诗人对杏树特别依恋，他一次又一次来到树下，有时流连徘徊直到太阳落山，似在与树道别。他想起这些年在翰林院值日，每天凌晨从东郊赶到京城，路途遥远，马匹消瘦，他只得起早贪黑地赶路，无法在白天领略杏树的美丽。现在，他又即将离去，以后更无法报答杏树的满树繁花。其实，这是诗人对二杏之美领悟深刻。其《范德机诗集》卷四有《杏叶黄》："杏叶黄，天雨霜。穹窿携日照八荒，回光照见白玉堂。堂中美人双鸣珰，中宵抱被直西厢。忠君爱亲两不忘，奈何零露沾衣裳。清晓楼头见征雁，不如谢官归故乡。"黄杏叶，白玉堂，丽日美人，八荒秋雁，景致与情调都十分优美，京城二杏的绰约身姿，也隐约可见。

诗歌最后四韵，诗人与杏树道别：我即将去那荒凉而边远的南郡雷州，到了那里，我要种一万棵杏树来报答京城的杏树。诗人从京城出外任的第一站就是雷州，诗中的"南郡"、"荒遐"，均为雷州边远荒凉的特征。因此，此诗是作者即将离京赴雷州前所作。

诗歌蕴含着诗人在京城十年的许多生活细节。诗人自从来到京城后，先过了一段占卜算命的高级乞讨生活，有"卖卜诗人"之称。清田雯《读元人诗各赋绝句·范梈》："好友熊生知己外，唐临晋帖识应稀。休从长庆谈元白，卖卜诗人范德机。"[①]《元史·范梈传》说："居则固穷守节，竭力以养亲；出则假阴阳之技，以给旅食。"他以自己精通的阴阳之术占卜卖卦，在京城糊口度日。此时，除了好友熊敬舆外，无人赏识范梈。结束卖卜生涯后，他就寄居在董公家中，那里地僻道阻，诗人到翰林院国史馆值日时，只得起早贪黑。那里就是中丞董士选在北京城外东郊的别墅，也即诗人写《东坊稿》的东坊。《范德机诗集》卷一《八月十九日城东辟喧孤坐书怀》称之为"城东"，《范德机诗集》卷三《九日诸生携酒至城东看菊》也写到"城东"。其地势偏僻，环境幽静："静能驱百虑，生已慕孤骞。焚香礼碧草，种玉思蓝田。"东坊除了树木茂盛、种了菊花等各类花卉外，附近还有高山，诗人就面山而居。《范德机诗集》卷五《云林歌为贡供

① （清）田雯．古欢堂集·卷十五．上海：上海古籍出版社，1986.

奉作》:“城东之山倚天碧，手扪南斗近咫尺。幽人筑堂面山坐，绝似谢公故时宅。”这“城东之山”，是诗人陶冶性情的地方，也是他创作《东坊稿》二十卷时的清幽佳境。

诗人以这样的长篇歌颂杏树，实际上别有深意，不仅歌颂杏树，还通过它歌颂杏树的主人——一个对自己有再造之恩、救济过无数文人的董士选。《元史·董士选传》:“(董士选)在江西，以属掾元明善为宾友，既又得吴澄而师之，延虞汲于家塾以教其子。诸老儒及西蜀遗士，皆以书院之禄起之，使以所学教授。迁南行台，又招汲子集与俱，后又得范梈等数人，皆以文学大显于时。故世称:求贤荐士，亦必以董氏为首。”董士选(1253—1321)，字舜卿，稿城人，大将军董文炳次子。他自幼跟随父亲董文炳南征北战，授宣武将军、明威将军、帝亲军前卫指挥使、江西行省左丞、江南行御史台中丞等。他既是著名的将军，又十分爱惜人才，以“求贤荐士”闻名于世，一代名士元明善、吴澄、虞集等都得到他的救济而名扬后世。诗人在大德八年(1304)来京师，他先以算命的方式讨生活，在穷困潦倒时，得到董士选接济，做了董士选家的临时私塾教师，两年后董士选推荐他当上了右卫率府教授，从而走上仕途，后又推荐他供职于翰林院，任编修。“岂期脱布衣？复得联朝班”，也适用于范梈。范梈多被后世人称为太史，也因为担任此职。这十年来，诗人一直受到董士选的关照和爱护，也一直住在他家的东坊，因此，诗人借诗歌表达了自己对董士选的无限感激和惜别之情。

延祐元年九月十九日，是诗人离开京城的日子。这天，时任右军的董士选率领他的幕僚，以及范梈在翰林院的同僚和朋友，如著名诗人张养浩、元明善，比范梈早一年入翰林院的虞集、同年入翰林院的杨载、延祐元年才入翰林院的揭傒斯等，二十余人组成浩浩荡荡的队伍，把诗人一直送到北京城的东门外。他们在这里为诗人饯行，折柳赠诗，依依惜别。诗人感动不已，不仅当时赋诗抒怀，而且到达通州后再次写诗致谢:《九月十九日京东门与董右军诸公别，至通州还寄在京朋游》(卷七):

临分强颜作笑言，上马恸哭投烟村。十年总仗旧交力，万里独怀明主恩。

南极下头星象少，东风近便柳梅繁。时人只怪丹砂令，曾以虚名细讨论。

诗歌的题目，在《选校范文白公诗集》作《九月十九日出京与董右军诸公别，至通州还寄在京朋旧》，二者比较，略有区别，但当以《选校范文白公诗集》为是①。

诗歌首联，写在京城东门的离别。唐人送别时，常常西出都门三十里，直至渭城，然后在渭城馆中饯别，故王维《送元二使安西》云："渭城朝雨浥轻尘，客舍青青柳色新。"元代大都从宫城至东门，也有近三十里，可见送行人的情意殷殷。诗人说："虽然当时我强颜欢笑，但是背地里则痛哭流涕"，颔联写惜别深情的原因，"我之所以泪流满面，并非因为情感脆弱，当时我也曾强作欢颜，但是想到你们对我的无限深情，就泪不能禁：在京城这十年里，如果不是恩主董公的收留扶持，如果不是各位旧交新友的关照爱护，我哪能在京城立足，我哪有今天"？对诗人一生影响最大的，是以爱才闻名的中丞董士选。范梈对他的恩德更是终生不忘，董士选逝世后，《范德机诗集》有《郭茂才要饮舍下，忽报董中丞灵柩自上都至，出城迎之，遂负此约，戏题奉谢》："相期把酒对秋晖，忽报中丞旅榇归。遂逐城东朝骑发，遥怜江口夕鸿飞。陶潜宅隐波吞石，谢傅山寒雨打扉。人事虽殊风物在，笑谈岂可眼中稀？"听到董中丞逝世的消息，诗人从城东出发，一直走到运河边的渡口，迎接董的灵柩，诗人如丧考妣，泪流不止。

颈联写别后的思念。"南极"，指雷州，它在中国大陆的最南端，自然是南极。柳梅，指代京城。诗人在中国的"南极"虽然生活艰苦，但是他希望京城诸公的生活如柳絮梅花更加繁茂。尾联，以让京城朋友宽心，也表达他的感谢之情。"丹砂令"，指晋代高士葛洪，他曾要求到出产丹砂的交趾勾漏县当县令。葛洪到岭南曾赢得高名，然而他只为炼丹，不曾实实在在地为人民做事。范梈到了中国最边远荒凉的地方做个好官，朋友们都十分担心。因此，诗人委婉地劝告他们放心：我会努力做个好官，请不要挂念。

在诗人离开京城时，一代名士张养浩赠诗《送范德机赴海北道宪司知事》：

金薤银钩联绝奇，才华江右舍君谁。一官毛义荣亲日，千里吕安怀友时。

叫断霜天鸿雁瘦，吟残山月凤鸾饥。从今夜夜江湖梦，说似杨花未

---

①（元）范梈撰，（明）杨翚编．选校范文白公诗集·卷五．济南：齐鲁书社，1997.

必知。[1]

张养浩（1270—1329），字希盈，号云庄，济南历城人。至大年间，任监察御史，时范梈在翰林院，二人情好日笃。延祐初，张养浩任礼部侍郎，又升任礼部尚书。他是元代著名的文学家，著有《云庄类稿》、《三事忠告》、《归田类稿》、《云在休居自适小乐府》等。这首诗当写于延祐元年（1314）九月十九日，范梈离京与之送别时。

诗歌可分为两部分，前四句写范梈的才华和二人的友情。当时，范梈的书法和诗歌均已名闻京师，被推为江右才子之冠，也即明人所说的元代江西诗派的首领。明方九叙《选校范文白公诗集序》："江西诗派有二：宋则黄太史，元则范文白。二人皆法杜少陵氏。然黄得其□□，□□□［范得其］□□者，皆并称于世云。"[2] 张养浩"才华江右舍君谁"，并非客套，而是慧眼识英雄。"毛义"写二人的分别："因为你的才华，所以升官荣亲，却导致我们的分别。以后，我只能像吕安怀友嵇康那样，思念千里之外的你了。"

后四句，写别后的相思："以后，我们天各一方，纵然我们吟残山月，纵然鸿雁叫断霜天，也只能夜夜梦中相见。"说似杨花"，指范梈的著名诗歌《杨花》："穿空透户本无因，若便随风恼杀人。我似杨花花似我，年年飞尽玉堂春。"此诗一出，张养浩击节赞赏，范梈诗名远播。张养浩说："那时，我再说你似京城的杨花，你也未必知晓了。"诗歌感情真挚、情韵深厚、意境开阔、气象雄伟，是当时众多送别诗中的杰作。

杨载也在送别队伍中，他作《送范德机》：

往岁从君直禁林，相于道义最情深。有愁并许诗频和，已醉宁辞酒屡斟。

漏下秋宵何杳杳，窗开晴昼自阴阴。当时话别虽匆遽，只使离忧搅客心。[3]

---

① （元）张养浩．归田类稿·卷十九．上海：上海古籍出版社，1986.

② （元）范梈撰，（明）杨翚编．选校范文白公诗集·卷首．济南：齐鲁书社，1997.

③ （元）虞集．道园遗稿·卷五．上海：上海古籍出版社，1986.

皇庆元年（1312），范椁与杨载同时进入翰林院，二人从同僚发展为知己。他们在翰林院值夜班时，常常一起饮酒赋诗，度过一段惬意而难忘的岁月。《送范德机》叙述了他们同在翰林院时的生活，诗歌叙事细腻婉转，真个道义相投，感情深挚。本诗是元诗四大家彼此送别的代表作，也是元诗四大家在京城大聚会的见证诗。

当时，元明善、虞集、揭傒斯等也各展才华，即席赋诗送别。范椁后来的《怀京城诸公书崖州驿四首》一说："甚忆清河元侍讲，送行犹有玉堂诗。"据此，当时元明善的送行诗题目当为"送别范玉堂诗"。一时二十多人前来送别，而且全是元代京城文艺界的巨擘，他们会聚于此，简直就像中国作家协会的理事大会。中国文艺界中心的二十多人的送别诗，不仅代表着全国诗坛的最高水平，而且也见证了这一中国文艺界大事件，它们本应结集成《京城东门范德机送别集》。只可惜，这文学史上难得的千古佳话，却因送别诗集没有被保存而罕为人知。

二、赴任雷州

范椁告别京城后，经过陆路的颠簸，于初冬时分到达湖广行省武昌，随后弃车乘舟，从长江逆流而上，到了湖北的松滋县。在此，他遇到了同样远赴岭南的罗提举，二人命运相同，于是作《将赴雷阳送罗提举之任广东》（《范德机诗集》卷七）以赠之：

松滋暂泊蓟门船，复指番禺路几千？茉莉香深和酒露，桄榔叶暗煮盐烟。

齐人旧算无遗策，汉史新藏有剩钱。莫为遐荒心力怠，朱崖更在海南边。

诗歌写于延祐元年（1314）十一月。"松滋"是范椁在此暂时停船休息的地方。松滋县，今属湖北省荆州市，范椁在世时荆州名为上路总管府，范椁去世后改为中兴路，辖有江陵、公安、石首、松滋、枝江、潜江、监利七县。蓟门，北京，指范椁所来自的地方。"番禺"，指古南海郡的首府（今广州），这里指罗提举任职的地方，也即他此行的目的地。罗提举到广东上任，与范椁的上任之路途的前期基本相同。但是，范梈到广州后还得继续南行，目的地比罗提举的更为边远荒凉："莫为遐荒心力怠，朱崖更在海南边"，意即"您不要为'遐荒'而难过，我要到的朱崖还在大海之南"。宋李纲《次雷州》说："莫笑炎荒地遐僻，万安更在海南头。"① 范梈此诗的末两句暗用李纲诗，意思是，"我要去的地方，比你所去的广州更偏僻和遥远"，这是以自己的遭遇来安慰精神萎靡的罗提举。

从长江转入洞庭湖，诗人登上江南名楼岳阳楼，并在楼上题《登岳阳楼诗》。明杨慎说："余昔过岳阳楼，见一诗云：'楼上元龙气不除，湖中范蠡意何如。西风万里一黄鹄，秋水半江双白鱼。鼓瑟至今悲二女，沉沙何处吊三闾。朗吟仙子无人识，骑鹤吹箫上碧虚。'乃视其姓名，则元人张翔，字雄飞，不知何地人也……同时虞伯生、范德机皆有《岳阳楼诗》。"② 证明其题壁诗在明代犹存。范梈有《赠冯炼师归岳阳》、《赠刘山人游湖南》、《秋江钓月》等诗，有"洞庭木叶下，期尔岳阳楼"等句，但《登岳阳楼诗》却不存。

诗人从湘水转入西江，从广西梧州乘船到了隶属于广南西道的肇庆路，在端州峡中，写下《渡端州峡》(《范德机诗集》卷六)：

棹郎得便溯清流，忽报舟前晓雾收。蛮语酬人翻自苦，好山不敢问何州。

诗歌写于延祐元年（1314）十一月下旬。古时坐船从西江到雷州必经肇庆，唐宋之问《端州别袁侍郎》："合浦途未极，端溪行暂临。"端州，隋唐时名，元改为肇庆路。端州位于西江口，《元和郡县志》："端州当西江口，入广西要道。"③ 西江自广西三江而来，经封川、德庆，南入广州，注于海。由肇庆溯西江而上，可抵达广西梧州。可见，范梈当年入粤的道路是从长江松滋转洞庭湖入湘江，抵达广西梧州，即汉苍梧郡广信县，再转入西江而至端州。范梈到了端州峡，日出山高，晓雾渐收，西江两岸优美的景色顿时呈现。广南西道肇庆路的李知事是诗人的朋友，肇庆风光因此也似乎特别亲切动人，范梈眼前为之一亮。棹郎船夫在清流中唱起悠扬的船歌，但是岭南古越语难懂，使得翻译也困难。诗人

---

① （宋）李纲．梁溪集·卷二十四．上海：上海古籍出版社，1986.

② （明）杨慎．升庵诗话·卷一．北京：中华书局，2008.

③ （唐）李吉甫．元和郡县志·卷三十四．北京：中华书局，1983.

便将视线集中于自然风光之中，“好山不敢问何州”，端州峡中的奇丽风光，让人可以忘其名称。诗歌写端州峡中的风光，清流晓雾，好山好水；棹郎船歌，蛮语难译，一股新鲜的南国气息扑面而来，呈现出岭南自然和人文的清新特色。

端州峡中最险要的是端溪峡，诗人有《端溪峡》一诗（《选校范文白公诗集》卷六）：

芙蓉生石壁，猿鸟路东西。维舟逢暮雨？戴笠看端溪。①

端溪峡中多雨多雾，使峡中出现自然奇观：本应长在水中的芙蓉却出现在石壁上。经过端溪峡时，天上下着大雨，诗人戴着斗笠饶有兴致地观赏美丽的岭南风光。在端溪中，诗人还创作了《芙蓉》（《范德机诗集》卷三）：

芙蓉生石壁，云锦映青松。那忆南州路？归船处处逢。

由《端溪峡》可知，“芙蓉生石壁”是典型的端溪风光。在端溪峡中，陡峭的山崖、阴湿的天气，使山上、溪边的植被特别茂密，形成奇特的石壁芙蓉和云锦青松的美景，其间还有猿啼鸟鸣，船来船往，船歌回荡在青山碧水中，真是美不胜收。

在端州峡中，诗人还经过了肇庆峡山寺，写下了《过峡山寺》（《选校范文白公诗集》卷四）：

飞来何代寺，重过念孤踪。木叶鸣秋舫，金人坐晚钟。
去留原不碍，喧静看为容。记说号猿黠，知藏第几峰？

上面几首诗歌均写于延祐元年（1314）十一月下旬。“峡山寺”，一般指清远的峡山寺。唐代诗人宋之问、尚颜等均有《宿清远峡山寺》，张说也有《清远江峡山寺》。但是，肇庆也有端州峡山寺，唐代诗人杨衡《游峡山寺》，便指肇庆。

诗歌前四句，写肇庆峡山寺的景色。寺庙孤悬在山腰，似从天外飞来。诗人

① （元）范椁撰，（明）杨翚编．选校范文白公诗集·卷四．济南：齐鲁书社，1997.

正在欣赏山光水色时，寺里的晚钟突然敲响，给峡中山水平添几分乐韵和优美。后四句，写肇庆峡山寺的故事。“记说号猿黠，知藏第几峰”，指唐代著名的猿精故事《孙恪》。诗人认为，唐代猿精故事《孙恪》，不是发生在清远的峡山寺，而是在端州。无论此事的真假如何，它至少给中国小说史中的《孙恪》故事，提供了一个新的话题。

离开西江，诗人转走鉴江。延祐元年（1314）十二月，范梈在鉴江上岸，走陆路到了廉江，住宿在石城驿中。次日清晨，诗人登上石城驿后面山冈，在凉亭里凭栏远望，作《登石城驿亭》（《范德机诗集》卷二）：

> 南游未是谪，北行不当归。今旦上崇冈，飘飘风吹衣。
> 始我在京时，双阙凝秋晖。别来守穷海，故国音书稀。
> 窃禄滋愧负，何时睹柴扉？胡不依白石？去即能如飞。
> 驿楼俯平川，其下白云围。雨余足稻粱，可以信丰饥。
> 去去道路远，王事毋稽违。

诗歌写于延祐元年（1314）十二月初。“石城”，石城县，即今湛江市辖的廉江市。元代石城县属化州路，《明一统志》：“石城冈，在石城县北一十里，远望如石城，县因以名。”① 这里已邻近雷州，清顾祖禹《读史方舆纪要》卷一百：“（石城）南至遂溪县七十里。”化州路石城县与雷州路所辖的遂溪县接壤，石城县西的石城千户所，即属雷州管辖。但此时，诗人心里并不高兴，虽“南游未是谪”，他却“别来守穷海”。岭南素称瘴疠之地，到此为官的人大多难逃死亡之灾，故士大夫称此为“大法场”，即指瘴疠杀人之地。《后汉书·南蛮传》：“南州水土温暑，加有瘴气，致死者十必四五。”在岭南，广东以新州为“大法场”，英州为“小法场”，均是流放者的葬身之地。《元史·王结传》：“先时，有罪者，北人则徙广海，南人则徙辽东，去家万里，往往道死。”在元代，这种情况改变不大，《元史·泰定帝纪》泰定四年八月甲子，御史言：“广海古流放之地，请以职官赃污者处之，以示惩戒。”南宋以来，岭南的开化加快，但它仍是处置流放官员的地方，因而非贬谪者不至：“川、峡、闽、广，阻远险恶，中州之人，

---

① （明）李贤等．大明一统志·卷八十一．西安：三秦出版社，1990.

多不愿仕其地。"① 在威尼斯商人马可·波罗的游记里，中国南方被称为"蛮子省"，那么雷州就是蛮子省里的"蛮子"。一个翰林院的京官，突然从首都被外放到了穷海尽头的雷州，心情的抑郁是可想而知的。

诗歌有九韵，可分为三层。前四句，写登上石城驿亭。古来到雷州的文人大多都是被贬谪的，范梈说，他南来虽然不是被贬谪，却与被贬谪没有多大的区别。文人来到岭南瘴疠之地，尽管肘后带着避瘴的药物，但是多数都会死在岭南，成为孤魂野鬼。因此，诗人也不知自己是否能够逃避葬身岭南的命运。他早上登上石城冈山上的驿亭，看看这瘴疠之乡，到底是什么模样？此时，岭南的疾风吹动着他的衣襟，幸好没有瘴气。岭南的瘴气具有季节性，多在春、夏、秋三季。宋周去非《岭外代答》卷四分为冷瘴、热瘴和症瘴，壮族民间则按发病季节，形象地称为青草瘴、黄梅瘴、新禾瘴、黄茅瘴等。此时是深冬，并非瘴气季节，诗人应该无虞。

接着八句，写登亭的感受。从双阙凌云的京城，来到岭南"南极"的雷州，强烈的对比令人顿生悔吝之心。贬谪、穷海等句，抒发了诗人对任职地雷州的感受："南游虽然不是被贬谪，我却可能像寇准、文集贤等一样，死在这瘴疠之乡，因而这比被贬谪更痛苦。但是，为了生计，我只能'窃禄'于照磨这样的庸俗下吏，想来怎么不惭愧？"诗人一时想起在家的寡母，甚至打算弃官归隐。对于归隐，范梈在京城时已有此念头。故元张养浩《范德机寓田记》说：

> 人多不能隐，而德机锐于隐。顾无田以为归，天下事若此者多矣。岂德机与余终于胥失［吏］耶。虽然，夫田土为物，实传世不可人力锢者。其或有焉不能守，守焉不能恒，恒矣而旱溢以厄之，螟蜷以痒之，剧族豪邻侵牟之，则其为扰反不若无。有之愈然，则为德机计者，将奈何哉！
>
> 德机其以博厚为田，高明为庐，仁以为山，智以为水，种以义理，而获以道德。将居之，食之，无不穷极，餍足。虽使子若孙，永世守之，亦无厄痒侵牟之患。则其为业，不既安且久乎。于是德机怃然曰：吾不贫矣，遂为书之，以满其所欲云。②

---

① （元）脱脱等．宋史·卷一百五十九．北京：中华书局，1985.
② （元）张养浩．归田类稿·卷六．上海：上海古籍出版社，1986.

但是，他终于没有归隐。这是因为他家中无田，而老少十口的吃饭穿衣均指望着他，为了家人，他才勉强来到岭南，没有毅然归隐。

最后六句，写登石城驿亭后的思想变化。他俯瞰石城驿楼下的一马平川，旷野中弥漫着白云细雨。虽然是冬天，但岭南的庄稼和旷野的植被仍欣欣向荣，因此洗去了诗人心中的烦恼和愁苦。“去去道路远，王事毋稽违”，石城已邻近雷州，在古代也算是“道路远”。明刘嵩《槎翁诗集》卷八《题遂溪同由驿》：“山晚鸦啼木栅城，征人暂驻马前旌。荒原漠漠风沙晚，犹隔雷阳二月程。”二月，当作“二日”；遂溪，雷州属县；同由驿，本作“桐油驿”，遂溪县的著名驿站。即使到了遂溪县的桐油驿，刘嵩还在为行程发愁，何况石城呢？不过，与距京城万里相比，这离雷州毕竟不远了。诗人一转念：希望快些到达雷州，不要误了“王事”。在中国历史上，岭南的瘴疠令人望而生畏。诗人带着对瘴疠的畏惧、对家乡亲人的思念等复杂的心情来到雷州，但是为了“王事”，他的心情也终于平复。

13 世纪蒙古大帝国的版图，曾一度包括了中国、朝鲜和整个中亚、俄国以及中东大部分地区，是欧亚大陆上空前绝后的大帝国。此时的时髦语汇，是“混一寰宇”。故元代的地方志名叫“大元混一方舆胜览”，耸立在海南的元沈翥的歌功颂德的碑文名为“大元混一海表碑”。但在范梈的诗中，完全没有这种侵略性的大一统、大帝国的气息，有的只是“谪”、“穷海”、“窃禄”和惭愧消极的情绪。混一寰宇，满足了统治者好大喜功的虚荣心，但是它给国家和民族带来的却是萧条和肃杀。

从告别京师的《二杏》到饯别的《九月十九日京东门与董右军诸公别，至通州还寄在京朋游》，从《将赴雷阳送罗提举之任广东》到《渡端州峡》，范梈赴雷所作的几首诗歌，把他离京的心情、离京的时间和饯别场面，比较清楚地呈现了出来，使人在千百年后，还历历可考。

三、到达雷州

元仁宗延祐元年（1314）腊月二十三日，范梈到达雷州，这天正是农历的小年。这个准确的时间，记载在范梈的诗歌《百丈山中夜坐，闻谨思将还，忆甲寅入南中，正此日也，十二月二十三日》中。百丈山在清江县，它本是范梈家屋后的一座山：“百丈岭，在县（江西清江县）东南七十里，亦曰百丈山。山顶阔百丈，因名。”[①] 元代诗文中，百丈山常常代指范梈的家。元柳贯《金溪羽人查广居墓表》记载，查广居拜范梈为师时说：“因橐其诗，西之清江百丈山，求太史之庐而卒业焉。”[②] 地处清江百丈山下的范太史家，在元代知名度高。傅与砺、杨中、危素等，和查广居一样，纷纷前往百丈山拜范梈为师，学习写诗。元吴澄《范亨父墓志铭》说：“托于外族，而家在新喻之百丈山。”清江百丈山是范梈母亲熊氏的娘家，他的诗文也多次写到百丈山。《范德机诗集》卷二《苦热怀楚下》说：“我家百丈下，井上双梧桐。”《傅与砺诗集原序》注明：“天历二年四月一日，范梈书于百丈山房。”百丈山，即范梈的家无疑；甲寅，是延祐元年（1314）；南中，指雷州。此诗作于至治二年（1322），当时范梈已经从雷州回到家中。腊月二十三日这天，他想起八年前的今天，他刚到达雷州，因作此诗。当时，诗人的儿子山寿还小，他让侄儿范谨思留在雷州，帮助他处理余下的事务。诗歌第二首说：“往年当此夕，孤桌［棹］适南征。”即八年前的今天，他正乘一叶扁舟到达雷州。“十二月二十三日”，是范梈一生中的重要日子，它被诗人准确地记录下来。由此可知，范梈到达雷州是1314年腊月二十三日，他在春节前赶到了雷州。

雷州是范梈人生第二个任职地点。在任职雷州之前，他曾在京师十年有余。虽然京师是他第一个任职地点，但是经历却十分曲折。他生于南宋度宗咸淳八年（1272）。元朝大德八年（1304），他已三十二岁，以一介布衣的身份前往“风流满天下，人物擅京师”的北京，最初以卖卜为生，时间为三年；大德十一年（1307），他已名动京城，御史中丞董士选得知他的才学，聘他为家庭教师，时间为两年；至大二年（1309）董士选推荐他任左卫率府教授，时间为三年；皇庆元年（1312），任翰林院编修，时间为三年；延祐元年（1314）任满。在京师的这十年中，范梈虽官位不高，翰林院编修也才八品，却是他人生最重要的时期。这十年中，他除了结识名士董士选外，还结交元诗四大家中的杨载、虞集、揭傒斯，以及著名文学家张养浩、元明善、袁桷、邓文原、张伯雨等文坛名流，这些人皆是天下精英、一代名士。李白《赠韦秘书子春二首》其一：“高名动京师，天下皆籍籍。”可移以概括范梈的京师十年。他从一个流落街头的算命先生，到进入元代文坛的中心，不可谓不成功。这十年中，他不仅开阔了眼界，陶冶了情

① （清）顾祖禹．读史方舆纪要·卷八十七．北京：中华书局，1955.

② （元）柳贯．待制集·卷十二．上海：上海古籍出版社，1987.

操，丰富了见识，而且还成为元代文学标志性的人物，使范太史的名声名扬天下。但是，现在他却不得不来到天涯海角的雷州，这的确令人意外。

元朝官员的任职，以月计算。范梈在延祐元年（1314）岁暮赶到雷州，是便于从延祐二年（1315）正月起，以计算资历。

四、雷州任职

范梈在雷州的海北海南道肃政廉访司的官职是照磨。由于时间久远，关于他的任职，歧说甚多。有的说，他到雷州是升职。《元史·范梈传》："……翰林院编修官。秩满，御史台擢海南海北道廉访司照磨。"照磨的官职不误，但是称任照磨是"擢"，则大谬不然。天下哪有从八品的翰林院编修"擢升"为九品照磨的？有说他的职务是知事的。张养浩《送范德机赴海北道宪司知事》，诗歌题目可证。另外，元吴澄《范亨父墓志铭》："宪台有闻名者，改擢将仕佐郎、海北海南道廉访司知事。"《元史》本传也持此说。看来，当时京城里权威性的文献，均持"知事"说，定有原因。在元代肃政廉访司中，设知事一员，正八品。如果他是海北海南道的知事，与他在京城的编修是同一级别，在情理之中。但是，这仍然不是"擢"。而且他任的不是肃政廉访司知事，而是照磨。在肃政廉访司内，照磨兼管勾一员，为正九品。且不说京城与岭南的地域区别，就官职而言，照磨与编修相比不仅不是"擢"，反而降了两级。有的说，范梈到海北担任的是廉访使。明《正德琼台志》卷十六有"延祐三年，海北廉访司照磨范梈"的记载。康熙《临高县志》卷十二："范梈，元廉访使。"此说不确。范梈在岭南八年，从未超过照磨之职，其离正三品的廉访使，不啻有天壤之遥。有的说，他在岭南担任的是廉州路总管。道光《广东通志》卷十七说："范梈，延祐三年（1316），廉州路总管。"其根据，大概是因范梈在廉州写了《海角亭记》吧。但是，此说是错误的。路的总管，秩在正三品至五品之间。元刘岳申《与范德机书》："足下自海北移江西，虽为底僚，然在执法。"[①] 范梈在从海北海南道肃政廉访司照磨转任江西湖东，再升为福建闽海道知事。知事，正八品，仍是"底僚"。直到天历二年（1329），范梈任湖南岭北廉访经历，从七品，成为他一生中最大的官，次年他即去世。那么，终其一生，范梈的最高官职才从七品，离可

① （元）刘岳申．申斋集·卷四．上海：上海古籍出版社，1987.

怜的七品芝麻官，还差一级。故上述关于范梈在海北海南道任职的廉访使、总管、知事诸说，均是错误的。

这些误说之所以产生，是因为范梈的任职本来蹊跷。范梈从京城正八品的翰林院编修，为什么被“擢升”为海畔瘴疠之地的正九品照磨呢？原来，大德年间，朝廷对怯薛等长官们所随意“显擢”的官员，进行整肃。《元史·孛术鲁翀传》：“时有旨：凡以吏进者，例降二等，从七品以上不得用。翀言：科举未立，人才多以吏进，若一概屈抑，恐未足尽天下持平之议。请吏进者，宜止于五品。许之，因著为令。”孛术鲁翀的谏言，主要是限制长官随意擢升自己属下的官员，级别不得超过五品，但是这对整肃滥升官员的降职，没有影响。孛术鲁翀的谏言在延祐二年（1315）之后，可见在延祐元年（1314）时“凡以吏进者，例降二等，从七品以上不得用”的圣旨早已施行。故此类官员，依例一律被降二等。范梈当时正八品，降二级，正好是正九品。本来，七品以下的官员革职，不得任用。范梈是正八品，还被任用，朝廷对他已是法外开恩了。历史上，一般官员总是不断地升迁，但是范梈却相反，他从京城八品被“擢”为天涯海角的九品官，实在违背常理。范梈的遭遇不符合官场的常规，不明白这段历史特殊背景的人，以为他从京城来到岭南，一定是升了官，于是产生了种种“擢”的误说。实际是由于朝廷整肃官场，范梈遭遇了池鱼之殃，于是从八品编修变成了九品的照磨。这便是范梈所说“南游未是谪”的历史之谜，也是范梈从京城翰林院被“擢”到中国“南极”雷州的历史真相。

什么是照磨？时下流行的解释是：“照磨，官名。即照刷磨勘的简称，元朝建立后，在中书省下设立照磨一员，正八品，掌管磨勘和审计工作，另肃政廉访司中负责监察的官员也称照磨，‘纠弹百官非违，刷磨诸司文案’（《元典章》）。”① 认为照磨即负责审计和监察，有望文生义之嫌。而且，照磨，也非全是正八品，还有从八品、正九品等级别的。

这里还涉及对“廉访司”的理解。也许一看“肃政廉访司”几个字，便认为它是“纪律检查委员会”之类的监察机构。其实不然。元徐明善《送郑大使之广东序》：“廉访使，即汉刺史职也。”② 肃政廉访司并非法院，而且即使是在

---

① 百度百科，http：//baike. baidu. com/link？url = Qmn - xipVdQbBQPZgAVTtewtFgkM_xKQmZOXNpx-vAgfor6hPhaDzvV_nvTzSZR_cQ.

② （元）徐明善. 芳谷集·卷上. 上海：上海古籍出版社，1986.

法院工作的人也未必就是法官。明白这个道理，就知道“照磨负责监察”说的荒谬了。照磨原是金人官名，元代因之。元许有壬《御史台照磨题名记》：“厥初无照磨官。至元壬辰，台臣以赃入既伙，出纳无适，爰始奏设。又虑员之冗也，乃以其职冠承发管勾兼狱丞。之上，遂为定制焉。”[①] 其实，“照磨”的本意即“照摩”，是照抄、誊录的意思。故《大元圣政国朝典章·刑部》有“每月一照磨，每季一计点”之言。《元史·世祖本纪九》：“立云南按察司，照刷行省文卷。”照刷文卷，即比照抄录，同时核查文件。照刷文卷，是按察司即廉访司的职责，并非仅仅只是照磨的职责。《元典章·台纲二·体察》：“管民官与按察司递相照刷文卷。”《元典章·户部五·典卖》：“所据文簿，候肃政廉访司依例照刷。”其实，元代以后照磨是掌管宗卷、钱谷的属吏。《元史·百官志一》：“照磨一员，正八品，掌磨勘左右司钱谷出纳缮科例，凡数计文牍簿籍之事。”陶宗仪《辍耕录·为将嗜杀》：“时王元吉为本府照磨，元吉能备言其详，且有抄录公文。”可见，照磨相当于主簿、典史一类文书，他还兼管勾、承发架阁库等钱粮，因此照磨便成杂吏。在肃政廉访司中，从廉访使到照磨共六个官阶，照磨为倒数第一，秩正九品，说照磨负责监察，未免夸张。另外，元朝中央各部、司，如礼部、刑部、工部、客省使、都提举万亿宝源库、诸路宝钞都提举司、京畿都漕运使司、大都河间等路都转运盐使司、提举都城所等，均有照磨一职，其职并无监察可言。另外，照磨的官职，由从九品到正八品，分跨三个级别，官职的大小也颇悬殊。总之，认为照磨是审计监察官员，未中肯綮。

范梈到达海北海南道肃政廉访司任职时（延祐元年），驻雷州的廉访司的官员今可知的有：正三品的廉访使余琏、正五品的佥事赵珍等。其时，正值海北海南道廉访司政府换届。据延祐元年湖广行省儒学提举张图南的《重修雷州儒学记》，延祐二年至延祐七年（1315—1320），继任的廉访使是嘉议大夫卜达世礼，正四品的廉访副使是李元。范梈的上司还有廉访副使拜都（明万历《雷州府志》）等人。范梈在廉访司官位低，因而工作繁杂。明叶盛家中藏有范梈的《海角亭记全文》，所谓“全文”，是据范梈《海角亭记》的原文抄录，比流行的《海角亭记》的内容完整，特别是保存了范梈署名的全称：“前翰林国史院编修官，今授将仕佐郎、海北海南道肃政廉访司管勾、承发架阁库兼照磨高平范梈”，这对研究范梈的生平、籍贯、履历等，都是珍贵的第一手资料。范梈负责的事有

---

① （元）许有壬．至正集·卷四十三．上海：上海古籍出版社，1986.

"管勾、承发架阁库，兼照磨"，主管提控案牍和仓库等杂事。廉访司照磨，官秩从九品或九品，相当于今天的副股长或股长。范梈《潮州路经历司衡政厅记》："制经历、知事、照磨，秩自七至九（品）。郡凡三员，上以承太守，下以摄郡吏，已又处中焉。"照磨九品，其上是正八品的知事和从七品的经历。范梈任将仕佐郎时与中议大夫同级，从八品；任翰林国史院编修时，正八品。编修在翰林院十一级官阶中倒数第二，年俸二十二贯，廪米二石。那么，范梈在雷州担任的照磨即使是正九品，也比翰林院的编修低二级，相当于今天的正股长。他到只有逐臭之夫才到的海畔，出任小小的照磨，实在是出于无奈。在《登石城驿亭》中他说"南游未是谪"，其实这比"谪"更甚。元代任照磨的大文人不少，如"元诗四大家"之一杨载，他曾任海船万户府照磨；大诗人苏天爵，曾任功德使司照磨；诗人萨都剌，中进士后，任燕南道廉访司照磨，人称"燕山萨照磨"。张伯雨《次韵答萨天锡见寄》："巡官畏虎盛前呵，惊动燕山萨照磨。"元许有壬《御史台照磨题名记》说："阶是（照磨）腾为达官者，不知几人；而湮没无闻者，亦复不少。"范梈便是其中的湮没无闻者之一。范梈上任的照磨所，在雷州府城之西，故又称"西厢"。可是，雷州的文献已经忘却了这位位卑才高的照磨，范梈真是被湮没了。

五、雷州任期

古代官员的任期，一般是三年一任，即《尚书·舜典》所说"三载考绩；三考，黜陟幽明"。元天历元年（1328），冯翼翁《（海北海南道）察院记》说："夫今之为任者，率三岁一迁，或者不数月辄去。其视官舍，犹邮传耳。"① 但是，这只适用于职级较高的官。对于低级的吏，则可能十年地点无变动，职位也无升迁。

如前所述，范梈到雷州的时间是延祐元年。他离开雷州的时间，记载在《范德机诗集》卷二的《八月十五日公堂宴别作》中，即至治二年（1322）八月十五日；那么，他在雷州的时间约为八年。

范梈到雷州的时间，他在《杨仲弘集序》中也曾提及："皇庆初，仲弘与余同为史官……故其后，余以御史府用管南宪架阁，适海上。仲弘复登乙卯

---

① （明万历）雷州府志·卷二十．北京：书目文献出版社，1990.

(1315）进士第，为浮梁别驾。余迁江西，仲弘亦改宣城理官，相违十数年，相距数千里。”① 范梈在皇庆元年（1312）任翰林院编修，两年后的延祐元年到雷州，杨仲弘为他送别。而后杨仲弘留京师参加延祐二年的进士考试，及第，任浮梁别驾。范梈结束雷州任职后，任职江西，二人仍然未会面。这样，二人前后分别十数年。据此推之，范梈在雷州的时间，也应不短于八年。

范梈离开雷州的时间，可以考定得知。元吴师道《题危太朴所藏诸卷范德机墨迹》：“昔人称道所美，于其人则曰：风尘物表；于其文则曰：不食烟火；语于其字画则曰：萧然有林下风。今观范君德机词翰而想其人，真足以当之矣。至治元年，某试礼部。君时为弥封官，已往谒，则已赴江西之宪幕矣。遂不获识，至今以为恨耳。”② 据此，范梈离开雷州，似在至治元年（1321）。但据《范德机诗集》卷三《壬戌秋录囚晚行宁州道中追录》，壬戌，即至治二年（1322），其时他仍然在海南岛录囚。元吴澄《江西廉访司经历司厅壁记》：“济宁田君赟，为肃政廉访司属官之长参贰。得清江范君梈，志合德同，皆能以苦淡自持，清白自励。于时，宪官凛凛有风裁，而其属又如此。于是，江西之宪职大振。予在山中，久闻其风。至治三年春，被召过洪，以所见征所闻，犹信。”③ 至治三年(1323)，范梈已任职江西。综合上述记载，范梈离开雷州的时间，当在至治二年秋天。

范梈结束雷州照磨一职后，至治二年底改任江西肃政廉访司照磨，泰定三年(1326）任福建闽海道肃政廉访司知事，官正八品，十二年中仅升两级。换言之，十二年后他的官职才恢复到他在京城时任编修的级别，这是为何呢？范梈《晚登南楼眺乌石九仙方山诸峰》说：“宪署历三试，愚庸寡所宜。”他把原因归于自己的愚庸，其实这主要是元代官场的黑暗。专制国家的官场没有不黑暗的，而元朝更甚。袁桷《送范德机序》说：

> 四方士会京师，则必囊笔楮，饰赋咏，以侦候于王公之门。当不当，良不论也。审焉以求售，若乘必骏，食必稻，足趼而腹果，介然莫有所遗，夫争艺以自进，宜有不择焉者。心诚知之，孰惭其非。故幸得

① （元）杨载．杨仲弘集·卷首．上海：上海古籍出版社，1986.
② （元）吴师道．礼部集·卷十八．长春：吉林出版集团有限责任公司，2005.
③ （元）吴澄．吴文正集·卷三十五．上海：上海古籍出版社，1986.

之，则归于能；其不得之，则归于人。惕然而自治，吾未之见也。

临江范德机，会于兹三年矣，语焉简然，行焉恂然，吝其菁华，韬焉以深。视世之言文辞位贵重者，靳靳不自表。夫子曰：道不同，不相为谋。范君诚审焉，抑不可知。使不可知，则凡辱与游者，责莫能以辞也。

君所为诗文，幽洁而静，深怨与不怨，皆存乎天。慨然南归，善治其学，弥谨所徇，使果择士耶，无以易矣。譬之璞焉，蓄极而光，遇宁有不遂者乎。惜其行，解以俟之。①

从“会于兹三年”可知，范德机与袁桷相识才三年，但二人成为知心朋友。袁桷认为，范梈是有才华的高人，但他是璞玉浑金。四方之士会聚京师，他们都带着金钱珠宝，通过行贿和阿谀奉承，以求得一官半职。而他们一旦得官，又会掩盖自己的丑行，恬不知耻地说：这是凭他自己的才能。在这样污浊的社会风气下，范德机居然真正地坚持自己的节操，拒绝奔走权贵之门。他被排挤出京，是必然的。袁桷深为范梈不平，还希望有人能真正赏识范梈。

元代废除科举多年，文人的地位低下，元曲四大家的遭遇就是例子。元初未有官制，首先设置断事官，叫做达鲁花赤，总揽一切事务。后来虽有官制，但仍紊乱。《元史·循吏传序》：“古者，治民之吏，事权一而责任专，县之事专于令，郡之事专于守，故无所牵制，而吏得展其才。至元之官制，则不然，县有尹、有令，府、州有知府、知州，路有总管，而皆设达鲁花赤以监之。凡为达鲁花赤者，非蒙古则色目人，皆懵于中国之治术者也。夫既以达鲁花赤监吏矣，则吏之权已夺于达鲁花赤，使其贤，犹将与吏争是非可否，百牵制其所为，而况懵于治术者乎！虽洁己爱民者亦时有之，然其奸贪狂法、虐杀无辜，吏固不绝于书也。此元之吏治所以日窳，而盗贼所以不息欤！吾征之刻石，凡去思、遗爱之碑，颂达鲁花赤、总管以下之德政存而未佚者，尚得五六百事，大抵皆空言无实，习为谀美。呜呼！是亦吏治之窳之一端矣。”② 由蒙古人所任的达鲁花赤高于一切，这是出于民族压迫和民族歧视，必然会影响社会和政治风气。达鲁花赤大多不识字，甚至连签署自己的名字也不会，更何况治国？但是，他们多有德政

---

① （元）袁桷．清容居士集·卷二十三．上海：上海古籍出版社，1986.

② （明）宋濂等．元史·卷二百二十九．北京：中华书局，1976.

碑，这便将知识上的无知，转变为道德上的无耻。在这样的历史条件下，为官特别难，地方小吏的生存尤其痛苦，下层小吏的职期特别长。《元史·选举二》："已历两考之上者，循旧例九十月出职；不及两考者，须历一百二十月，方许出职迁转。"故有"两考正九品，通理二百一十月入流"之制；照磨有"历一百月，除从八品"者。210 个月，即将近 18 年。比起 18 年才升到九品的人来说，范梈还算是幸运的。元代的统治者尚武，他们所热衷的正如蒙古经典著作《蒙古秘史》所说的："挖开了他们（指灭尔乞人）的胸膛，戳烂了他们的肝脏，把他们床上的女人抓到我们床上。"[1] 草原骑士掌握政权后，把人民分为四等：第一等是蒙古人，他们如同书记一样充任各级政府的一把手。第二等是中亚的色目人，当亡国奴最早，已经得到主子的信任。第三等是"汉人"，即金国辖下的淮河以北的中国人，他们因当亡国奴的"工龄"较长，主子比较放心。第四等是"南人"，即宋朝辖下的淮河以南的中国人，最迟做亡国奴，也是政府最不放心的人。在"南人"中，他们最不放心的又是文人。以致元代文人的地位竟然在娼妓之下。宋谢枋得《送方伯载归三山序》："我大元制典，人有十等：一官、二吏，先之者，贵之也；贵之者，谓有益于国也。七匠、八娼、九儒、十丐，后之者，贱之也；贱之者，谓无益于国也。"[2] 这并非戏言，大文豪如关汉卿辈，便只有混迹于妓女堆中，这还是"九儒"高攀了"八娼"。范梈成年时，科举已废数十年，他只能担任下级文官，而且一生沉沦于八九品的下僚。明孙仁孺《山坡羊·东郭记》"何似儒酸，甘心寒俭"，这便是范梈人生的写照。范梈长期沉沦下僚，是"九儒十丐"制度下文人悲苦境遇的例子。这是元代文人的悲哀，也是中国文化的悲哀，更是成为亡国奴的"汉人"、"南人"的悲哀。

---

① 额尔登泰，乌云达赉校注．蒙古秘史（校勘本）·卷三．呼和浩特：内蒙古人民出版社，2007.

② （宋）谢枋得．谢叠山全集·卷二．上海：上海古籍出版社，1986.

第三章 范梈在海北海南道肃政廉访司

元仁宗延祐元年（1314）腊月二十三日，范梈结束了从京城到雷州的旅程，顺利抵达雷州路海康县。雷州半岛三面环海，气候和环境深受海气洋流的影响。宋苏辙《次韵子瞻过海》说："我迁海康郡，犹在寰海中。"① 每年自腊月起至次年二三月的几个月内，雷州便笼罩在潮湿阴暗的迷茫海雾中，故有"雷州百日蒙"之谚。明刘嵩《望雷阳城》："四原如席万山穷，南望雷阳杳渺中。风卷草沙鸣淅沥，日衔川雾转曈昽。山场云逐盐烟起，野港潮随蜃雨通。不尽登临怀古意，喜闻遗庙有旌忠。"② 对雷州的荒凉和艰苦环境作了描绘。但是，雷州始自西汉，是有两千多年历史的岭南古郡，在悠久的岁月中孕育了丰富深厚的粤西文明。

范梈走进雷州路海康县城北的朝天门，进入海北海南道的首府，立即到城西的海北海南道肃政廉访司公署报到。他拜谒了廉访使余琏，以及廉访司知事赵珍、经历刘宗说等上司，在春节的喜庆氛围中，开始了他在"南极"雷州的照磨生涯。

元仁宗名孛儿只斤爱育黎拔力八达，孛儿只斤，是成吉思汗皇族的氏族名称。孛儿只斤氏族之名不仅意味着他在蒙古族中的皇族地位，而且也意味着元朝在世界历史上的重要意义。范梈《潮州路总管府忠爱堂记》说："国朝疆守之广，度越三代。"③ 但是，这并不意味着范梈在雷州就过得十分如意。尽管比起沉沦在勾栏瓦舍中为妓女写杂剧的元曲大家关汉卿等人来说，范梈的人生算是幸运的，但在八娼九儒的历史大环境中，范梈在雷州的生活仍是一言难尽。

范梈在廉访司的官职是照磨，秩九品，是肃政廉访司的底层官吏。在官本位的时代，官职大小决定其地位是否显赫。虽然范梈是有元一代的大诗人，元代江

① （宋）苏辙．苏辙集·栾城后集·卷二．北京：中华书局，1990.

② （明）刘嵩．槎翁诗集·卷六．四库存目丛书．济南：齐鲁书社，1997.

③ （明）永乐大典·卷五千三百四十五．北京：中华书局，1986.

西诗派的主将，但是明万历《雷州府志》中却没有《范梈传》。《大明一统志》雷州府有《范梈传》："范梈，延祐初为廉访司照磨，学行诗文，为时所重。"①文字十分简略，但比起《雷州府志》来说，这已是十分难得的了。

但是，范梈为雷州和海南等地作出了重要的贡献。他在雷州期间，首先是留下了内容丰富的《海康集》。海北海南道肃政廉访司的首府在雷州路海康县，范梈以海康为他诗集的名称，表现出他对海康的深厚感情。范梈的诗集，有《燕然稿》、《东方稿》、《海康稿》、《豫章稿》、《侯官稿》、《江夏稿》、《百丈稿》等，《百丈稿》是他在家乡时所作的诗集，其他几本诗集，不是以京城的地名命名，便是以今江西省、福建省、湖北省的省会命名。由是，《海康集》蕴含着一个罕为人知的历史信息：雷州城曾经是中国一个省会的所在地。此外，在《海康集》中还蕴藏着今海南省、广西壮族自治区和今广东省西部雷州、高州、化州等地的历史资料，而且这些资料多为地方志所未载，是珍贵的第一手史料，它对于这些地区的历史和文化研究，有着重要的意义。

一、初到雷州

范梈在延祐元年腊月二十三日到达雷州，这时离过年仅剩六七天了。但是，在这仅剩的几天中，范梈仍做了一件大事——倡导兴建雷州路学府。至治元年(1321)，张图南《重修雷州儒学记》："延祐元年冬，宪幕照磨范德机，始议改图［雷州路］儒学。计［钞］不给于用，乃率诸生协其力，集口［楮］宝于学，以中统计［钞］为缗一万五千。抡材运石，备物致用。宪使余公琏、佥事赵公珍大都承直［郎］，皆赞其后。"②雷州经历宋元之交改朝换代的战乱兵火后，人口锐减，学校也被夷为平地。作为一个文人，范梈到雷州后做的第一件事，就是修建学校。他身先士卒，带领雷州路的学生搬运木石，捐献钱物，为恢复雷州的教育贡献自己的智慧和力量。须知，范梈此时到达雷州才六七天。因此张图南《重修雷州儒学记》的话是可信的。张图南（？—1322），字则复，号息堂，祖籍江西庐陵，自幼生长于湖南长沙，曾任辰州路儒学教授，岳麓书院教授，以太常礼仪院奉礼郎致仕。延祐甲寅，他任治所尚在今湖南长沙的湖广行省儒学提

① （明）李贤等．大明一统志·卷八十二．西安：三秦出版社，1990.

② 海康续志·卷三十九．雷州：雷阳印书馆，民国二十七年（1938）刻本．

举，故对他属下的海北海南道肃政廉访司照磨范德机在雷州集资兴办学校的事迹进行了表彰。此事是范梈给雷州人民的见面礼，也使廉访使余琏和佥事赵珍等对他的人格和能力有了初步的了解。

范梈到雷州七天后即春节。新年时刻，他写下《开岁》(《元音》卷四)：

自违北极向南辰，重见东皇似故人。合席管弦方殿岁，殊乡花柳觉先春。

水归楚泽鱼俱化，土覆周郊兽亦仁。薄宦于时无补报，且须康济百年身。

诗歌写于延祐二年正月初一，见于明初洪武十七年（1384）孙原礼编的元代诗选集《元音》卷四。开岁，即开年，新年开始的第一天。从“自违北极向南辰”可知，这是诗人从“北极”京城，来到“南极”雷州后所写的第一首诗。时间是诗人到雷州的第一个春节——延祐二年的正月初一。诗歌的题目，用东晋诗人陶渊明《辛丑岁游斜川诗》“开岁倏五日”之句。开岁，时间上指新年的第一天，隐含的意义是万物更新的开始。汉班固《白虎通义》：“所以名为岁何?岁者，遂也。三百六十六日一周天，万物毕死，故为一岁也。”[1] 开岁，不仅是新年伊始，而且是万物毕死后的开新之时。这首《开岁》，也是诗人到达雷州后的开笔诗。

诗歌写新年伊始时雷州万象更新的景象。首联，写诗人对雷州的新认识和新感受。“北极”，指诗人所来自的北方。“南辰”，指南海之滨的雷州。雷州在中国大陆的最南端，自然是中国大陆的“南极”。“东皇”，本指太阳神，道教也指雷神。元卫琪《三举登震灵》：“太极既判，天地定位，乃立东皇西母为万物之父母。今来司录神君，常三举其长子以主震器，俾不坠其绪，故知立天地之道，与皇极之道无异。诵之者，以此祝颂东皇千秋者。”[2]“震灵”，即雷神。道教认为，雷神乃天地长子，主东方，故称东皇；诗里的“东皇”，特指雷州雷神庙中的雷神。明朱权《天皇至道太清玉册》：“初一日，成物之日，东皇大帝生辰。”海畔雷州气候上最大的特点，是雷电超乎寻常地猛烈，而飓风则是雷电的伴生

① （汉）班固．白虎通义·卷八．上海：上海古籍出版社，1992.

② （元）卫琪．玉清无极总真文昌大洞仙经·卷八．清康熙三十三年（1694）刻本．

物。故雷州半岛有雷州府、电白县、神电卫、惊雷山、擎雷山等与雷电相关的地名，在宗教上则拜雷神为主神。故每年的正月初一，地方最高的官员率领官民到雷州雷神庙祭祀雷神，这是雷州新年的开岁之礼。诗人见“东皇”如故人，一扫此前“上马恸哭投烟村”的悲伤，对雷州有了新的认识和新的感情。

颔联，写雷州新年的祭祀场面和新春景观。“合席管弦”，指祭祀雷神仪式上钟鼓齐鸣的音乐，雷州以如此隆重的祭祀礼来开启新岁。“殊乡”句，雷州地近热带，桃花在春节时已经开放，柳树在新年时已经抽芽，这种南国特色的物候，令家在岭北的诗人耳目一新。

颈联，歌颂雷州的热带水土和人文气象。雷州的江河汇入南海，大海化生出种类繁多的海洋水族，其热土所养育繁衍的野兽也温和仁厚。此时，雷州在诗人的眼中再也不是“瘴疠之乡”，而变得格外温柔可亲。

尾联，写诗人在新年的打算。“薄宦”，指诗人职位低微。诗人所任的九品照磨，在廉访司中职位最低，因而，他不可能在雷州大展宏图。诗人无可奈何地说，我能有所作为的便是“康济”自己的身体。诗人初到异乡，对他来说，这里一切都十分新鲜：不仅有第一次见到的隆重的雷神祭祀，还有春节时的桃花柳芽，这里的鱼龙和野兽拥有奇妙的形态和仁爱的性格，这使诗人对雷州的看法为之一新。但是，诗歌的结尾却又回到“薄宦”者的卑微：“在专制体制下，我一个底层官吏照磨又能何为？我自己所能主宰的事便是：在地名为‘海康’的地方，使自己的身体也‘康济’起来。”诗人的身体素来欠佳，他在《王继学晚过舍下，翌日惠诗两章用韵答贶》一诗中说：“平生病太史，浅陋愧曹邦。”在《寄福建杜廉访使君》中说：“客魂销海鹄，病骨碎溪蛩。”所以，“海康”对他这个“病太史”而言，似乎在“康”字上有特别的意义。

诗歌主要描写诗人在春节时与雷州人民一起庆祝新年的情景，表现出诗人积极向上的精神，这在抑郁时代里的范梈的诗中并不多见。但是，诗歌“曲终奏雅”，表现出卑微的“薄宦”者纵然有万丈雄心，但在封建专制体制下仍然无可奈何的悲哀。

本诗是范梈到达雷州第八天时所写的，它是诗人在雷州照磨任上的第一首诗歌。它如同《海康集》的序曲，既是诗人在雷州生活的新的开端，也隐约预言了诗人今后在雷州为官生活中难以大有作为的前景。它表现出诗人在新的地方、新年时节和新的职位上的新心情和新开始：在这万象更新之时，诗人精神振奋，准备在雷州有所作为。但同时它又预示了作为一个“薄宦”和“底僚”，诗人在雷州海康除了“康健”自己的身体以外，其他的事则难有可为。范梈在雷州八年的生活中，虽然也曾在兴办学校和平反冤狱上有所成就，但是作为一个小小的照磨，他最后只能在“不能一吾志，斯道只有忧”的情形下，黯然离开雷州。

二、海北海南道肃政廉访司官署

诗人到雷州后，以《开岁》的精神面貌开始了他在海北海南道廉访司的新生活。他不仅对海北雷州的风俗人情倍感兴趣，而且对肃政廉访司庭院的景物也兴致勃勃。他写下了《宪司双榕轮囷数十围其庇数亩，雨止观白鹭》（《范德机诗集》卷七）：

> 榕树庭中翠欲昏，飞来白鹭动如云。每当弹射思伤物，忽到徘徊感离群。
>
> 护子乌鸦来辟易，附人鹳鹊漫缤纷。要知得失都何与？含育无由报圣君。

“宪司”，御史的别称。《宋书·刘瑀传》：“明年，迁御史中丞。瑀使气尚人，为宪司甚得志。”元代改御史台为廉访司，故元代的宪司多指廉访司，这里指廉访司的官署。“轮”，指车轮。“囷”，指圆形的谷仓，语出《诗经·魏风·伐檀》：“不稼不穑，胡取禾三百囷兮。”《周礼·考工记·匠人》：“囷窌仓城。”汉郑玄注：“囷，圆仓。”唐代贾公彦疏：“方曰仓，圆曰囷。”在雷州廉访司官署的庭院中，两株具有南方特色的百年古榕遮天蔽日，树干粗大得如同车轮和圆形谷仓，枝叶苍翠茂密如同大伞，遮护着廉访司的庭院，其树荫延及数亩之外，成为海北海南道廉访司的大地景观和自然坐标，还成为廉访司庭院中园林的中心和主体构架，为官署遮阴，为庭院净化空气。天热时，人们在树下聚集歇息，纳凉聊天，为廉访司聚集人气。巨大的树冠还形成一个空中生态环境，成为鸟类的乐园，乌鸦、鹳鹊和各种到南海过冬的候鸟在此筑巢，展现出郁郁勃勃的生机。这天下雨，廉访司闲暇无事，诗人仰望树冠，观察群鸟，在浓浓的榕荫中感悟宇宙人生和自己为官的责任。

诗歌首联，描写廉访司庭院的榕树景观。庭中榕树的树冠荫地数亩，树叶浓密苍翠，树荫浓密得几乎昏暗。因此，大树冠形成的空中小世界成为鸟类的大乐园，闲云般的白鹭、成群的乌鸦、依人的鸜鹊等鸟群，均来到这里。它们以大树为家，平时在空中飞来飞去，来往于沧海与廉访司的庭院之间，它们的形体形成五彩缤纷的视觉景观，它们的叫声形成叽叽喳喳的听觉世界，使廉访司里好不热闹，充满了无限的生机和乐趣，这里似乎不是威严阴森的官府衙门，而是大海之滨的鸟类乐园。

颔联，写诗人保护鸟类的人道主义情怀。如此众多的鸟类住在大树之上，免不了招来打猎射鸟的人。于是，诗人因生灵被杀死和被打伤而悲哀，特别是失偶的孤鸟在空中哀鸣徘徊时，让人无限悲伤。

颈联，写诗人护鸟的结果。由于诗人保护廉访司树上的鸟群，这使得远处有子的乌鸦来到这里避难，依人的鸜鹊在树间上下翻飞，廉访司成为一个五彩缤纷的鸟类乐园。这种情形，与 19 世纪中叶美国伟大浪漫主义生态思想家梭罗（1817—1862）的动物乐园很相似。梭罗《瓦尔登湖》的《禽兽为邻》写道："很快就有一只美洲鹟来我屋中做巢；一只知更鸟在我屋侧的一棵松树上巢居，受我保护。六月里，鹧鸪这样怕羞的飞鸟，带了它的幼雏经过我的窗子，从我屋后的林中飞到我的屋前，像一只老母鸡一样咯咯咯地唤她的孩子们，她的这些行为证明了她是森林中的老母鸡。"① 梭罗的这段描写产生于 1845 年，两人生活的年代虽相距五百多年，但心灵却是相通的。

尾联，写诗人由护鸟引发的政治理想以及其不能实现的悲哀：诗人本欲以这种爱护生灵的好生之德来"涵育"人民，以报答圣君。但是，对于一个"底僚"照磨来说，却是无法实现的梦想。

诗歌中虽有怀才不遇的牢骚，但其精神却是积极的。诗人由写廉访司庭院的大树冠形成的良好的生态环境，到写在树上诗意栖居的无数动物，再由动物的生存困境引出动物保护的问题，最后由爱护自然界的生命联想到为臣为官应该"涵育"人民的社会责任，从自然环境论引申出社会政治论，从而提升了诗歌的主题和思想境界。在结构上，诗歌由树及鸟，由鸟及人，由实及虚，既表现了诗人细致的观察力，也表现了他由此及彼的形象思维方法。

尤其可贵的是，诗人在 14 世纪初就提出了保护环境、保护动物的环境生态思想。而西方的环境保护思想直至 18 世纪中后期才出现。英国思想家怀特于 1789 年出版的《塞尔波恩的自然史》是这方面的奠基之作。19 世纪中叶，美国

---

① ［美］梭罗．瓦尔登湖．徐迟译．上海：上海译文出版社，1982. 98.

的生态思想家梭罗把田园道德提升为近代生态哲学，把浪漫主义自然观推向了一个新的高度。在实践上，20 世纪 60 年代美国的简·古多尔成了动物和环境保护的旗手，她为保护地球和环境而不停地奔波。而现代中国却要到 20 世纪末产生了严重的生态灾难后，环境保护、动物保护的思想才比较流行。但是，范梈在六百多年前就提出和表达保护动物、爱护环境的生态思想，并把它与人道主义思想紧密地联系起来，是多么超前和难能可贵。

在海北海南道肃政廉访司的庭院中，诗人还不时独自静立，其《独立》（《范德机诗集》卷七）写道：

能诗不得静中师，又是天涯独立时。高阁夕阳人影乱，曲河新水棹声迟。

一身慷慨家仍远，十口凄凉岁荐饥。偶尔凭阑感风物，临流先被白鸥知。

此诗仍作于海北海南道廉访司官署的庭院中，与前面一诗为姊妹篇。诗歌前四句，写诗人独自在院中构思诗歌的创作心理。夕阳西下，宪司里因多数同僚已“退食自公”而一片宁静，这正是创作诗歌的大好时机。诗人独立天涯，在静立中构思诗歌。可是，这位被人视为“能诗”的诗人，此刻却写不出诗来。这是因为，虽然近处庭院中比较安静，却还有缭乱的夕阳霞光和人影，远处，庭院外河中的水声和渔船棹声频频传来，令他心烦意乱，不能平静。

后四句，写心中不宁的真正原因。诗人心烦意乱，似乎是环境造成的，其实，真正原因是家人生存的艰难。诗人当天似乎收到了江西老家寄来的家书，得知家中老少十余口现已无米下锅。原来，虽然他身为万众羡慕的官吏，但是薪水却难以养家糊口。在这青黄不接的春荒时节，家中早已断粮。收到家书后，诗人尽力压制自己内心的焦虑，勉强地写诗应景。但是，心中的隐忧不时浮现。他独立庭院时，凭栏远眺岭北，怎能不想起亲人断炊无食的凄凉？虽然这只是诗人内心的波澜，但似乎还是被河边的白鸥知道了，它同情地望着他。诗歌反映了元代低级官吏家庭经济拮据的生存问题，这也许是今天的公务员们难以想象和理解的。

在海北海南道肃政廉访司的庭院中，诗人还作有《公堂暇日》：

新起危楼接大荒，海天奇观压殊方。周墙恨未高千尺，犹见他家竹短长。[1]

诗歌前两句，写雷州刚刚修复的城墙和城楼。元朝灭宋后，还摧毁了岭南地区的城池。元至元八年（1271）曾任雷州知府的陈大震编《南海志》卷八：“天兵下南，平夷城壁，楼橹雉堞，一切荡除。以后因之，不复修治。”[2] 元朝并令岭南各州县不得修筑城池，明万历《雷州府志》卷八：“元至元戊寅，罢岭南城池修筑。”但由于海盗侵扰和瑶族起义，战争时常逼近雷、高、廉、化等地，延祐年间又准许修复毁坏的城墙。雷州在修复城墙的活动中，还在城墙上新修了高楼，成为巍峨的海天奇观。

后两句，写诗人对修筑城墙城楼的批评。诗人并未大发议论，而是以自然世界中的竹梢，轻轻地就越过自以为是“海天奇观”的城墙，隐喻着人类修城的徒劳。修筑城墙是长官的决定，独裁体制下的“底僚”细民焉敢议论。诗人只是化用唐代诗人柳宗元《登柳州城楼寄漳汀封连四州》“城上高楼接大荒，海天愁思正茫茫”和杜甫《将赴成都草堂途中有作先寄严郑公五首》其四“新松恨不高千尺，恶竹应须斩万竿”的诗句，通过城墙高楼与墙边竹林的高低较量和情景互换，形成轻松的调侃意味，在发人深思中委婉地表达了对靡费公款大摆阔气的批评。

在《御选元诗》和《元诗选》中的《公堂暇日》均只录一首，但此诗原有两首，第二首见于《选校范文白公诗集》卷六《公堂暇日》之二：

阑干只合护花黄，石径循篁底自斜。又是一年秋思过，蛮烟瘴雨满天涯。

从此诗可见，《公堂暇日》作于秋天。前两句，写廉访司内的庭院景色：栏杆、石径、黄花、竹篁，均是廉访司署内庭院中的亭台园林景物。后两句，写诗人的愁思，“蛮烟瘴雨满天涯”，与优美的栏杆石径、黄花竹篁、新起危楼和海天奇观等形成鲜明对比，它意味着：精神和文化上的蛮荒，是不能用物质上的新

---

① 御选元诗·卷七十一．长春：吉林出版集团有限责任公司，2005.

② （元）陈大震．元大德南海志残本．广州市地方志编纂委员会办公室编，1991.

起危楼和海天奇观来掩盖的。廉访司的庭院虽美，城墙和城楼虽高，但是无法消除它在精神文化上的空虚和落后。诗歌把对靡费公款修建城池的物质方面的批评上升到精神文化层面，从而提升了诗歌的品位。

这两首绝句虽短小，但内容丰富，思想深刻。范梈的批评具有强烈的现实针对性，元陈光大《（雷州）惠济东西桥记》云："皇元以来，垂六十载，亭、舆、桥、闸俱废，湖既失灌溉之利，人复病利涉。亲民者，莫之问。"[①] 此文写于至顺三年（1332），即在范梈作该诗的十年之后，但是其积弊仍在。可见，元代在雷州的海北海南道的官员，热衷于修筑城墙和城楼等用于镇压人民的军事设施，而丝毫不顾人民的死活，使宋代雷州知府何庾和戴之邵等所修的水利设施——何公渠、戴公渠相继废弛，严重地影响到雷州的农业生产和人民生活。范梈的诗歌，是有感而发的。那么，元代在雷州大修的城墙和城楼的功效到底如何？是否能确保残暴的政权永远成为"海天奇观"呢？明乌斯道《雷州卫指挥张公完城记》："皇帝御极之三年，怀远将军同知雷州卫指挥使司事张公，奉诏领麾下士五百人，首镇雷阳。雷阳旧有城，岁久圮矣。芜而弗治，卑而可踰。城不足以限内外，戒不虞也。公慨然曰：《易》谓慢藏诲盗。城之不完，犹慢藏也。天下有城，无间中外，自度岭而南，惟雷阳处散地，平田旷野，灌莽极目。三面大海小渚，帆柁直入，去城仅四五里，而兵且寡少。"[②] 所谓"皇帝御极之三年"，指明洪武三年（1370）。元代大修的城池，到明初不过半个世纪，但已"芜而弗治，卑而可踰"。可见，元代海天奇观，在元代末年的战争中是如何不堪一击！不修仁义，只修大刀和城墙的政权，其实很难长久。历史证明，范梈眼光犀利，批评正确而深刻。

雷州海康城地处南天尽头，是中国南海之滨的一座孤城。雷州作为海疆孤城，其军旅情形如何呢？诗人有《闻角》（《选校范文白公诗集》卷六）：

> 西风嫋嫋拂弓旌，千里来看晓角声。纵复凄凉归未忍，炎州此外更无城。

诗歌描写雷州海畔孤城的军旅特色。前两句，写清晨军营里的军旗和军号。

---

① （清嘉庆）海康县志·卷八．上海：上海书店出版社，2003.

② 李修生．全元文·第五十七册．南京：凤凰出版社，2004. 139.

从南海和北部湾不远千里而来的袅袅西风，吹拂着海康城头军人的雕弓，吹拂着猎猎作响的军旗，嘹亮号角在军营里随风飘扬。

后两句，抒发诗人的感受："我本欲弃官归家，但是听到这凄凉的号角，顿时感到肩上责任重大，决心留下来捍卫中国大陆最南端的这座海畔孤城。"雷州地近热带，自然是"炎州"，诗人称海康为"南极"，自然是此地之外"更无城"。本来，雷州之南还有徐闻县。徐闻县治原在海滨的讨网村，因遭海盗洗劫，元大德十一年（1307）迁于离海十余里的宾朴村（即今县治）。但是，元代徐闻县治没有城池，它野处在树丛林薄中，有如一介荒村。天顺元年（1328），海盗再次剽掠徐闻县，县治被夷为平地，县官只好迁到海安所寄居在军营内办公。因此，雷州城便是在南海之滨巍然屹立的一座孤城，它苍茫和悲壮地捍卫着中国的南部海疆。

本诗的底色是凄凉和思归，这正是范梈诗歌的基调。但是，它在西风晓角的凄凉底色上，突出了军旗与弓角的景象，表明诗人也扛起了"炎州此外更无城"的战略重任，表现出范梈诗歌少有的悲壮和激昂。

本诗在雷州历史上也有重要意义。在雷州文学史上，军旅题材的诗歌十分罕见。本诗赋予雷州以"瘴云深处守孤城"① 的军旅特色和海畔孤城的悲壮美，为雷州城保存了一帧壮丽的军旅色彩的历史图景，十分珍贵。

本诗在中国文学史上也有重要意义。对孤城的描写，著名的有唐王之涣《出塞》："黄河远上白云间，一片孤城万仞山。"王昌龄《从军行》："青海长云暗雪山，孤城遥望玉门关。"宋范仲淹《渔家傲·秋思》："四面边声连角起，千嶂里，长烟落日孤城闭。"……这些孤城都在中国北方，而本诗刻画了元代中国南部海疆的孤城雷州，从而在中国边疆的孤城系列中，增添了新的具有南国特色的文学形象。

范梈是廉访司的"底僚"，他的工作比较繁杂，其中的一个重要工作是管理仓库。因此，他时常到库房值夜班，其《院中夜直》（《范德机诗集》卷六）说：

> 此身只似到南州，莎草寒鸡一片秋。后夜玉堂谁上直？料应少睡更多愁。

---

① 刘禹锡．酬马大夫登洭口戍见寄．（清）彭定求等编．全唐诗·卷三百六十五．上海：上海古籍出版社，1986.

前两句，描写廉访司院中的夜景。“只似”，似乎只应该。“南州”，南国，这里指雷州。今夜无月，南州的夜晚成为只有听觉通信可以畅通无阻的世界。在诗人的听觉中，茫茫的夜空中只有瑟瑟作响的莎草和草中寒鸣的昆虫，它们的声音不断地传来，让诗人感受到无限的秋意。诗人说，今生我似乎注定应该到南国海畔，与这莎草寒鸡为伴。

后两句，描写夜晚值班者的生活。“后夜”，指后半夜。看来，照磨所的值日，一夜有两班，今夜轮到诗人值后半夜这班。雷州的夜晚充满了神秘和恐怖，如雷州有传说《石人赌钱》：“雷州治前立石人十二，执牙旗两旁，即今卫治是也。忽一夜，守宿军丁闻人赌博吵声，趋而视之，乃石人也，地上遗钱数千。次早闻于郡守，阅视库藏，锁钥如故，而所失钱如所得数。”① 雷州雷神庙里的夜晚也有鬼神显灵，宋大中祥符二年（1009）吴千仞《雷庙记》：“庙人夜宿庙中，天将明，庙门忽开，有车盖侍卫，直上抵正殿。庙人惊惶，谓刺史到庙，奔走迓迎，忽不见。其灵显如此。左右田家，俱各畏惧，少有所逆，遂至亡命。”② 传说中雷州的夜里到处充满精灵，那莎草、寒鸡、秋风等，也使人倍感肃杀。同时，防盗的责任、浓浓的乡愁，也使他不敢稍微松懈。夜晚值班，眼前一抹黑，心中直战栗。但在诗人笔下，值夜班仍可写成好诗。故明胡应麟说：“元人绝句莫过虞、范诸家，虽与盛唐辽绝，尚不坠晚唐中。”③ 此诗便是这类的七绝佳作。

有关元代设在雷州的海北海南道肃政廉访司的记载十分简略，明万历《雷州府志》卷八：“雷州府治……元至元十八年（1281），改州为路，迁今治地。二十八年（1291），又以路为海北海南道肃政廉访司，今治即司故址。洪武戊申罢廉访司，立雷州府。”范梈的诗歌描写元代海康城高大的城墙城楼，廉访司的庭院、庭院中的栏杆石径、竹树园林、巨大榕树和无数的飞鸟，特别是海滨孤城的军旗和号角，为消逝的海北海南道肃政廉访司留下了宝贵的资料。

三、海康斋居

除了廉访司的官署外，诗人对自己“退食自公，委蛇委蛇”的生活，也有

① （清）袁枚．续子不语·卷四．上海：上海古籍出版社，1986.
② （明万历）雷州府志·卷十一．北京：书目文献出版社，1990.
③ （明）胡应麟．诗薮外编·卷六．上海：上海古籍出版社，1979.

描写。诗人在雷州照磨所的书房作《秋日海康斋居》(《范德机诗集》卷二)：

吟事久已落，兹辰遇高秋。泠泠空中籁，袭我书帷幽。
如何寒暑疾，径与大江流？江流不复转，岁月已还周。
游子去京华，邈在天尽头。胡雁不逾岭，眷眷非良谋。
排云挹飞观，金爵露光浮。在远心所仰，胡为滞沧洲？
茅屋足草花，洵美难久留。苟能一吾志，斯道将何忧？

诗歌作于延祐三年（1316）秋。“秋日”，“遇高秋”，点明是秋天之作。“岁月已还周”，表明他在雷州已过了一年，故诗当作于延祐三年的秋天。

诗歌十韵，可分为三层。前八句为第一层，写诗人在海北海南道廉访司任职一年来的生活。诗人已经许久没有写诗了，但在秋高气爽的日子里，袅袅的秋风吹进书斋，阵阵的天籁随风飘逸而来，激起他无限诗情。诗人住在肃政廉访司大院中的西侧，院内有廉访使署、经历署、照磨所、仪从库、军器库、吏宅等房屋。明万历《雷州府志》卷八：“元至元十八年（1281），改州为路，迁今治地。二十八年（1291），又以路为海北海南道肃政廉访司……改建经历司、照磨所、仪从库、军器库、吏宅诸廨。”在廉访司的官制上，照磨属经历署直接管辖。明《永乐大典》卷五千三百四十五有范梈《潮州路经历司衡政厅记》：“制经历、知事、照磨，秩自七至九，郡凡三员，上以承太守，下以摄郡吏已。”经历署虽然是廉访司的办公厅，但只有经历、知事、照磨三人，官秩是经历七品、知事八品、照磨九品，直接对廉访使负责。“书帷”，指范梈在照磨所的书房，即“吏宅”。照磨虽然官位不高，但负责看守钱粮仓库，故照磨所公署相对独立，有自己的书斋。“寒暑疾”四句，写岁月像大江一样匆匆流逝，转眼间诗人到雷州已过一年。

接下来的八句是第二层，写诗人对雷州一年生活的感想。范梈到雷州任职，是直接从京华一步跨到南天的尽头。“眷眷”，反顾留恋的样子。胡雁只到湖南衡阳的回雁峰，而不到岭南来，我却一心一意地眷念这胡雁不来的雷州，这是不明智的。诗人对自己来雷州感到十分后悔，他本不追求热闹浮华，而追求道教排云飞渡和心灵的清静。“偏僻边远我并不害怕，但是没有想到此处成为流放和监视人才的‘沧州’，我还应该心无旁骛地留在这里吗？”海北海南道首府所在的雷州，本是具有新的世界视野的元代依凭南海和北部湾接合部而建立的具有海洋情怀的新道，它在面对东南亚诸国的开辟和海洋贸易中，完全可以大有作为。范梈也曾带着理想来到雷州，希望能在中国南海畔的新道里有所建树，但是在雷州一年的生活却令他失望。因此，诗人说：他并不害怕雷州的边远和僻静，他的理想和抱负使他主动地接受了大雁不到的南天尽头；但是雷州却成为牢笼人才的"沧州"，使诗人无用武之地。因此，雷州在精神上的荒芜才使他倍感压抑和绝望。

最后四句是第三层，道出诗人烦恼的原因。照磨所的书斋十分简陋，名义是官署，其实是用茅草盖成的草屋。诗人并不害怕物质生活的艰苦，他还乐观地欣赏着茅屋上的美丽草花，诗人所忧虑烦恼的是，有志难伸，理想难酬。

范梈的压抑和绝望不是没有原因的。在民族主义盛行的元代，政府主要首领多是军人及其军二代，首脑的文化素质极低，许多官员一字不识，连在公文上签署自己的名字也不会。同时，元代时雷州也出现了大贪官——海北海南道宣慰使都元帅薛赤干，他不仅是个大贪官，而且是个杀人不眨眼的魔王。而正直开明的廉访使乌古孙泽在元大德六年（1302）上任，至大元年（1308）他已离任转任为福建廉访使了。在范梈之后，天历三年（1330）上任的廉访使贾焕，至正六年（1346）上任的廉访使吕琉，皆有较好的口碑。但是，范梈在雷州任职的延祐至至治年间，廉访使卜达世礼、廉访副使李元仲等，基本上没有可以称道的地方。他深感怀才不遇，自然在情理之中。

诗人虽然写了治所在雷州的海北海南道肃政廉访司的外在斋居——茅屋草花，构成了他的书斋；但是范梈所注重的却是廉访司的内在斋居：能实现诗人的理想和壮志的官吏制度与精神环境。如果能有这样的制度与环境的话，即使是茅屋也是十分美丽的。但是，雷州的荒凉不在于它是胡雁不到的南天尽头，而在于它令人窒息的精神环境，在于它是压抑人才、扼杀理想的地方。当然，不独雷州，在专制主义的中国，哪个地方、哪个朝代不是这样？只是元代的雷州尤甚而已。这使诗人心抑神忧，壮志难酬。因此，诗人来雷州已经一年，却很少写诗。在这悲伤的季节里，他面对寒暑易节，岁月飞流，更担心自己的志向和大道不能实现。诗歌中，岁月之"秋"，时光之"流"，人生之"谋"，诗人之"忧"，形成了忧时济世的主旋律。

诗人的"海康斋居"在廉访司官署的西厢，它由"茅屋草花"盖成。因此，诗人所在官所，其实是草房茅屋，诗人有《草堂》（《元音》卷四）：

草堂不在万山峰，时有幽人步往踪。雨压墙烟笼薜荔，石行渠水鉴芙蓉。

清名岂让陶贞白？共住犹须陆士龙。忽忆雁行天外去，归来期在粤城中。

诗歌描写他在海康的斋居和隐居之志。第一、二句，写草房的所在。草堂本应在万山之巅，但是现在它却在雷州城中。草房一词，把他在廉访司的住所的简陋和雷州官衙的冷清刻画得淋漓尽致。范椁虽身处草房，但时常有幽人移步寻访，使茅屋别有情致。第三、四句，写草房的景物。草房的墙上长满薜荔，在雨雾烟岚的笼罩中更加茂盛；墙外是水渠，渠水映照着初开的芙蓉，烘托出幽人隐居的境界。最后四句，写茅屋之乐。草房之乐，一是有幽人为友。陶贞白，指南朝齐梁时的隐士陶弘景。陶弘景，字通明，丹阳秣陵人，隐居于茅山，自号华阳陶隐居，谥贞白。《南史·陶弘景传》："大同二年（536）卒，时年八十一……诏赠太中大夫，谥曰贞白先生。"① 这里，作者以陶贞白比拟自己。陆士龙，西晋文学家陆机的弟弟陆云。陆云，字士龙。南朝宋刘义庆《世说新语》之《排调》有"云间陆士龙"之语，形容其很有才华。这里，陆士龙喻指来访的友人。诗人说，我素有隐居之志，并不亚于陶弘景先生，且有如陆士龙先生那样才华横溢的友人。草房之乐，二是有大雁为伴。前诗说到大雁，它与雷州廉访司的庭院双榕上无数的群鸟一样，都是诗人的邻居和朋友。候鸟虽然暂时离去，但是来年仍然会如期归来，与我相会在这粤城的茅屋旁。诗人的草房虽然简陋，但是既有幽人为友，又有大雁为伴，充满了人与自然和人文和谐相处的怡然快乐。

在雷州海康城廉访司西厢的斋居中，诗人还写下《西轩即事》（《御选元诗》卷七十一）：

行厨晚食坐萧条，欲买银鱼待早潮。鼓绝山城门未掩，梦和疏雨度西桥。

西轩，即西厢。诗歌写诗人在雷州城中的西轩所见。前两句，描写了诗人清晨在西轩所见的雷州海市。雷州的墟市依海而成，市无定所，随潮上下。男人打

---

① （唐）李延寿．南史·卷七十六．北京：中华书局，1975.

鱼归来时，女人随即在临时形成的海市卖鱼鬻虾。宋秦观《海康书事十首》其五："粤女市无常，所至辄成区。一日三四迁，处处售虾鱼。青裙脚不袜，臭味猿与狙。孰云风土恶，白州生绿珠。"① 因海潮不定，故海市随潮而迁。雷州市场上的越族女子，穿着青布筒裙，打着赤脚，身上发出阵阵鱼腥味。但是，你不要轻视她们，著名的美女绿珠，就生长在南粤的博白。岭南的女人从不乏英雄豪杰，如南越国时期的冼夫人，汉代称王的征侧、征贰，南朝至隋时的高凉冼夫人，五代时雷州英豪宁国夫人等，都是越女中的杰出代表。岭南女子在社会生活中有重要的地位，故做买卖的都是女人，成群的青裙令人联想到岭南开放的野女，使外来文人赞叹不已，浮想联翩。秦观还有《雷阳书事三首》其三："旧传日南郡，野女出成群。此去尚应远，东门已如云。蚩氓托丝布，相就通殷勤。可怜秋胡子，不遇卓文君。"在秦观的时代，雷州最大的海市在雷州城的东门外。"蚩氓"，指《诗经·卫风·氓》商人勾引卖丝女的故事。秦观说，日南郡的野女成群，她们离此地甚远。但是，雷州东门已有如云的"野女"。她们不仅卖鱼，也卖"雷州布"，商人与"野女"好不殷勤！只可惜，先秦的秋胡和汉代的司马相如，都没有遇到动心的女人。苏轼与秦观被贬雷州时，均观赏过雷州墟市的奇异民俗。这些诗歌生动地描写了古雷州的海市情景，赞美了雷州女子的勤劳俭朴和动人风韵。

诗歌前两句，写早餐推迟及其原因。因要等买回银鱼下锅，故今天的早餐推迟，诗人至今未食。"银鱼"，银色的小鱼，此鱼虽小却味美。诗人在西轩，面对海边的早潮和趁潮捕鱼而归的渔民，以便等海市形成时好去买鱼做早餐。

后两句，写诗人在西轩傍晚时的所见。"山城"，雷州近海，并非山城。但是雷州城建在山冈顶上，亦称山城。"西桥"，指雷州城外西湖上的桥。此桥建在何公渠的闸门上，名惠济桥。桥有东西两座，在东闸上的名为惠济东桥，西闸上的名为惠济西桥。《大清一统志》雷州府："惠济桥，在海康县西湖。有二桥，东桥跨东闸，西桥跨西闸，宋知州何庾建。"② 在傍晚时分，关闭城门的鼓声已经敲过，但城门尚未完全掩上。诗人的思绪已飘出城门，越过雷州西湖上的惠济西桥，带着蒙蒙细雨和诗人的美梦，飞向远方。

《西轩即事》通过早餐晚食而引出即买即食的银鱼和连接鱼市的海边早潮，

① （宋）秦观撰，徐培均笺注．淮海集笺注·卷六．上海：上海古籍出版社，1994. 239.

② （清）穆彰阿，潘锡恩等．大清一统志·卷三百四十九．上海：上海古籍出版社，2008.

写西轩的早晨；再以城中暮鼓和西桥疏雨，写西轩的傍晚。诗歌笔调轻盈闲适，与诗人在外巡察时的紧张和繁忙形成完全不同的格调。

范梈在雷州冬至时有《夜坐有怀，舍弟在江右，别来凡阅九冬至矣》（《范德机诗集》卷七）：

天边此夜逢冬至，江表频年望客还。谬戴词林深雨露，却怜棣萼远河山。

周流本已违长策，趋走那堪益厚颜？何日求田归计定？一尊松下咏间关。

诗歌写于至治元年（1321）十一月冬至日，是给弟弟的书信。由题目中的“别来凡阅九冬至”可知，此诗为在雷州时所作。诗人离开家乡八九年以上的有两次：一次是三十三岁第一次离家到京师，到四十三岁离京，为时十年；第二次便是延祐元年到至治二年在雷州，为时八年。本诗有“天边”作为地理标记，故它不是在京城时所作，而是在雷州任上所作无疑。“天边”，指在中国大陆“南极”的雷州。“谬戴词林”，指他在京师翰林院时；“棣萼远河山”，指他在雷州远离江西的家乡。雷州半岛民俗最重视的节日是春节、元宵、端阳、中秋和冬至等，所以冬至是一个重要的节气。《云笈七签》：“冬至一阳生，万物之始也。”[①] 范梈《范德机诗集》卷一《冬至日》也说：“冬阴已解剥，天运旋其初。”古人认为，冬至时节，是人身中阳气开始滋生的时候，故在此日以羊祭祀神灵，然后大家分吃羊肉祭品。今天，岭南在冬至日还保留着吃羊肉助阳气的习惯。

诗歌前四句，写诗人对弟弟的思念：“今年冬至我仍在天涯，令你在江西老家举首企盼。我因所谓的文学之才被举荐到雷州，却与你们远阻山河。”诗人是个孝子，对寡母十分孝顺。自己在外宦游，全靠弟弟在家照顾母亲，因此兄弟格外情深。《范德机诗集》卷六《二十六夜得舍弟书及知熊敬舆茂才消息，期旦夕有会并知便良快慰也》：“故人天阙腾新荐，舍弟云溪守敝庐。未省东归何日见？挑灯细读寄来书。”兄弟的书信和情谊，成为诗人诗歌的重要组成部分。

后四句，写诗人的感慨和打算。诗人说：“在外宦游本非良策，何况我缺乏

---

① （宋）张君房．云笈七签·卷一百．北京：华夏出版社，1996.

那低三下四、厚颜无耻以求升迁的本领？什么时候我才能弃官归隐，与你一起享受松下吟诗的快乐呢？”

诗歌通过思念弟弟和家乡，描写了他在雷州廉访司照磨任上的郁郁寡欢。诗人是个有操守的人，《元史》本传载：“虽癯然清寒，弱不胜衣，于流俗中克自树立，无苟贱意。”虽然他因文学才能而沾恩，但是“底僚”的生活本来就委屈了诗人，加之在独裁体制下需要对长官厚颜无耻地阿谀奉承，才能有升迁的机会，这令不愿折腰的诗人格外痛苦。

四、廉访司僚友

范梈为人正派，因此他在海北海南道肃政廉访司有许多挚友，这些人是支持他在天涯海角坚持下去的重要的精神力量。

在海北海南道肃政廉访司，诗人最亲密的朋友有赵珍。《题燕山佥事彩绣堂》（《范德机诗集》卷七）说：

海康城下白云飞，南部观风使者归。督郡须持直指斧，历阶尚挂老莱衣。

高堂见月思丹檄，远路逢春忆翠微。赖有胜流词翰在，定随华榜照林扉。

从“使者归”看，这是廉访司佥事离任时的送别之作。但是，题目却又有题词形式的“题”字，这两者之间，不无矛盾。

诗歌首联，用“海康城下白云飞”起句，为诗歌布下云彩飞动的飘逸优美的背景，接着落在“南部观风使者归”上，形成欢快流畅的韵调，使诗歌简洁热烈，大气磅礴。这一联说，在中国南海之滨海康观风的使者，就要“历阶”升迁而离去了，因而海康城下晴空万里，天上白云飘逸，老天都为使者离任而高兴，以天飞彩云而大壮行色。

颔联，上句歌颂佥事——这位燕山使者在雷州大刀阔斧的行政风格，暗喻其在雷州任上的政绩；下句歌颂他孝敬父母的品德。“老莱衣”，指为使父母高兴而穿的五彩童衣。《列女传》：“老莱子孝养二亲，行年七十，婴儿自娱，著五色采衣。尝取浆，上堂跌仆，因卧地为小儿啼，或弄乌鸟于亲侧。”① 此指这位燕山佥事归家后，以身穿儿童花衣来逗父母开心一笑的孝亲娱亲之心。

颈联描写佥事对雷州生活的思念，尾联则写雷州朋友赠予佥事的留念之作。“胜流词翰”，指佥事的文学作品；“华榜”，指佥事在彩秀堂的题匾上所体现的书法艺术。

诗歌天地映照，山水与人文对举，在俯瞰宇宙和古今中，形成壮阔的意境。同时，起承转合自然流畅，词采飞扬，在行云流水的诗句中，既表达了对佥事的无限深情，也赋予诗歌悠扬如歌的愉快旋律。

这位得到诗人如此热情歌颂的佥事，除了他本人的人品和政绩值得歌颂外，他与诗人的关系也非同一般。这位佥事是谁呢？明万历《雷州府志·名宦志》：“赵珍：不知何许人也。延祐二年（1315），任廉访佥事。平反讼狱，民无冤滞。与照磨范梈改创学宫，政多可述。”《雷州府志》所载佥事只此一人，延祐三年（1316）前后在雷州海北海南道肃政廉访司任佥事且与范梈关系特别者，也只有此人。因此，结合方志可以确定，此诗所歌颂的人必定是赵珍。

与赵珍相关的资料极少，故《雷州府志》说不知赵珍是何许人也。但从此诗可知：赵珍是燕山人；他在雷州廉访司的佥事室的名字是极富诗意的“彩绣堂”。从张图南《重修雷州儒学记》“佥事赵公珍大都承直［郎］皆赞其后”可知，赵珍曾热情地支持范梈在雷州兴建学校的行动。范梈是元代著名的书法家，元揭傒斯《赠吴主一》：“国朝分隶谁最长？赵、虞、姚、萧、范与杨……范公清遒不敢当，纵横石经元老苍。”② 著名书法家赵孟頫称赞范德机、吴子善、张伯雨三人的隶书。但是，“彩绣堂”的匾额并非范德机的作品，而是赵珍自己题写的。可见，他的书法艺术并不逊色于范德机，也当是个书法家。

在范梈于延祐四年（1317）写的《海角亭记》中，还隐藏着赵珍的资料。明崇祯《廉州志》卷十二《海角亭记》之末无署名，但明叶盛《水东日记》中的《海角亭记全文》有更完整的内容。所谓“全文”，就是在上文之后还有以下内容：“于是记之，俾刻亭上。后之览者，其不参有所感发矣乎！前翰林国史院编修官，今授将仕佐郎、海北海南道肃政廉访司管勾、承发架阁库兼照磨高平范梈文，承直郎佥海北海南道肃政廉访司事燕山大都题额。”它比《廉州志》多出

① （唐）欧阳询．艺文类聚·卷二十．上海：上海古籍出版社，1965.
② （元）揭傒斯．揭傒斯全集·卷八．上海：上海古籍出版社，1985.

的内容有三：一是正文的结尾；二是碑文作者范椁的署名；三是碑额书法作者的署名。故在文后，叶盛跋云："此吾家所藏范德机先生《海角亭记》石本，书出汉八分隶，先生笔也。"① 可见，全本的内容录自石碑，碑为叶盛家中的收藏。在这里，海角亭上碑额的作者署名是："承直郎、佥海北海南道肃政廉访司事，燕山大都题额。"此处的燕山、大都和佥事，与《题燕山佥事彩绣堂》和《雷州学记》中的燕山、大都和佥事，必是同一人，即赵珍。延祐三年秋，范椁到廉州寻访古迹，无意中发现了廉州淹没在草丛中的海角亭遗址，于是，他嘱咐廉州官吏修复海角亭。次年，海角亭修复完成，范椁撰《海角亭记》，并用自己擅长的隶书书写上石。此时，他并没有忘记让自己的好友兼上级的赵珍参与到文物修复的工作中来，于是请赵珍题写了"海角亭记"四个大字，作为此碑的题额。因此，据《题燕山佥事彩绣堂》、《雷州学记》和《海角亭记》可知：赵珍的籍贯是燕山，家住在元大都。燕山，也即元大都（今北京）。元马谦斋《燕山话别》："满斟芳醑别长亭，相送王孙出上京。玉骢且莫敲金镫，听阳关第四声，临岐执手论情。"燕山话别，也即上京话别。明无名氏《四贤记》："只今朝廷无道，僭御中华。不若先收河、洛，打破燕京，寻一顶白帽儿戴戴。"元大都在宋宣和四年（1122）为燕山府，辽、金、元均以此为都城，繁华超过宋朝的京城。明《二刻拍案惊奇》卷二："吾闻燕山乃辽国郎主在彼称帝，雄丽过于汴京。"明谢肇淛《五杂俎·地部一》："辽金及元皆都燕山，而制度文物，金为最盛。"但是，元代的大都，也称燕京，并以"燕京厮骂"而闻名天下。元杂剧杨显之《醉中天·郑孔目风雪酷寒亭》："我待揪扯着他，学一句燕京厮骂：入没娘老大小西瓜。"可见，赵珍的籍贯和居住地相同，均是在元大都。赵珍在京城时为承直郎（正六品），擢海北海南道廉访司佥事（正五品）。在佥事署上，高悬着他自己题写的"彩绣堂"三字大匾。赵佥事的主要职责是主管照磨所，因而成为范椁的顶头上司。因赵珍擅长书法和文学，与范椁志趣相投，故二人在工作和私交上都关系融洽。

值得注意的是，范椁《海角亭记》中的"燕山大都"，在《东坡祠记》中又作"大都军"，《道光琼州府志》卷三十八中有范椁《东坡祠记》："延祐四年春，佥海北海南肃政廉访司事大都军行部至是，乃求其偃息之地，构堂三间而像其中。"关于"大都军"，其实是一个错误。明《正德琼台志》卷三十二："大都

① （明）叶盛．水东日记·卷三十八．北京：中华书局，1980.

军，延祐年间廉访司佥事。四年，于儋建东坡祠。”这样，“大都军”便成为赵珍之外的另外一人。但是，只要仔细研究就可以发现，《正德琼台志》和《道光琼州府志》的资料，均来自《东坡祠记》，并非另有所据。笔者认为，在“大都军行部至是”中，“军”系衍文。因而，元延祐年间海北海南道的廉访司佥事，并非在赵珍之外还另有一人“大都军”。元“大都”即在“燕山”。“燕山大都”是同义语，均指赵珍的郡望。因此“大都军”并非另有其人，而是“燕山大都”，也即赵珍。范梈《海角亭记》中的“燕山大都”和《东坡祠记》的“大都军”，实指同一人。可见，赵珍除了延祐元年冬支持范梈兴建儒学外，在延祐四年还支持了范梈修建儋州儒学和在廉州修复海角亭的活动。赵珍与范梈一起，在雷州、海南儋州和廉州都留下了历史痕迹。因此，这几处文献中的廉访司佥事、彩绣堂主人、燕山大都、承直郎，均指赵珍。关于“大都军”的错误，应该纠正。

《雷州府志》说赵珍“延祐二年（1315）任廉访佥事”，其他不详。但是，结合《题燕山佥事彩绣堂》、《雷州学记》、《海角亭记》、《东坡祠记》等可以确定，赵珍在雷州的任职时间是延祐元年至延祐四年，延祐四年赵珍还与范一起题写《海角亭记》的匾额和修建东坡祠。由此亦可确定，赵珍离开佥事的时间当在题写了《海角亭记》碑额和修建东坡祠之后，即延祐四年。

综上可知，范梈的《题燕山佥事彩绣堂》的写作时间在延祐四年（1317），也即赵珍的离任之年。范梈与赵珍到雷州的任职均在延祐元年（1314），同年到任是形成二人特殊关系的又一基础，因此，当延祐四年（1317）赵珍离任时，同年来此的诗人却不能离开，这使他的送别诗感情格外浓厚。

范梈与赵珍感情融洽，生活上彼此关照。明袁宏道在《沈博士》中说做官之苦，主要是因为“钱谷多如牛毛，人情茫如风影，过客积如蚊虫，官长尊如阎老”。但赵珍并未以“尊如阎老”凌驾于人，他与范梈在文学和书法上均有共同的嗜好，对这位“元诗四大家”之一十分钦佩。因此，在工作上他们配合默契，且颇有建树。除了平反冤狱外，他们还一起“改创学宫”，雷州城迎恩坊的海康县学便是元代所建，明代才迁到今址——雷城第一小学。

《题燕山佥事彩绣堂》看似平常，既没有时间，也没有更多的事主信息，但它却隐藏着元代雷州、儋州、廉州等地一段重要的历史。《雷州府志》说不知赵珍“何许人也”，此诗不仅可解《雷州府志》之惑，而且披露了赵珍的生平、赵珍与范梈的特别关系，以及本诗的写作时间和背景，以及可纠正儋州“大都军”

的错误等多方面的内容。赵珍是范梈在雷州时期的第一位知己，现在，他即将离去，范梈不免依依不舍。

诗人还写下《寄友人》（《元诗选》初集卷二十九）：

绣衣行部直南州，幕府英名早岁收。如此一台兼二妙，令人万里破千愁。

桄榔叶暗潮声幕，薜荔花悬岳影秋。此去三湘宁久住，近天须应玺书求。

诗歌题目未指明"友人"是何人。但是，从"绣衣行部直南州"看，他当指赵珍。"绣衣行部"即上诗的"彩绣堂"；"南州"即上诗的"南部"。"近天"，指他来自元大都，"桄榔叶"、"薜荔花"，均为雷州、海南的景物。因此，《寄友人》即诗人在雷州送从北京来的朋友转任。它当在上诗《题燕山佥事彩绣堂》之后，是赵珍离别时的送行之作。

诗歌前四句，写赵珍的特殊背景，他在京城早有英名，之所以被派到南州是上级"一台兼二妙"的特殊考虑。后四句祝福他：赵珍结束雷州的任职后转任湖南，前程远大，因"近天"的关系，不久就会有"玺书"征他回到京城为官。

范梈与赵珍的感情真挚深切，完全超越了普通的上下级关系，二人成为真正的朋友。赵珍离开以后，范梈还时常在赵珍的旧居门前，久久徘徊，并写下了《赵佥宪旧居》（《御选元诗》卷七十一）：

闲门付与东风扫，独客残春思远道。日午不见蝴蝶飞，细看儿童弄芳草。

上面两首诗，均写于延祐四年（1317）。赵佥宪，即廉访司佥事赵珍。前两句写赵珍离开后，诗人在他故居门前惆怅徘徊。"闲门"，空闲无人的门。指赵珍离开后，旧居空置，人去屋空，只有东风拂扫着他的门窗。"独客"，指范梈。他原与赵珍形影不离，现在赵珍离去，只剩下形单影只的范梈，成为天涯的"独客"。可见，赵珍在残春时节离开雷州，此后范梈习惯性地来到赵珍故居门前，只见风扫空门，才想起赵珍已离去，不知他在天涯远道是否平安。

后两句，描写诗人久久伫立于空门，隐喻诗人无法忘却的思念。范梈一直徘徊在赵珍旧居门前，不知不觉时光已到中午，天静人寂，连蝴蝶也停止了飞舞，只有一个儿童在痴痴呆呆地把玩芳草：这一切，都展现在仍然在赵珍空门之前流连不去的诗人眼中。

诗歌写范梈对赵珍无限深情的怀念。与赵珍离别之后，范梈像失恋的情人一样失魂落魄，他久久地空守着赵珍的旧居，不忍离去。其感情的真挚和深切，如同独自把玩芳草的儿童一样痴情。他们由幕僚而成为生死之交，友情有如童话般的美丽。

在内容上，《题燕山佥事彩绣堂》本是送别之作，但题目上为何又用"题……堂"的题词形式？这个历史之谜的答案，就在《赵佥宪旧居》中。从本诗看，赵珍离别时，诗人写了送别诗。但在赵珍离去后，人去楼空，诗人仍然久久徘徊，思念不已。于是，他又将送别诗题写于赵珍旧居的彩绣堂上。前后两种行为的叠加，产生了送别诗的内容与题词的题目并存的现象。

范梈在海北海南道廉访司中的生死之交，除了赵珍，还有经历刘宗说。延祐年间，诗人有《传之经历谒告还湘中未语别而宵征，翌日与僚友追送生居亭中》二首（《范德机诗集》卷七）：

> 美人归思落沧波，昨者论心肯重过。寒尽极知春意在，夜深无奈月明何！
>
> 海隅虽暂违霜幕，天上应须接玉珂。如此才贤移病去，瘴烟端的为谁多？
>
> 北风尽日破南溟，行客经年倚寿星。子有全家依翠岳，我犹万里隔青冥。
>
> 山田鹿下投书去，水馆猿啼却坐听。王事驰驱知有素，何由重见此邮亭？

"传之"，指海北海南道肃政廉访司经历刘宗说。刘宗说（1268—1336），字传之，祖籍成都华阳。祖父在宋末曾为茶阳（今梅州市大埔县茶阳镇，当时为县城）军使，后安家于攸舆（今湖南攸县）。元欧阳玄《元故中奉大夫江南诸道行御史台侍御史刘公墓碑铭》："除广西宪司照磨，选充南台掾，改湖东宪司照磨，仍留掾南台。擢海北宪司经历。”① 廉访司的经历一员，官秩从七品，官位并不高。但是，刘宗说在任海北海南道肃政廉访司经历期间，仍然为雷州人民做了两件大事：一是在海康县修复何公渠和戴公渠，二是为海北人民废除盐税：“其惠利久远，若筑堤海康，辟田万顷，以徕海外耕民。海北民鬻食盐，又输盐丁钱，公奏弛其征。文皇居潜琼管，以是知公。”雷州本是海畔生产食盐的地方，这里的食盐自给自足，却还要征盐丁税（食盐消费税），实在是荒唐。

此诗的写作时间，约在至治元年（1321）。在刘宗说的从政经历中，有许多与元代著名文人许有壬相同的地方。许有壬《祭刘传之御史文》：“公独我同中书，两曹机务是膺，公右我左，一日同升副宪。”许有壬（1287—1364），字可用，河南省汤阴县人，曾任中书参知政事，元代著名大臣。刘宗说任山南浙西两道肃政廉访副使时，许有壬也于同一日升为廉访副使。不仅如此，许有壬与刘宗说的任职履历曾有三次同时，所谓：“平生三仕之合，始终二家之契。”许有壬任经历在延祐六年，《元史·许文忠公列传》：“（延祐）六年（1319）己未，除山北廉访司经历。”那么，刘宗说任海北廉访司经历，也当在延祐六年（1319）。他离开海北海南道廉访司经历，当在延祐九年（1322）。刘任海北廉访司经历时，体弱多病，他遂决定离开雷州，到湖南老家去养病。刘宗说比范梈年长四岁，任海北海南道廉访司经历时，又是范梈直属上司。他不仅似兄长般待范梈，而且“寒尽极知春意在”，二人是患难之交。离别时，为了不打搅范梈，他连夜悄悄出发。但是第二天范梈发现后，立即与同僚追寻，直到生居亭才赶上刘宗说，于是在亭中为他题诗饯行。“海隅”、“瘴烟”，均指雷州，范梈为留不住这样杰出的人才而惋惜。

诗歌的题目就极富戏剧因素：由于二人已在前一夜彼此叙别，故经历刘传之为了免范梈再次相送之劳和离别的感伤，趁天未明就立即悄悄出发。但是，范梈不会就此罢休，第二天与僚友一起追赶他，一直追到雷州城外的生居亭，终于赶上了，于是，二人又在生居亭中道别。诗歌的题目，把二人的深情厚谊在互相体贴中传达出来。

第一首诗歌，写二人的依依惜别。前四句，写诗人昨夜与朋友的告别。“美人归思落沧波”，指今晨刘宗说已经踏上思乡回家之路；“昨者论心”，指二人昨夜临别的知心话语，这样的时刻是否还能再有呢？“寒尽”句，指二人的交往经

① （元）欧阳玄．圭斋文集·卷十．上海：上海古籍出版社，1986.

过患难的考验，更见出朋友的真情。“夜深”句，指二人昨夜月明下的惜别，虽然难分难舍，却又无可奈何！

后四句，为刘宗说离开雷州而惋惜。“海隅”二句，为刘宗说的前途而祝福。“玉珂”，美玉装饰的车辆，语出《离骚》，屈原在上天时：“扬云霓之晻蔼兮，鸣玉鸾之啾啾。”汉王逸《楚辞章句》：“鸾，鸾鸟，以玉为之，著于衡和著于轼。啾啾，鸣声也。言己从昆仑将遂升天，披云霓之翁蔼，排谗佞之党群，鸣玉鸾之啾啾而有节度也。”① 诗人说，对于像屈原那样的贤才，天上一定列队迎接他的玉车的到来。由于瘴疠和边远，雷州被官员视为畏途，以致雷州的官职常空缺无人。来雷州任职的官员，就难求其贤了。因而，雷州能有刘宗说这样的贤才，极为罕见。但是，如此贤才却因病而离开雷州，诗人深加惋惜：“您的病难道真是雷州的‘瘴烟’惹的祸？”

第二首诗歌，写别后的思念。前四句，把刘宗说回家与诗人依然滞留在雷州进行对比：“刘与全家团聚在长沙的岳麓山下，可我却仍然在雷州。北风终日震荡着南海，我的家却在万里青冥之外，这更使我羡慕和思念故人刘宗说。”

后四句，嘱咐今后经常写信。“山田”二句，写诗人寄出书信后，总在渡口水馆等待着回音的到来，二人的深情在急切等待的细节中表现出来。“王事”二句，诗人说：“我知道你今后也会公务繁忙，但是什么时候才能见到你的邮亭信使呢？”

刘宗说到达湖南后，果然立即寄书给范梈，叙述离别后路上的情形。范梈也立即答以书信——《寄刘传之》（《范德机诗集》卷三）：

> 故人去南海，已度百花时。万事须重到，孤舟何太迟！
> 云迷帝子渚，月过伏波祠。幕府文书省，来须慰我思。

这是收到刘宗说报平安的来信后诗人的回信。前四句，是对来信内容的回复。刘说，他在离开南海与北部湾结合部的雷州后，在暮春百花凋谢时，才回到湖南。范梈十分关切地说：“世上万事均不易，但是你的孤舟到家，也太迟了，难道路上旅途不顺？”对此，诗人事后还感到十分揪心。

后四句，对刘宗说来信的感谢：“你在云深斑竹妃子泪的帝子渚，我在月笼

① （汉）王逸．楚辞章句·卷一．北京：中华书局，1983.

伏波祠的南海，彼此相隔数千里，但是，幕府即刻传来你的书信，它十分及时地抚慰了我对你的万千相思。”

后来，诗人还与刘宗说故友重逢，《范德机诗集》卷三《阅除目仲弘渊宣慰传之廉副俱出山南，暑夕有怀无由倾倒》：“舍下初秋至，明月出云端。清辉延细竹，爽气集幽兰。江汉不容越，方舟逝良难。瑶琴谁起坐？中宵为我弹。”“阅”，指积累的履历或功绩。“阅除”，指诗人在海北海南道肃政廉访司任照磨的任职期满。《史记·高祖功臣侯者年表序》：“古者人臣功有五品……用力曰功，明其等曰伐，积日曰阅。”对于范椁而言，他需要积累“两考正九品，通理二百一十月入流”的资格，才能升迁。《元史·选举志》二：“部照：江北提控案牍，皆自府州司县转充路吏，请俸九十月方得吏目。一考升都目，都目一考，升提控案牍；两考正九品，通理二百一十月入流。其行省所委者，九十月与九品……通理月日，考满方许入流。”照磨本九品，如果任职满一百月，可以升为从八品。诗人在雷州任职长达八年，但是离任期结束还十分遥远。诗人“阅除”而离开雷州在至治二年（1322）八月，此年即与刘宗说重逢。元英宗至治元年(1321)，孛儿只斤图帖睦尔——后来的元文宗，因宫廷斗争“谋反”案的牵连被贬于琼州。此时，在雷州的刘宗说和海康举人王景贤，均冒着生命危险，对落难的图帖睦尔给予帮助和关照。文宗即位后，拜刘宗说监察御史，王景贤也得到御赐六花宫袍一领的赏赐。后刘宗说从监察御史出为山南浙西两道廉访司副使，于是范椁终于与他有了重逢的机会。诗歌中明月、清辉，爽气、幽兰，即写出故友重逢的无比欢欣，刘宗说还拿起瑶琴，为诗人中宵而弹。诗人与刘宗说的友谊延续终身，以至于刘宗说的好友张图南和刘岳申等，对范椁也十分关照。

诗人在海北海南道肃政廉访司任照磨期间，最好的朋友便是佥事赵珍和经历刘宗说，他们不仅是范椁在官场的上司，更是历经患难的生死挚友。这些珍贵的诗歌，反映出诗人在廉访司良好的工作环境和亲密的人际关系。

五、雷州迎送

雷州成为全国二十二道之一海北海南道的首府后，不少外省和中央的官员出现在雷州。当曾为翰林院秘书的李洞到达海康时，范椁有《寄李秘书洞》（《元风雅》前集卷九）：

秘书出是蓬莱苑，流落东吴又一春。见月定怀骑鹤侣，闻秋肯让鲙鲈人。

吾曹事业徒温饱，子等居诸异隐沦。海表何时携手再？相怜同是老词臣。①

诗歌当作于至治二年（1322）。李泂（1274—1334），字溉之，滕州（今山东枣庄）人，生于元世祖至元十一年（1274），卒于宁宗至顺三年（1334），享年六十岁。曾任翰林国史院编修、太常博士、监修国史长史、秘书监著作郎等，著有文集四十卷和《送别诗卷》等。今《元诗选》存《溉之集》一卷。《元史·李泂传》："李泂，字溉之，滕州人。生有异质，始从学，即颖悟强记。作为文辞，如宿习者。姚燧以文章负大名，一见其文，深叹异之，力荐于朝，授翰林国史院编修官。未几，以亲老，就养江南。"诗人在京城任翰林院编修时，与李泂是同僚。《元史》说李泂"以亲老，就养江南"，李泂《留别金门知己序》说："我本山人，素志丘壑，获归名山，为愿毕矣。爰以四月十一日离京师，是夜抵潞阳，慨然赋诗，遥慰匡庐隐者，并似［以］金门诸公为一噱云。"他与范梈均是"山人"，有共同语言。据此可知，《元史》所谓"就养"，是讳语，其实，是李泂决计隐居。故元吴澄《赠李溉之序》："济南李溉之，以卓荦之才，骎骎向大用，一旦辞官而去，将求深山密林以处，泯泯与世不相闻，而韬其声光。"②张养浩《送李溉之序》也说："夫编修官，品虽居八，国史之事实预焉，选部执资考法，比校甚严。君素无所阶，一举而班诸太史氏。在他人得之其自荣幸为，何如而子顾以为不足？"③《元史》没有交代他离京的时间，其实，当在延祐元年（1314）四月十一日。延祐元年秋，范梈离京赴任雷州。李泂在春天离京归隐时，范梈曾赋诗送别。

诗歌前四句，关注李泂的行踪，以表达怀念之情。"蓬莱苑"，指京师翰林院。李泂离开翰林院隐居后，曾云游东吴。"骑鹤侣"，"鲙鲈人"，均指避世隐居。诗人说："看见月亮，我思念你；听到秋声，我又想起'休说鲈鱼堪脍，尽西风，季鹰归未'的你来。"

---

① （元）傅习采集，孙存吾编．皇元风雅·前集·卷九．上海：上海古籍出版社，1986.

② （元）吴澄．吴文正集·卷三十一．上海：上海古籍出版社，1986.

③ （元）张养浩．归田类稿·卷三．上海：上海古籍出版社，1986.

后四句，叙述自己的近况，并希望李洞来雷州相见。诗人说，我任职雷州，只是混个温饱。我们曾是翰林院的老词臣，故希望能在海畔雷州相见。“海表何时携手再”，诗人与李洞相约再见，也就是说李洞曾经来到雷州与范梈见面。对于这段经历，史书无载，但也并非无迹可寻。元袁桷《送李溉之致祠山川序》：“至治二年（1322），集贤都事李君溉之，承诏首北岳，遵济源，转北海，终会稽焉，以登其于行也。”① 至治二年（1322），李溉之以集贤都事的身份，奉命到名山大川祭祀各地神灵。他到广东祭祀南海神和雷神时，终于与老朋友范梈见面。李洞在皇庆壬子作《采石江诗》，元太平路儒学教授临川黄次思在元后至元六年（1340）《李洞过采石江诗碑跋》中说：“监察御史必申达而樵隐诗风纪之纶音诞布海北诸道”，碑在今马鞍山市采石矶公园之李太白祠内。李洞“纶音诞布海北诸道”，当即他到广东路祭祀海神和雷州路祭祀雷神时到达雷州。

此后，范梈有诗《送别周仪之推官赴钱塘，并简李四秘书》（《元风雅》前集卷九）：

> 武帝龙飞第一春，京华相送各沾巾。讵知邂逅文身地？总是栖迟皓首人。
>
> 山驿蛟眠星满洞，水乡雁起月迷津。若逢李洞南天竺，谓是前书感谢频。

“李四秘书”，即李洞，因他曾任秘书监著作郎。诗歌送别周仪之，同时托他致意李洞。“武帝龙飞第一春”，指元仁宗恢复科举的延祐元年（1314）。看来，这年在京华歧路送别的，除了李洞外，还有周仪之。“文身地”，这里指有文身习俗的越人居住的雷州。

诗歌前四句，叙述旧日友情和诗人在雷州的邂逅。诗人说：“自从我们在京城分别以后，我一直栖居在雷州。其间，我在越地邂逅了几位在京城结交的朋友，现在我已满头白发，却仍勾留雷州。”后四句，写山河阻隔，只有借书信问候。“前书”，指李洞上次给诗人的来信，范梈对此再三地表示问候和道谢。

范梈还有《和李溉之园居集咏》八首（《范德机诗集》卷三）：

---

① （元）袁桷．清容居士集·卷二十四．上海：商务印书馆，1936.

书剑上青霄，乡关雨雪遥。年华侵水竹，客思堕山苗。
会想商岩绮，将从郑里侨。文辞诚小技，只比俗情饶。

岂是幽栖地？飞腾亦未量。城根分鼠壤，池面合鱼梁。
名久喧郎署，歌时感女桑。畏卿音调苦，畴复贵相忘。

圃色依帘障，天光切户庭。草生连夜雨，花落遍池星。
未遂翔寥廓，真堪托晦冥。逢时须紫燕，得意拂青萍。

亦欲依家耳，衡门斗极边。乡心征化鹤，宦迳跕飞鸢。
白日抛书送，青山拂槛延。风流自无已，忆上五湖船。

都无京国意，满眼旧生涯。壁隐崆峒木，毡蒙婀娜花。
善邻垣故辟，爱客酒能赊。皎皎荒途子，音期只尔遐。

偶从耕凿事，便有古人风。井泻千畦碧，林然独杏红。
世情何近远？宦秩自卑崇。任道流行意，雩坛或与同。

磊落人间士，名成定不虚。愿陈元有策，交荐可无书？
莫遣从师苦，因将作吏疏。吾徒岂念此？媿尽马相如。

丹柰花初结，朱樱子半成。寝兴因物变，筋力与年增。
燕拂承尘去，蜂随曳杖行。玉泉几千仞？好在翠如倾。

诗歌题目在《元诗选》初集卷二十九作“和李溉之园居杂咏”，差异较大。李溉之写了《园居集杂咏》八首，范梈依次赓和。李溉之《园居集杂咏》现已不存，也影响到对范梈八首和诗的解读。

从“山苗”等词语看，范梈的和诗写于雷州。“山苗”，本指五陵一带楚人。因先秦岭南属楚，故它又代指岭南越人。“斗极边”，指雷州。范梈《九月十九日京东门与董右军诸公别，至通州还寄在京朋游》称雷州为“南极下头星象少”，《开岁》称雷州为与“北极”相对的“南辰”，《二杏》称雷州“誓将适南郡，辟地江之涯”等，故有“斗极”之说。李洞诗歌多佚，《园居集杂咏》更不见，今存诗不过十首。但是，范梈赠给李洞的诗歌已超过他本人的存诗，二人友情的深挚程度，由此可知。

在雷州期间，诗人与廉访司的同事和海康文人的关系较好，彼此相处和睦，故有不少朋友。出现在他的赠别诗中的，有上司，但更多的是文人。赠别上司的有《送元经历赴广东》(《元诗选》初集卷二十九)：

番禺直北望长沙，元帅持戈镇海涯。万里送君归幕府，几时为我寄梅花。

云蒸巨浪鱼吹岸，柳压荒山獠阵牙。欲托乡书妨枉骑，湄湘西上是吾家。

“元经历”，即海北海南道肃政廉访司经历元璧。万历《雷州府志·名宦志》：“元璧，皇庆间为廉访司经历，持政严明，吏民畏惧。敦尚儒雅，置大成乐器，文事攸备。”① 元璧任海北海南道经历，时在皇庆元年至延祐四年(1312—1317)。延祐年间，潮州府判官钱珍因奸淫事暴露，企图杀死推官梁楫灭口。事泄，钱珍贿赂广东廉访副使刘珍，以获得包庇。事发后，引发了广东官场的大地震，前后牵连下狱的有两百余人，番禺政府为之一空。雷州在明代以前多属于广西，与广东没有直接的行政关系。故朝廷调海北海南道的官员到海北广东道肃政廉访司任职以充实空缺。元璧是调任的官员之一，此诗当作于延祐四年(1317)。

元璧在海北海南道廉访司任经历时，是诗人的直属上司。经历司是廉访使的办公室，经历司内有三人：经历一员，从七品；知事一员，正八品；照磨兼管勾一员，正九品。故经历直接管理知事和照磨。元璧是岭北湖南道人，他这次调任的首府在番禺的海北广东道，故可先回老家探亲。

诗歌前四句，写送别和留恋：“因您持戈镇守海涯雷州，我们有幸成为好朋友。现在，您要离开雷州，赴任番禺了。我送您到新的幕府就任，却是多么舍不得您离开。何时何月，我才能收到您寄来的书信和梅花?”“几时为我寄梅花”，语短情长，真可谓“一言满慰三年别”。后四句，祝贺元经历有了回家探亲的机

① (明万历) 雷州府志·卷十五. 北京：书目文献出版社，1990.

会。“云蒸”两句，写元经历回家时的行船和山路，最后两句说：“我多想拜托您绕道，替我捎封家书，因为从您老家长沙西上，就是我老家江西清江县。”诗歌在送别主题和歆慕外，还表达了范梈的思乡之情。范梈在海涯雷州时的处境十分窘迫，一家十口经常无米下锅。

诗人在雷州廉访司照磨所，还写了《奉酬段御史登岳阳楼之作，时分理盗贼至海康》（《范德机诗集》卷五）一诗：

谁能手铺湘水平？划却君山看洞庭。
昔人已骑黄鹤去，楼前乱芷春兰青。
岂知绣衣后千载？远违凤阙来江城。
凭高吊古落日紫，领客置酒开云屏。
酒酣点笔赋新句，薄海传诵令人惊。
忆我初游白玉京，与君联步趋承明。
手宣皇猷敷帝绩，济济学士如登瀛。
一行竟堕万里外，回首沧浪思濯缨。
守官区区事无补，惟有白发欺人生。
牂牁水外万竹底，四时鸟语烟边鸣。
忽忽此地复相见，恍如幽梦求仙灵。
中宵秣马不遑暇，君又北乡予南征。
如兹后会复何日？念之使我双涕零。
宫中圣人总四溟，所过海岳须澄清。
铁冠峨峨望天下，青霄快展皆修程。
由来豺虎伏仁兽，况有鹰隼当秋横。
明夜相思隔云岛，月落高台闻笛声。

道光《广东通志》卷十九引本诗，题目作“登楚豁楼段御史见示《登岳阳楼》诗”。“登楚豁楼”等语，不知何据？“楚豁楼”，即“楚阁楼”之音误，也即雷州城的北楼。范梈在雷州八年，不可能将北楼的名称写错。可以考证本诗写作时间的“时分理盗贼至海康”，又被删除，亦不可解。

诗歌作于至治二年（1322）。“段御史”，段天祐，字吉甫，汴梁人。《御选元诗姓名爵里》一：“段天祐，字吉甫，汴梁兰陵人，登泰定甲子进士第，授应奉翰林文字，同知制诰，兼国史院编修官，至正间历江浙儒学提举。”段天祐著有《庸音集》、《学文斋遇抄》、《绀珠》、《双南》、《金斓玉》等集。至治二年，他以翰林院应奉兼御史身份到广东雷州缉盗——镇压“瑶贼”起义。途中从松滋经洞庭湖，登岳阳楼，写《登岳阳楼》诗。二人本是京城同僚，今在雷州海畔相见，真是他乡遇故知。段御史高兴地出示其《登岳阳楼》诗，范梈遂以唱和，故有此诗。

诗歌十七韵，可分为三层。前十句为第一层，写与段御史在海康相见。官场迎来送往，本是无聊的事。明袁宏道说做官极痛苦，《袁中郎集》卷二十《丘长孺》：“弟作令，备极丑态，不可名状。大约遇上官则奴，侯过客则妓，治钱谷则仓老人，喻百姓则保山婆。一日之间，百暖百寒，乍阴乍阳，人间恶趣，令一身尝尽矣。苦哉！毒哉！”当官如牛马如妓女……这是天下少见的“当官论”。但是，段天祐供职于诗人十年前曾任职的翰林院，又是诗人和书法家，这三方面均与范梈有共同语言，故彼此十分亲密。

中间十二句是第二层，追忆二人的情谊和他乡遇故知的惊喜。“忆我”四句，写二人在京城翰林院“联步趋承明”的同僚生活和“手宣皇猷敷帝绩”的辉煌。“一行竟堕”四句，写自己在万里外的雷州的落魄和徒添白发的无奈人生。“牂牁水外”四句，写诗人与段御史他乡相逢、恍如幽梦的喜悦。

最后十二句，写分别和别后思念。诗人与段天祐相聚短暂，转眼间又要分别。段御史要离开雷州北上，诗人则要离开雷州去海南。看来，诗人是为了与故友重逢而临时从海南赶回雷州与段相见的。当他想到不知何日才能再相见时，不觉难过得两眼泪流。“宫中圣人”四句，祝福段御史辅佐宫中圣人澄清海岳，青霄云上，前程远大。最后四句，写别后的思念，惆怅之情唯在月夜笛声中消解。

诗歌题目暗用李白《陪侍郎叔游洞庭醉后三首》，意即以李白陪侍郎，比喻自己陪段御史。诗歌前两句用李白诗“划却君山好，平铺湘水流”的意境，比喻自己对段御史的热情欢迎。次两句用与李白事迹有关的崔颢《黄鹤楼》“昔人已乘黄鹤去，此地空余黄鹤楼”一联，比喻自己和段御史离别后的惆怅。诗歌中“酒酣”二句，写招待故友；“忆我”二句，写二人的友情和诗人心情。诗人与段御史在玉京翰林院是同僚，当时或同宣皇猷，或联袂遨游，今日相见，怎会不高兴？故袁宏道《江长洲进之》：“虽说吴令烦苦，其实良朋相聚，亦是快事。他日，虎丘一块石，太湖一勺水，传吾两人佳话，未可知也。”朋友相得，同游一石一水也是快事。

诗歌写喜逢故友，音调爽朗，格调高古，有李白雄奇飘逸之风。范德机对李白和崔颢的诗歌，均颇有研究。清潘德舆说：“崔郎中《黄鹤楼》诗，李太白《凤凰台》诗，高著眼者自不应强分优劣……范德机云：登临诗首尾好，结更悲壮。”① 本诗用唐人诗典，韵味厚重，有唐人气象。“元诗四大家”之一的揭傒斯在《傅与砺诗集序》中评论范诗：“去故常，绝模拟，高风运韵，纯而不杂。”本诗足以当之。

此诗后来在雷州传诵一时。明黄佐《广东通志》：“会御史段天祐奉诏分理盗贼，至海康，梈故人也。与之登楚豁楼，出《岳阳篇》，梈和之，雷人竞相传诵。”诗歌虽然称雷州为“一行竟堕万里外”，但是本诗仍然是雷州城楼上的优美华章。

“元诗四大家”之一的范梈在雷州，给雷州诗坛带来了新鲜的风气。在范梈身边凝聚了一批文人，其中主要的便是雷州儒学的教授们。雷州儒学教授李亭调任广州番禺儒学，他先回乡探亲，再就任于五羊。诗人写下《赠别李教授亭赴五羊，先往余饶觐省》（《范德机诗集》卷三）：

行色动西风，乡心去住同。诸生五岭外，之子大江东。

且羡还家鹤，无愁度海鸿。若逢天上使，书记莫匆匆。

“李教授亭”，即雷州儒学教授李亭，调任广州番禺儒学。“余饶”，当作余姚，是李亭的家乡。在赴任广州时，李亭也先回浙江余姚省亲：“故曰“大江东”。

诗歌前四句，祝贺李亭回家省亲：“李亭正在整顿回乡的行装，为即将离开雷州做准备，这撩起我们的思乡之情。与我们同来的诸位文人仍然在岭南，但是你却十分幸运，就要回家了。”这实际上是以他人的艳羡，来婉转地表达大家对李亭回乡的祝贺。后四句是诗人对李亭的祝福：“只要你过得好，不要担心，虽然我们仍然在海畔，如果有机会，请及时给我们来信。”这虽然是送别诗，但是热情洋溢，诗歌亲切生动，韵味深长。

诗人还有《曾教授趋韶州》（卷七）：

① （清）潘德舆．养一斋诗话·卷九．北京：中华书局，1983.

荔子红边五月初，广文去住定何如？报恩岂恋将军马？治盗聊迁太守车。

多近藤萝安吏舍，少凭椒葛附音书。到官定有佳声荐，瘴雨蛮烟细祓除。

诗歌写于至治二年（1322）五月。“曾教授”，雷州路学教授曾世立。明万历《雷州府志》卷六《元雷州路教授学录》：“曾世立，治至教授。”在荔枝初红的五月，时任雷州路学教授的曾世立，迁韶州府学教谕，诗人作诗赠别。“广文”，本指唐代诗人郑虔。据《新唐书·郑虔传》，唐玄宗爱郑虔之才，为之置广文馆，以为博士。杜甫《醉时歌》：“诛公衮衮登台省，广文先生官独冷。甲第纷纷厌粱肉，广文先生饭不足。”后泛指清苦闲散的儒学教官，这里指曾教授。至治二年（1322），雷州发生了“瑶贼”起义，御史段天祐等到雷州镇压。曾教授任雷州教授，至治二年（1322）任满，随段天祐转任韶州。范梈在迁翰林国史院编修官前，曾任左卫教授，因此对曾教授的命运尤其同情。曾教授被迫跟随镇压农民起义的军队的车辆上路，前往韶州上任，令诗人感慨万千。诗歌前四句，写习文的教授依附尚武的将军发出的感慨；后四句是诗人对曾教授的祝福：“动乱时代安全是第一位的，到任后，你的前程一定远大。”“元诗四大家”之一的诗人，对动乱中的文人的命运，颇有惺惺相惜之感。

在本诗的背景中，隐约可见雷州瑶族起义的一段历史，这对于研究雷州历史有重要的意义。

元代海北海南道肃政廉访司的官员，明万历《雷州府志》卷十五所存的仅廉访使乌古孙泽和张忽里罕两人，副使拜都、吕琉、贾焕等四人，佥事赵珍一人，经历元璧、郭思诚两人。范梈的诗歌所提及的元代雷州官府中的人和事，多为地方志所无，故范梈的诗歌为雷州的地方志提供了珍贵的资料。

六、在徐闻

范梈作为海北海南道廉访司的照磨，需要到廉访司属下高、雷、廉、琼等九个路级单位及其所属县乡巡视，海北海南道包括今广东西部地区、海南全省和广西北海等广大地区。在这些地区中，诗人到徐闻县的次数最多。这不仅因为徐闻县属雷州路所辖，还因为它是从雷州到海南的必经之地。诗人六次到海南，来往均要经过徐闻县及其沓磊海港，因此他的诗歌中写到的县级单位以徐闻县为最多。相比较而言，雷州路所辖的遂溪县，其辖地离海康县城不足十里，但诗人却没有写关于遂溪的诗歌。

诗人第一次到徐闻县，是延祐二年（1315）五月下旬。他曾在徐闻县的英利驿住宿两天，见《五月二十日发雷州过徐文次驿候役者不至留二日》（《元诗选》初集卷二十九）：

> 久约归吴弄钓舟，海天羁思复悠悠。谁知树底春生月，独坐人间地尽头。
>
> 粉壁旧题分藓读，瓦罂新酒接花刍。边鸿固是南来绝，绝为雷城信滞留。

诗歌写于延祐二年（1315）五月二十四日。“徐文”，今作徐闻，即徐闻县。“次驿”，指徐闻县的第二个驿站英利驿。雍正《广东通志》卷十八：“徐闻县驿曰英利。”徐闻县的首驿是沓磊驿，其次是英利驿。英利驿在雷州城南三十五公里，其南即遇贤铺，今属雷州市英利镇。英利，古名“英益”，为古越语地名，其意为越人村，是古代徐闻县的重要聚落。1933 年在英利附近的石尖堰发现了新石器时代晚期人类文化遗址，出土了磨光石斧、石锛、砺石、石环等石器以及夔纹陶片等文物，它表明英利在雷州半岛的文明中自古以来就有重要的地位。从诗歌题目可知，诗人五月二十日从雷州出发，二十二日到达英利驿。但是，给他搬运行李的役夫没有到达，他为此在英利驿等待了两天。在等待的日子里，他将此诗题写于英利驿的墙壁上。

首联，写题诗的缘起。诗人在等待行李的时候，无意中读到故友题写在英利驿墙壁上的题诗，诗人与他早有归吴的旧约，但是诗人却未能践约，而羁縻在海天之际的雷州。想到此，自己的愁思便弥漫海天。颔联，交代愁思产生的时间和地点。诗人独坐在大地尽头——中国大陆的最南端，一直到月出树间。颈联，写诗人在徐闻县英利驿的生活。诗人剥开英利驿墙壁上的苔藓，看到了故友和前贤们题写在驿壁上的诗歌。英利驿虽然破旧，但是主人却是古道热肠。晚餐时，驿吏不仅端出热饭热菜，还端出瓦罐，把刚酿的新酒用花蒭现场过滤，以美酒热情地招待诗人。尾联，写役夫不至的原因。湖南衡州府的衡山有七十二巨峰，主峰是以火神命名的祝融峰，它与紫盖峰、云密峰、石廪峰、天柱峰一起构成南岳五峰。府城南的回雁峰，是七十二峰中最南的一峰，古人认为，秋天北雁南飞时到此峰便回，不再继续向南。唐柳宗元《过衡山见新花开却寄弟》："晴天归路好相逐，正是峰前回雁时。"刘禹锡《再授连州至衡阳酬柳柳州赠别》："归目并随回雁尽，愁肠正遇断猿时。"故海畔雷州，是大雁飞不到的绝域。诗人说，役夫之所以不到，当是因为这里音信不通。

诗歌虽不长，却描写了古代雷州的两大特色。第一，雷州地尽天南的"南极"意象。诗人写雷州的诗歌，既有"去来抵二极"，也有"自违北极向南辰"，还有"南极下头星象少"、"衡门斗极边"、"南极有星朝玉阙"等，多次写到雷州的极地特征。但是，都不如本诗歌典型，诗歌用海天悠悠、大地尽头、边鸿南绝等意象，充分描写了雷州的边地风光。第二，雷州古驿站的原始风貌。在诗人笔下，英利驿房舍破旧，因漏雨而使墙壁长出了苔藓。雷州僻据海滨，土旷民瘠，连道府县的官署都十分简陋，驿站的经费更为困难。古雷州有五大著名驿站：海康县的雷阳驿、遂溪县的桐油驿和城月驿、徐闻县的沓磊驿和英利驿。五大驿站中，徐闻县的沓磊驿和英利驿环境最为艰苦。海康县的雷阳驿和遂溪县的桐油驿、城月驿，均岁支银数百两，而徐闻县的沓磊驿、英利驿，岁支银仅百两。驿吏终岁勤苦，连妻子孩子也奔忙于迎来送往的风帆马匹之间。明万历《雷州府志》卷八："（徐闻县）踏磊驿，县东南二十里渡海处。旧署在海安所城内，后以官司渡海迎送不便，驿丞陈登云移居城外天妃宫旁，茅房安身。万历四十年被毁，驿丞丁克诚捐俸建木柱茅房一重居之。支应不满百金，最苦。"徐闻县的经济比不上海康县和遂溪县，故英利驿与沓磊驿条件恶劣，驿站均以茅草盖房，墙壁生苔。不过，这些墙壁上，题满了往来诗人们的题壁诗，成为雷州文化的一个重要景观。

范梈第三次到达徐闻县，是延祐三年（1316）的四月中旬。诗人在延祐三年（1316）二月二十六日从海南回到雷州的廉访司署，这是诗人第二次到徐闻。但是，仅隔一月又半，又要赶往琼州的海南廉访分司。当他走到徐闻县时，接到京城亲友的来信，仓促中写下《怀京下亲友》（《范德机诗集》卷六）：

海上经年思杀人，绝怜京国旧交亲。过江唯有传梅使，寄得书回是暮春。

诗人在京城的亲友，当指任宰相的学生危素等人。诗人在翰林院时期的故友甚多，主要有中丞董士选、张养浩、杨载、元明善，还有翰林院侍讲袁桷、国子祭酒兼翰林院侍讲邓文原，以及翰林待制兼国史院编修的虞集、学生危素等。这些京城的重要人物，多是范梈在翰林院时的同僚，他们曾一起诗酒唱和。其中，感情最深挚的是虞集，《元史·虞集传》："其（虞集）交游尤厚者，曰范梈。"虞集有《次韵云章丈欲访德机学士，故以末句相属，冀以因行致之》："故人范叔清秋鹤，谁共吟诗月满堂。"① 他称范梈为"故人范叔清秋鹤"，关系特别亲密。范梈《怀京下亲友》所怀的当是虞集等京城故人。诗歌当写于延祐三年（1316）四月，地点是徐闻县。"海上"即指在海畔的徐闻，其时范梈到达雷州已经一年又五个月了。

诗歌前两句，写诗人对故友的思念。诗人离京已经一年多，在海畔孤城更加思念京国的旧友和亲人。在海畔最大的痛苦是孤独，明徐闻典史汤显祖《送谢君实理高州》说："秋风莎露排烟岚，一官如寄谁可谈。"② 诗人在京城任翰林院编修时为正八品，虽官位不高，那时却是诗人一生中最值得追忆的美好岁月。寂寞中，诗人更加怀念在京城的岁月和京师旧友。后两句，写中国大陆最南端的音信交通的困难。因交通不便，诗人收到故友从京城寄来的书信时，已是第二年的暮春了。可见，本诗是诗人写给京城故友的回信，故主要抒发对首都故友的思念。

诗人在徐闻县还作有《随闻县怀京下旧游》（《范德机诗集》卷七）：

> 平生不识张廷尉，中岁方逢马伏波。昨见山川皆胆落，稍侵霜露始心和。
>
> 皇恩远荷优隆至，旅况深惭慨惜多。天上故人安好在，西风迟暮意如何？

本诗题目，《选校范文白公诗集》卷五作《随闻县怀京下旧游》。徐闻，除了作"随闻"外，有的还作"徐文"，均误。当以《范德机诗集》卷七为是。

诗歌写于延祐四年（1317）秋，写作地点是徐闻县的伏波庙。当时，范梈从雷州出发到海南廉访分司，途中经过徐闻县。范梈已是"中岁"年纪，却仍然四处奔波。元至元二十八年（1291），徐闻县的县治在新址宾朴村。范梈到徐闻

---

① （元）虞集．道园学古录·卷三，上海：上海古籍出版社，1986.

② （明）汤显祖．玉茗堂集·卷八，天启元年（1621）刻本．

时，县城新建才二十三年。新县治万事草创，县署野处无城，条件十分艰苦。而在范梈离开雷州六年后的天顺元年（1328），海盗就屠了徐闻县城，县署也被夷为平地，县衙不得不暂时迁于海安所办公。创作此诗时，诗人在草创不久的徐闻新县城里，作渡过琼州海峡的准备，其中最重要的便是到徐闻县城的南海神庙中祭祀海神。雷州地区关于海神的传说活灵活现。清屈大均《广东新语》载："溟海吞吐百粤，崩波鼓舞百十丈，状若雪山。尝有海神临海而射，故海浪高者既下，下者乃复高，不为民害。父老云：凡渡海至海安所，闻涛声哮吼，大地震动，则知三四日内有大风雨，不可渡。又每月十八日勿渡，渡则撄海神之怒。又云：凡渡海风波不起，岛屿晴明，忽见朱旗绛节，骖驾双螭，海女人鱼，后先导从，是海神游也，火长亟焚香再拜则吉。其或日影向西，巨舶相遇，帆樯欹侧，楼舵不全，或两或三，时来冲突。火长必举火物色之，举火而彼不应，是鬼船也。火长亟被发掷钱米，以厌胜，或与之决战。不胜，必号呼海神以求救。海神甚灵，嘉靖间有渡琼海者，见海神特立水上，高可丈余，朱发长髯，冠剑伟丽，众惊伏下拜。海神徐掠舟而过，有光景经久不灭，次日有三舟复见，大噪拒之，风波大作，舟尽覆。语云：上海人，下海神。盖言以海神为命也。"① 因此，人们渡海之先，必须虔诚地祭祀海神，广州一带祭祀祝融和天妃，但雷州半岛则主要祭祀伏波将军。当然，这也是相比较而言，雷州的天妃庙也香火旺盛。明万历《雷州府志》卷十一邓宗龄《雷州天妃庙记》："雷阳故有天妃祠，祠去南渡河可十里许。天妃于海神最灵，诸渡者必走谒祠，问吉凶。"伏波将军有路博德和马援，但是大多只供奉马援，《广东新语》卷六："伏波神，为汉新息侯马援。侯有大功德于越，越人祀之于海康、徐闻，以侯治琼海也。"后来文人为路博德不平，故有的庙宇也供奉二人。本诗的伏波庙只祭祀海神马援。

诗歌首联，写拜见南海海神马伏波。"张廷尉"，指汉文帝时敢与皇帝理论的贤臣张释之，班固《汉书》卷五十："张廷尉由此天下称之。"张汤也曾任张尉，但是这里以张廷尉与马伏波对文，当非指酷吏张汤。颔联，写见到南海神以后的思想变化。诗人说："从前不认识'天下名臣'张廷尉和马伏波，今天见到雷州人民如此崇拜他，这使我大为震撼。从前，瘴疠之地的雷州山川使我魂飞魄散，如今我已两鬓斑白，见到马伏波后，心情开始平和。"颈联，描写自己对雷州为官的新认识："我虽然在雷州，但仍沐浴着皇恩，有着无数的旅途见闻和感

① （清）屈大均．广东新语·卷六．北京：中华书局，1985.

慨。”尾联，则问候和怀念京城故人：“在京城的故人们，你们可曾安好，西风迟暮时请多保重。”

诗歌写于“山川胆落”之地，“西风迟暮”之时，毛发“霜露”的年龄，诗人的情绪本可能十分悲怆。但是，自诗人拜见南海神之后思想发生巨大变化，开始以平和的心态面对海北和海南的大地山川，对雷州和徐闻新城有了新的认识和感受，表现出与《怀京下亲友》完全不同的精神面貌。

本诗也是寄予虞集等京城友人的。虞集还谈到此信，其《己卯秋舟过清江忆范德机二首》之二说：“玉堂风日擅挥毫，海上驰驱叹二毛。太傅竟无宣室召，拾遗空署华州曹。孤儿衣食交游古，百世文章墓石高。车过不留应腹痛，寒泉秋菊赋离骚。”① 虞集的“海上驰驱叹二毛”，是对范梈本诗的“稍侵霜露”的回应。

诗人还时常想起他在京城的故居，有《怀东坊》（《选校范文白公诗集》卷六）：

> 帝城东下有柴扉，手种黄花宅四围。岁岁年年得相见，如今只似故人稀。

“东坊”，是他在京城时的旧居。这里不仅有两株可爱的杏树，而且诗人还种了许多菊花，每年重阳节时都开菊花诗会。现在，诗人离开已经数年，所种的菊花情况如何？它应当像故人一样，十分稀少了吧！

另外，范梈写徐闻县沓磊驿的诗还有《范德机诗集》卷六的《登沓磊驿楼自此渡海》。就所存诗歌而言，诗人在徐闻县写的诗歌有四首，可见他对徐闻的感情深厚。

七、挂冠雷州

范梈一生贫苦，父亲早逝，赖寡母熊氏守志不嫁，把他两兄弟抚养、教育成人。他虽在而立之年后进入翰林院，但是命运依然不济，妻子易氏早逝，家中全赖老母维持。由于在雷州为官时，远在千里之外的江西家中时常传来无米下锅的

---

① （元）虞集．道园学古录·卷二十九．上海：上海古籍出版社，1986.

消息，令他寝食难安。他在经济上并不具备毅然挂冠归隐、高蹈尘世的条件，因而他在雷州“底僚”位置一掷八年。但是，诗人还是慢慢滋生了挂冠的念头，《远游》（《范德机诗集》卷二）：

远游非吾志，偶堕天一角。去就亦有期，宁能计今昨？
料理贫居士，守书负西郭。清心见古初，德宅甘寂寞。
杜门坐春深，绿竹解寒箨。虽无清时赏，幽意各有托。
千载非长生，松乔未足学。焉知勾漏令？不厌宦情薄。
山中归去来，朝霞可以酌。

诗歌作于至治二年（1322）春夏之交。诗歌九韵，可分为三层。前四句为第一层，写诗人对雷州官场的失望。远宦于天涯海角，并非诗人志向，他来到雷州是形势所迫。但是，待在雷州终究是有期限的，离开只是时间问题。看来，诗人在雷州早已看不到希望，心中已有了归计。

次八句是第二层，写诗人的道德节操和理想抱负。诗人居住在雷州城的西郭，在廉访司的西边，又称西厢、西轩。诗人在此贫居守志，只有古书数箱相伴。他平时在西郭杜门不出，读书清心，甘于寂寞。四月春深时节，门前的新竹脱去竹箨，露出清香的粉竹，令人浮想联翩。诗人从竹笋脱壳中联想到人格的伟大，虽然无人赏识竹的节操，但是它有自己的格调操守和精神寄托。诗人以竹为伴，决心坚持自已的人格操守，绝不委心媚俗。到此，诗人决计挂冠，便是必然的选择了。

最后六句是第三层，写诗人的打算，决心以修仙学道的名义告别官场。“勾漏令”，指西晋葛洪。《晋书·葛洪传》：“葛洪，字稚川，丹阳句容人也……干宝深相亲友，荐洪才堪国史，选为散骑常侍，领大著作。洪固辞不就，以年老欲炼丹以祈遐寿，闻交阯出丹，求为句漏令。帝以洪资高，不许。洪曰：非欲为荣，以有丹耳。帝从之。洪遂将子侄俱行。”[①] 虽然享年千载也终有一死，修仙学道并不足取。但是，勾漏令厌倦了官场，唯一可以选取的道路，便是归隐山中，餐霞炼丹了。

诗歌描写了诗人挂冠雷州前的心理波澜，他在官场看不到半点希望，内在的

---

① （唐）房玄龄等．晋书·卷七十二．北京：中华书局，1974.

人格操守使他不能随波逐流。他从翠竹脱箨联想到劲节情操，因此决心结束雷州八年的“底僚”生涯，挂冠归隐。

关于范梈挂冠雷州，史传无载。《元史·范梈传》叙述其在雷州之后，便转往江西：“迁江西湖东，长吏素称严明，于僚属中独敬异之。”而未叙及挂冠事，与《新元史》同。唯揭傒斯《范德机诗集序》记载：“其居官廉直，门不受私谒，历佐海北、江西、闽海三宪府，三弃官养母，天下称之。”① 范梈曾“三弃官”，雷州为第一次挂冠归隐。离开雷州半年后的至治三年（1323），范梈为家人的生计所迫，又任职江西。但是，在诗人的人生中，在雷州之后曾有一段被正史忽略的重要履历——挂冠归隐。

诗人为什么决心挂冠？其原因仍是难以破解的历史之谜。本来，在岭南为官，升迁的机会应更大。《元史·仁宗纪》载，皇庆二年（1313）五月：“广海及云南、甘肃地远，迁调者惮弗肯往，乞今后加一等官之。”在这类穷困荒凉的地方为官，可以加官一级，但是仍然没有多少人愿往，故朝廷决定加官二级。《元史·英宗纪》：“广海郡邑官旷员，敕愿往任者，升秩二等。”但是，这些地区仍然缺官甚多。元许有壬《风宪十事》之《远道阙官》云：“今年广西一道，至今阙官，令经历权摄司事。广东、海南、福建，悉皆阙人，盖是已除者托故不来，而到任者不久即去。”② 因而，所缺的官员，甚至可以破格在教师中选任。《元史·选举志》：“广海阙官，于任满得代，有由应得路、府、州、县儒学教授、学正、山长内愿充者，借注正九品以下名阙，任回。”雷州在唐代属安南（今越南），在宋、元时属广西，是缺官最多的地方。在上述可越级升迁的条件下，范梈到岭南为官。在皇庆二年（1313）以后，他不但没有加一级或两级，反而比在京城时降了两级。可见，可以加官二级的规定，只适用于地位比较高的官员。因此，在岭南的七八年间，他居然没有得到任何升迁，因此，诗人只有愤然挂冠。

诗人决心一定，便在元至治二年（1322）八月将计划付诸实践。中秋节之前，他已经完成了归隐的心理准备。八月十四日，即离别的前夜，他写下《昨夜书怀将行，且书且赋，因成十二韵》（《范德机诗集》卷一）：

① （元）傅若金．傅与砺诗集·附录．上海：上海古籍出版社，1986.

② （元）许有壬．至正集·卷七十四．台北：台湾商务印书馆，1986.

钜海截上国，危星转清旻。去来抵二极，俯仰适周晨。
往鹘无遗影，潜鱼有纵鳞。劲风山叶碎，浓露草根匀。
卓彼赵李辈，郁为唐宋臣。忤恩非弃置，知命有高屯。
妙句铿金石，荒台蔓蒸薪。凭高重回首，怀古独伤神。
记别玉堂夜，来寻丹灶春。常恐学仙侣，亦犹辟世民。
蓬莱虽异坞，即此是通津。

诗歌写于至治二年（1322）八月十四日。“昨夜”，指八月十三日夜晚。诗人就要离开雷州了，挚友们到他的住所话别，直到深夜。次日，他回想昨夜的情形，遂成此诗。

诗歌十一韵，可分为三层。前八句是第一层，写他仕雷的无限艰辛。“钜海”，大海，此指在南海之滨的海国雷州。“上国”，指京师。“去来抵二极”，即诗人在《开岁》中所说的“自违北极向南辰”，“北极”指京城，“南辰”指雷州。“危星”，指二十八宿之一的北宫玄武的危宿。危三星，为衣樗，于辰在子，乃燕齐的分野。《史记·天官书》：“燕、齐之疆，候在辰星，占于虚、危。”《正义》：“辰星、虚、危，皆北方之星，故燕、齐占候也。”① 此指元大都北京。“清旻”，指南方。诗人从中国“北极”的京师翰林院，到中国“南极”雷州为官，这在中国仕宦史上也是少有的事。从“钜海”、“二极”等语可知，此诗必为在雷州时所作。“往鹘无遗影”四句，写与诗人同时来雷州的人均已离去，只有西风落叶，空山衰草而已，诗人在雷州一掷八年。

中间八句为第二层，写诗人对雷州八年照磨生活的感受。“赵李辈”，指唐代贬谪琼州的宰相李德裕和宋朝贬谪雷州的宰相赵鼎等人。赵、李等人，均是唐宋大臣，卓越的人中之杰，却被贬海北海南，郁郁一生。“屯”，指《周易·屯卦》。《周易·屯卦》：“屯：元亨，利贞。勿用有攸往，利建侯。”卦辞《彖》曰：“屯，刚柔始交而难生，动乎险中，大亨贞。雷雨之动满盈，天造草昧，宜建侯而不宁。”“高屯”，即刚柔始交而生的大难和大险。“忤恩”两句，诗人为被贬南海的唐宋大贤们辩护。他说，贬谪并非皇帝弃置他们于蛮荒，而是他们的命运中有“高屯”之大难。更重要的是，贬谪生活使他们在“荒台蔓蒸薪”的苦难中，创作出金石般的美妙诗句。这是范梈贬谪理论的一部分，它与诗人在

① （汉）司马迁．史记·卷二十七．北京：中华书局，1959.

《海角亭记》中阐述的君主对贬谪之臣在行为上“甚疏之”，其实是在心理情感上“甚亲之”，因而贬谪者应该“以海角天涯来涵养自己的孤忠之气”的贬谪理论相呼应。这种贬谪理论，发人所未发，是对中国两千年来的贬谪史的重要理论贡献。诗人精通《周易》卦理，他用辩证思维阐释贬谪，使诗歌具有深邃的哲学意境。“凭高”两句，诗人以登高临远、怀古感伤作结。面对海畔的贬谪生活，诗人不无感伤。

最后六句是诗歌的第三层，因自己今后的打算，准备与雷州朋友告别。“记别玉堂夜”，指昨晚朋友们到我的玉堂来话别。这里透露出一个重要信息，诗人在雷州的书斋也名“玉堂”。“丹灶”，炼丹的炉灶。“蓬莱”，指海中的神山。这里，蓬莱与丹灶、学仙一起，构成诗人离开雷州后修仙学道的道教生活全景。“辟世民”，则指避世隐居。避世隐居与修道学仙，二者本不矛盾，而可以相兼。避世隐居和修仙，与当官生涯自然是完全不同的“异坞”。但是，诗人在官场绝望以后，认为修仙学道才是达道“通津”。诗歌写出范梈告别雷州的真实原因，他在雷州沉沦下僚八年的生活，无异于贬谪。诗人在对官场绝望的情景下，决计归隐山林，修仙学道，做一个避世之民。

诗歌通过诗人昨夜与朋友在书斋的话别，总结了他在雷州八年的照磨生活，以自己终于找到人生归属的“通津”，告别雷州的朋友。

这里，再次印证范梈人生中一个重要的话题：范梈离开雷州的“通津”，不是官场的援例升迁，亦不是秩满考绩后的转任，而是诗人弃职挂冠。诗人在仕雷八年升职无望之后，他弃职挂冠，扬长而去，进入深山，学仙修道。

范梈在雷州一待八年，而今他挂冠而去，令雷州朋友十分惋惜。因此，在八月中秋，雷州朋友为范梈举行了隆重的送别宴会，范梈写下《八月十五日，公堂宴别作》(《范德机诗集》卷二)：

悠悠我行迈，去此粤山端。迟明驻征车，爰尽公堂欢。
开筵俯城郭，箫鼓集仪鸾。谓欲戒醉饮，重此良辰难。
关门集会府，僚友并征鞍。更辞无别语，但祝长加餐。
役者四五人，相从出林峦。亦复路旁泣，岂独殊肺肝？
况我离慈母，朝暮侦平安。送行各如许，焉得不辛酸？

诗歌写于至治二年（1322）八月中秋节。诗歌十韵，可分为三层。前八句，写送别宴会。由于要赶路，诗人在黎明时分启行，但是，廉访司的朋友们依然拦住他的征车，要尽同僚朋友送别之欢。宴会在雷州城楼上的公堂举行，城楼下的箫鼓声声，算是给他饯行的乐章。诗人本来不欲喝醉，但是想到以后哪里还有醉饮的机会呢？所以，他只得开怀痛饮。中间八句，写告别时的情景。听说诗人要离别雷州，大批的人群涌来送行，因空间有限，廉访司只得关上大门。分别之时，同僚和朋友为他架好征鞍，千言万语，都化作一句"但祝长加餐"；他们把诗人送出雷州城，一直送到郊外，朋友们难过得蹲在路旁啜泣，心中充满了离别的悲伤。最后四句，写诗人不得不离开的苦楚。由于诗人是挂冠而去，故离别场面充满感伤，送行者千般挽留。诗人说："我也是不得已，为了古稀的慈母，我不得不如此。面临离别，我与你们一样悲伤，哪能不辛酸痛楚？"

诗歌的格调感怆，在点点的泪光中，把人生的不平之感和难分难舍的朋友深情，作了平实而尽致的描绘。

到了广南西道的肇庆，因雷州与肇庆的关系较密切，诗人受到肇庆路李知事的热情款待，写下《肇庆李知事会别，至峡上阻风，因以怀李》（《范德机诗集》卷二）：

> 取别非云暮，王事有程拘。临流逢执手，复念野踟蹰。
> 季秋北风急，遥遥别方舻。出峡江始放，迢迢波浪敷。
> 仰天觉形全，俯地会心娱。暂得珪组解，乐与渔樵俱。
> 抚事悉邂逅，回翔且须臾。满秩不受更，竞行谅非愚。

诗歌写于至治二年（1322）八月下旬。诗歌八韵，可分为三层。前四句，写与肇庆知事的分别。季秋时节，诗人到了肇庆，与肇庆李知事相见。临别时，李知事把诗人一直送到渡口的船上，告别时李知事仍恋恋不舍。但是诗人没有时间久留，只得仓促告别。

接着八句，写船被大风阻挡在端州峡的曲折经历。因大风骤起，船被迫停航，在端州峡中避风，诗人更怀念起李知事的热情挽留来。几天后诗人换乘大船继续前行，在优美的峡江风光中，他忘记了官场的束缚，感受到回归大自然的快乐。

最后四句，写诗人与李知事告别。诗人与李知事邂逅的美好时光使他觉得时间短暂得像在须臾之间。在肇庆期间，诗人把自己在官场的遭遇和归隐的缘由，对李知事和盘托出。李知事再次劝阻诗人的挂冠之举，但是，诗人坚持自己的计划。他说："雷州秩满后，我拒绝留任而告别官场，这断然的决定虽然惊世骇俗，但并非愚蠢，而是因我有自己的追求。"

这里，再次照应了范梈在雷州海北海南道肃政廉访司的挂冠之举。在八年的照磨生涯之后，诗人并没有升官的机会。他即使继续在雷州任职，仍只是照磨。诗人一气之下，毅然告别官场，归隐山林。

范梈离开肇庆后，取道韶关，有《初九日至章贡泛舟，而此日止到韶州，因怀刘子仪勾漏旧作奉怀》（《选校范文白公诗集》卷五）：

勾漏山前题句早，郁孤台下泛觞迟。一从沧海轻为别，再见黄花重所思。

书尽不嫌花类碧，鬓毛空嗟色成丝。登高不得贤宾主，并负西风落叶时。

诗歌写于至治二年（1322）九月九日重阳节。"黄花"，指重阳节的菊花。诗歌前四句，写刘子仪在勾漏的题壁诗引起诗人别情，人在他乡，佳节又至，诗人更是百感交集。后四句，抒发感慨。诗人虽曾在章贡泛舟，但登高无友，兴致全无，深秋时节西风落叶，诗人情绪亦十分低沉。

过了韶关的大庾岭，范梈写下《出岭即事奉寄中书元翰林》（《选校范文白公诗集》卷五）：

几人生出鬼门关？我独从容仗剑还。扶病犹能驱瘴疠，投间应欲选云山。

炎郊未用辞行役，卤海先当奏庶艰。赋有均输令再倍，相携卖子尽诸蛮。

诗歌写于至治二年（1322）九月中旬。前四句，写诗人告别岭南的欣喜。走出了大庾岭，就彻底告别了岭南。到岭南瘴疠之地的人，有几人能生还呢？唐宋之问《至端州驿见杜五审言、沈三佺期、阎五朝隐、王二无竞题壁慨然成咏》："处处山川同瘴疠，自怜能得几人归？"诗人虽然已经抱病在身，但只要能活着离开岭南，他已经心满意足。"选云山"，再次印证了范梈离开雷州是出于弃官归隐。后四句，抒发他告别岭南的感慨。瘴疠、炎郊、卤海，形成了他对岭南生活的总体印象。但是，自然条件的艰苦还是次要的，最令人难堪的是：虽然朝廷有减租令，但地方贪官却让人民的赋税翻倍，逼得当地少数民族相携卖子。后两句，道出诗人挂冠雷州的真实原因：他同情岭南人民的苦难遭遇，无法与贪官污吏继续为伍。可见，范梈挂冠的真实原因，是出于一个读书人的道德操守和人道主义情怀。

范梈对于元代官场道德与高位的矛盾有清醒的认识。在元代，范梈“能官不必高”的为官名言，流传天下。元王礼《元故梅州居士王公行状》：“迨礼往任安远校官，则举范德机先生‘能官不必高，高者乃其贤’之句，以戒饬之。”①王礼（1314—1386），字子让，原字子尚，庐陵（今江西吉安）人。至正十年（1350）中江西乡试，次年授安远县学教官。临行之时，王礼的父亲王斯觉，以范梈“能官不必高”的为官格言教导王礼。此时，范梈已去世二十年，但是他的精神和格言仍然被人牢记并传颂。范梈此语见于《范德机诗集》卷一《过梅尉祠下》：“梅尉清万古，许令腾八埏。能官不必高，高者乃其贤。”“梅尉”，江西九江郡寿春人梅福，字子真，曾官南昌尉，西汉高士。王莽当政时，他隐居山林，成为一代人格和道德的典范。他去世后，江南、闽、粤等地有他成仙遗迹的地方，都为他修建庙宇，供他为神。梅尉和许令，均是汉代高士。在元代这样的朝代中，范梈决心以梅尉和许令为榜样，意味着范梈决心宁取道德而不取高官。“能官不必高”，是他在自己道德与高官二者不能兼得的情况下对人生道路的定位，也是他对在元朝为官不牺牲道德便难当高官的官场现象的清醒认识。但是，此语也竟然成为他为官生涯的谶语，他虽一代名士，但在雷州照磨任上长期沉沦下僚，最后不得不愤然挂冠而去。

诗人归隐后，虞集曾见过范梈。虞集《己卯秋舟过清江忆范德机二首》一：“归来江上鬓如丝，所谓伊人独系思。千载清风东汉士，百年高兴盛唐诗。离离宿草秋云断，采采黄花夕露滋，山水含晖无尽意，他生何处共襟期。”“归来”，即从雷州归隐江西老家，此时范梈已两鬓斑白。“千载清风东汉士”，歌颂范梈断然挂冠、不同流合污的人格。

“千载清风东汉士”，源于吴澄的评价“东汉君子”。元吴澄《故承务郎湖南岭北道肃政廉访司经历范亨父墓志铭》：“士之泛滥于虚文，而忽略于实行也久

---

① （元）王礼．麟原后集·卷十．上海：上海古籍出版社，1986.

矣。波流茅靡之中，有特立独力者焉，余恶乎不以东汉诸君子例之哉。”[1] 对于“东汉士”的内涵，明嘉靖四十一年熊逵《叙范先生诗集后》说：“乃若吴草庐先生，以东汉诸君子例之，则评其人云。逵尝即东汉诸君子方之，而妄为之评曰：先生之行如范式，诗如张衡。《大过之象》曰：君子以独立不惧。夫独立不惧者，守之《过》乎人也。先生当《大过》之时，而狷介超卓，天正固穷，隐于卖卜以自给，屹有东汉诸君子之守，所谓独立者欤。其与金溪危素善，未终前两月疾已剧，尫羸骨立，犹走数百里外哭素母，因与素诀。此与范式友张邵式何异？乃若先生之诗，出于是时，发愤之所为，可拟《四愁诗》而忠厚恻怛，尤过与衡。至其悯文绣局取良家子为阍工，诗作而弊革，非如衡之诗，不得通于时。”该文从人品和诗歌艺术两方面，对吴澄的“东汉诸君子”和虞集的“千载清风东汉士”作了充分的阐发，从而歌颂了范梈的诗品和人品。范梈的雷州挂冠之举，赢得了时人的景仰和千古的美名。

八、后雷州时期

诗人挂冠归隐，回到了江西新喻县（今江西省新余县渝水区）百丈山下的家中，有《百丈山中夜坐闻谨思将还忆甲寅入南中正此日也，十二月二十三日》六首（《范德机诗集》卷三）一诗：

近得雷州信，遥知弟侄来。江山淹远望，天地保疏材。
乡为鱼羹起，今宁马豆猜？残年有心事，未定着寒灰。

欲雪翻成雨，何天恰吝晴？似缘春在近，故与月争明。
谷树行行暝，川云冉冉轻。往年当此夕，孤枭适南征。

岁月嗟匏系，乾坤信梗浮。蹉跎逐越鸟，迂阔问吴牛。
正道曾无弊，旁观各有由。圣人如可起，吾欲诘东周。

饮谷惊风合，空阶队（坠）溜鸣。灯昏时作晕，漏远不传更。

① （元）吴澄．吴文正集·卷八十五．上海：上海古籍出版社，1986.

但得林间趣，何须谷口名？是谁超物外？不用计浮生。

往备清华职，宁知濩落心？槐街春日盛，杏省午烟深。
出试终何补？还归敢自任。只惭山泽吏，空受二毛侵。

客行身万里，家在地中分。爵命优臣子，江湖远圣君。
夜瞻龙凤气，岁出虎狼群。旧故无消息，低回瘴海云。

诗歌作于至治二年（1322）十二月二十三日。范梈诗歌的题目，多含有诗序，叙述他作此诗的缘由。诗人从雷州回到江西新喻县家中后，腊月二十三日夜晚，收到侄儿范谨思来信，说他即将从雷州回家。诗人离开雷州时，有些遗留的事务留待侄儿范谨思替他处理。这封信勾起他对雷州的回忆：真不巧，八年前的今天，即甲寅年腊月二十三日小年夜，他正好到达雷州。而百丈山下也有雷神祠，明陈宪章《百丈峰诗》："淦西百丈耸危峰，白昼雷霆出洞中。一片黑云横日下，霎时飞雨过江东。"这令人联想到雷州的雷神庙，于是范梈感慨万千，一口气作诗六首。

第一首，写对侄儿尚未回家的担心。前四句说："我收到仍在雷州的侄儿来信，信上说雷州的事务已处理完毕，他也即将回家。雷州距江西路途遥远，希望老天保佑侄儿能平安归来。"后四句，补叙他在雷州挂冠的原因。"鱼羹"，鱼做的菜汤。《南齐书·乐颐传》："吏部郎庾杲之尝往候，颐为设食，枯鱼菜葅而已。杲之曰：我不能食此。母闻之，自出常膳鱼羹数种。""鱼羹"，还指精美的食物。"马豆"，一名马沙，又名吹沙，小而味美的鱼。《尔雅》卷十六《释鱼》：鲨，鮀。晋郭璞注："鲨，今吹沙，小鱼也。体员（圆），而有点文。"陆玑注："鱼狭而小，常张口吹沙，故曰吹沙。又小而甘美之称。"诗人说："当初在雷州与某长官的矛盾即因鱼羹而起。但侄儿为何到现在还没有回家？难道是长官尚未释怀，对我的侄儿还心存'马豆猜'吗？"诗人自称"残年"，其时已五十多岁，他身心交瘁，离去世仅剩七八年时间。但是，他想起雷州的事情来仍心事重重，不能不对世事担心挂念。

第二首，回忆八年前到雷州时的情形。前四句，写新喻腊月的雨雪天气。诗人还担心着侄儿回家的旅途是否平安顺利，他说，天本来就要下雪了，但转变成下雨，难道老天如此吝惜晴天？这大概是新春即将到来，故不让月亮露出光明。

后四句，从眼前的雨雾，想到八年前他到达雷州时的情景。“此夕”，指十二月二十三日。“孤桌”，当作孤棹。眼前的谷树湮没在昏暝中，云雾冉冉飘动。八年前的今天，天气也是这样，当时他正乘一叶孤舟，前往雷州赴任。

第三首，写诗人对在雷州事业无成的愤懑。前四句，写他在雷州的蹉跎岁月。“匏系”，语出《论语·阳货》。孔子说：“吾岂匏瓜也哉？焉能系而不食。”指用世之心。诗人说，时光倏忽流逝，他像徒然悬系的匏瓜一样，不被所用。虽然他像越鸟一样追随到了中国大陆的“南极”雷州，但只是蹉跎了岁月。后四句，表达对仕途不顺的疑问。“圣人”，指孔子。《论语·阳货》中孔子说：“如有用我者，吾其为东周乎？”诗人问：“我在雷州为何不被信赖？”而廉访司的长官却说：“我所行的都是正道，对于没有任用你，我没有过错。”但在旁观者看来，却不是这样。如果孔子在世，就责问他：为何没有人起用他——使世界上出现东周盛世呢？这世道连圣人孔子也不容，何况我辈！

第四首，写世道的黑暗和诗人的归隐。前四句，写眼前的雨夜情景。百丈山下的山谷中惊风四起，吹得屋檐下的坠溜飒然有声。诗人已独坐到了深夜，昏暗的灯花生出了淡淡的光晕，打更的声音也无法听到，中国的政治不就是这样黑暗吗？后四句，写诗人无奈的选择。既然世道如此黑暗，诗人只得归隐山林。他决心以超然的态度，告别官场的名利，去享受林间归隐的佳趣。虽然如此，他仍对雷州的故旧充满思念。诗歌第三首：“岁月嗟匏系，乾坤信梗浮。蹉跎逐越鸟，迂阔问吴牛。”诗人感叹岁月流逝，八年逐越鸟的生活蹉跎了岁月，诗人不免感伤。

第五首，诗人回顾二十年来的官场生涯。前四句，写当年在京城翰林院的生活。“濩落”，即瓠落。《庄子·逍遥游》：“今子有五石之瓠，何不虑以为大樽而浮乎江湖，而忧其瓠落无所容？则夫子犹有蓬之心也夫！”“濩落心”，即浮于江湖的隐居之心。“槐街”，即京城天街，又名槐衙。古代长安城天街两旁槐树成行，南唐尉迟偓《中朝故事》：“天街两畔槐树，俗号为槐衙；曲江池畔多柳，亦号为柳衙，意谓其成行列如排衙也。”“杏省”，指杏树环绕的翰林院。诗人当年在京城天街的翰林院任“清华之职”，但当时已有隐居之心。这是历史上少有人知的事，唯一知此事者是诗人的好友张养浩。他在得知范梈的归隐计划后，写下《范德机寓田记》：“人多不能隐，而德机锐于隐。”① 张养浩比范梈年长两岁，

① （元）张养浩．归田类稿·卷六．上海：上海古籍出版社，1986.

对范椁的崇高品德十分推崇，二人彼此欣赏，感情深挚。延祐初年，张养浩任礼部侍郎，范椁改任海北，当与张养浩的斡旋有关。范椁本欲在结束翰林院编修的任期后随即隐居，经好友张养浩的苦心劝说，他才接受了海北海南道的任职。

诗歌后四句，写后悔雷州的任职。诗人说：“我出仕雷州有何益处？最终还是归隐山林。只是我这山泽小吏，徒然熬得两鬓斑白。”诗人对在雷州虚掷光阴，十分后悔。

第六首，写诗人对雷州的牵挂。前四句，写诗人在雷州为官的艰难。从京城到雷州，道途万里之遥，离家也数千里。虽然朝廷说优待臣子，但是江湖太远无法享受圣君之恩。当年在雷州，半夜还在山中赶路，时常出没于虎狼群中，至今想来都还后怕。诗人十分惦念当年在瘴疠海气中出生入死的故友们，却没有他们的消息。这八年来全靠雷州故旧至交的关怀和帮助，现在遥望南方海滨，诗人仍然希望收到他们的消息。

六首诗歌，回顾了诗人在雷州的为官生涯，是对雷州生涯的全面总结。当年诗人从京城不远万里到雷州任职照磨，在雷州八年中他兢兢业业地工作，本想有所建树，但是一直熬到头发斑白才不得不愤然归隐。诗歌还道出了其中的隐衷：因“鱼羹”而起的莫名其妙的“马豆猜”，廉访司长官不仅最终没有重用诗人，而且还说这是囿于制度所限，他本人并没有过错。虽最后不欢而散，但他对雷州仍然充满感情：他永远清楚地记得到达雷州的日子——腊月二十三日，他怀念在雷州出生入死的故旧至交，他翘首企盼着来自雷州的信件。诗歌对诗人在雷州八年的生活作了全面的总结。诗人以这样的心情开始后雷州时期的生活，他虽离开了雷州，但对雷州仍十分怀念。这是因为他所鄙弃的是官场，而不是雷州的朋友。

诗人在挂冠雷州后，到了福建，有《西岩夜宿怀雷州幕府同僚》（《范德机诗集》卷一）：

> 月出万籁静，岩宿紫烟深。邂逅逢清景，飘萧澄素襟。
> 久辞蓬莱苑，复忆嵩高岑。扫雪待白鹄，凌霄看翠禽。
> 如何较奇赏？而此事幽寻。虽负简书畏，还希金玉音。
> 泾暗泉移涧，风疏星满林。愿持千里意，空外写瑶琴。

“西岩”，在福建瓯宁县。弘治《八闽通志》卷五：“西岩漈山，在慈惠里。

山之左，有石壁，高十余丈。其巅有亭，祠马、岐二仙。”慈惠里的西岩，又名曹岩，在城西德星门外，山上有宋真文忠公所修的西山精舍和道教庙宇。

诗歌十六句，可分为三层。前四句是第一层，写西岩山上的夜景。诗人夜宿于西岩山寺，夜里明月出山，紫烟轻飞，四周万籁俱寂。这清幽纯净的境界净化了他的襟怀。

接着八句是第二层，写诗人现在的生活，以及思念雷州廉访司同僚的心情。“蓬莱苑”，指京城翰林院。“嵩高岑”，指雷州蛮荒之地。“白鹄”、“翠禽”，指西岩山上的道教清景。“简书”，指用于告诫、策命、盟誓、征召等事的政府公文。《诗经·小雅·出车》：“岂不怀归，畏此简书。”朱熹《诗集传》：“简书，戒命也。”这里指雷州廉访司的公文。诗人回忆他为官雷州的经历：“我离开京都翰林院后，就到了瘴疠之乡雷州。雄心壮志无法实现，我唯有在福建隐居。现在，我沉醉在清静的西岩山中，心情已经回归平静。为何我会流连在西岩山的奇观幽境中，只有你们能明白。虽然我畏惧廉访司的简书公文的撰写，但是，我仍然期待着你们金玉一般的书信。”

结尾四句是第三层，诗人向雷州的朋友表达问候。“福建树木掩映的山路，清泉流泻的山涧，以及疏朗的星空和满林的轻风，这是我离开雷州后所见的仙境般的景色。”诗人其实是说：“请你们不要担心，虽然愤而挂冠，但是我现在生活十分惬意。我将此山林美景谱成一曲优美的瑶琴之歌，寄给你们——我千里之外的朋友。”

诗歌是诗人离开雷州后寄给海北海南道朋友的一封书信，其意趣闲适清幽，境界如仙如幻，它描写了诗人现在的生活状况，表达了对雷州朋友的思念，足以安慰同事八年的雷州朋友。

诗人挂冠以后，因家庭经济困难，更因为江西廉访司副使田赟礼贤下士的聘请，不得不结束隐居，在至治二年（1322）冬任职江西廉访司照磨。此时，范梈仍然怀念雷州，作《清明日怀雷州》（《选校范文白公诗集》卷四）：

> 今日清明日，殊非异域春。只疑冲雨客，犹似望湖人。
> 柳狎莺求友，花开燕卜邻。未厌酬节物，思远独沾巾。

诗歌写于至治三年（1323）春清明，即诗人离开雷州后的第一个清明节。诗人在湖边的雨中，想起雷州清明节时的西湖：南国绝无如此的阴冷，而是柳放花开，莺歌燕舞，春色迷人。诗人不仅热爱雷州的山水，更怀念雷州的朋友。《范德机诗集》卷五有《张吏部宅山水壁歌》:“忆我寻山客南粤，地暖四时皆芳菲。眼中得此了不易，便觉宇宙扬清晖。”诗人十分重情，虽离开了雷州，但对雷州四季鲜花盛开的大地，对宇宙清晖的雷州生活，对雷州的故人，均不能忘怀。只可惜，雷州朋友的回书一封也没有保留下来，今人无法看到雷州故人对诗人的思念了。

范德机在后雷州时期的诗歌有三题、八首。时间则在至治二年（1322）的秋天到次年的清明，长达半年的岁月里，诗人都沉浸在对雷州生活的缅怀之中。诗人虽然挂冠雷州，但对雷州的人和事仍然无限情深。这些诗歌，就其怀念雷州的内容而言，可归入《海康集》；就其创作的地点而言，可归入《豫章集》。

第四章　范梈亲历的元代雷州文化

范梈在海北海南道廉访司期间，亲历了元代南国的风俗和文化，并记录在他的《海康集》中，其中有些内容为雷州地方志所未刊载，它对雷州区域文化及中国历史文化研究者来说，可谓珍贵的资料。

一、海康举人与元代科举史

元延祐四年（1317），也即范梈到达雷州的第四年，雷州人民迎来三十多年来从未有过的大喜事：元代首届海康举人赴京赶考。九月初一这天清早，范梈作为海北海南道廉访司主管文化的官员，主持了雷州路儒学的送行仪式和饯别宴会，随后与众官员、儒学教授和亲友一起，送海康五位举人步出雷州城北的朝天门，并一直送到城外郊区，作《赠海康举进士者》（《范德机诗集》卷四）：

圣主征儒用文学，翩翩五士起海角。元戎虎帐飞荐鹗，泮水成材玉新琢。

吉日举饯钟鼓作，皇华大夫绣朱襮。快马凿蹄轮脱斫，相送西风出郊郭。

问君此行事何若？于菟要是赤手缚。候雁南飞不逾岳，洞庭山秋木叶落。

词场先锋夺霜锷，万里青山上黄鹤。明光宫中问礼乐，董生策有经济略。

一朝声名动河朔，往取青紫如六博。前年礼闱开峻擢，明当接武丝纶阁。

归来锦衣照丘壑，人生无如进士乐。呜呼，人生无如进士乐，勖尔高步翔寥廓。

诗歌作于延祐四年（1317），“前年”，即延祐二年（1315）。这一年是元朝科举史上的一个里程碑：元朝举行了入主中原以来的第一次进士考试。由于时间仓促，延祐元年（1314）雷州无举人，直至延祐四年才有了元代雷州的第一届举人。为了参加延祐五年（1318）二月在京城举行的进士考试，他们必须在延祐四年秋动身赴京。《明史·地理志》载，雷州至广州 1 450 里，至京师 9 285 里。元代广东的水陆交通，经元初广东道宣慰使塔尔海哈扩驿路、增驿站后，缩短了广州与大都间的旅程。但进士考试在二月初，如果不在上一年九月动身赴京，就有延误之虞。由雷州至京城的距离和诗歌中的“吉日”可知，诗歌作于九月初一。这天是个不平凡的日子，它是雷州元代首届举人进京应试的日期。

虽然在蒙古时期曾举行过一次进士考试，但那是沿袭金代科举法。元朝入主中原后举行进士考试，延祐二年（1315）还是第一次。这年，诗人的朋友、元诗四大家之一的杨载，也参加了考试并中进士。此外，马祖常和黄溍也是此年的进士，他们后来成为元代著名的文士和文学家。如果诗人参加此年考试，不出意外，他也应该中进士。但是，他已经有了雷州的职务；而且即使中了进士，也可能如萨天赐一样，仍然只是任职照磨。此诗所写的是元代第二次科举考试，但它在雷州仍然是元代的首届，因而它是一首事关元代科举史大事的史诗。诗人以自己的诗歌，记叙了元朝雷州文化史上的一件大事，仍是很宝贵的。

诗歌十二韵，可以分为三层。前八句为第一层，写在雷州送别海康五举人赴京。元朝统治者来自草原，骑士们灭宋以后，废除科举近半个世纪。当时，官员皆由吏升任。《新元史·选举一》：“自世祖以来，科举议而未行，士之进身，皆由椽吏。”①《元史·孛术鲁翀传》说：“科举未立，人才多以吏进。”这既使文人进身之路堵塞，也导致了元朝官吏素质低下和官场腐败。“圣主征儒用文学”，指元朝在皇庆二年（1313）决定在全国恢复已废多年的科举考试，以启用文人。这是元朝历史上的大事，许有壬《送冯照磨序》：“盖中原自金源氏灭贡举，废且百年。故延祐癸丑诏下，天下耸动。”② “癸丑”，即元皇庆二年。此年，朝廷下诏恢复科举。《元史·仁宗本纪》：“（皇庆二年十一月）甲辰，行科举。诏：天下以皇庆三年八月，天下郡县兴其贤者、能者，充贡有司。”仁宗在重臣李孟等人影响下，于皇庆二年十月命中书省制定设科取士规则，十一月诏告天下。从

---

① 柯劭闵. 新元史·卷六十四. 北京：中国书店，1988.

② （元）许有壬. 至正集·卷三十二. 台北：台湾商务印书馆，1986.

此，读书人终于有了晋升之路。于是延祐元年（1314），各省举行了第一届举人考试，延祐二年（1315）产生了杨载、欧阳玄等元朝第一届进士。许有壬《和原功钧台寄李好古韵》：“延祐求贤致太平，朝阳曾记凤凰鸣。”这是中国科举教育界的大事。“翩翩五士起海角”，指延祐四年（1317）八月，全国举行了第二届乡试，在海北海南道的乡试中，海康县有五人中举。京城会试在延祐五年二月初一、初三、初五举行。时间紧迫，因此海康五举人戴着绣球红花，匆匆地启程了。

元朝虽然在三十五年后恢复了科举，但科举政策中带有浓厚的民族歧视色彩。在人类历史上，13 世纪的成吉思汗时期，蒙古风暴席卷了全世界。蒙古人在欧亚大草原崛起以后，1220 年踏平了花剌子模王国，1237 年进入俄罗斯和欧洲其他地区，1258 年毁灭巴格达，1260 年侵入叙利亚。随着成吉思汗的孙子、第三位继承人蒙哥的去世，他们征服世界的脚步才开始停下来。但是，1279 年忽必烈奉其兄大汗蒙哥之命灭了南宋，南宋成为蒙古战刀的最后战利品，元朝科举考试中的民族歧视便在所难免。蒙古民族歧视在科举考试上表现为规则不公平，元代依民族血缘关系把人分为蒙古、色目、汉人、南人四等，科举针对不同等级的人分别出题，分开取士。元仁宗恢复科举后，为了方便蒙古、色目考生能撰写合格的答卷，制定了“可操作”的“八比”的文章格式：文章分起、中、后、末四段，每段二股，即二比。试卷限定三百字至五百字，内容为阐释儒家经书。这种以方便蒙古人和色目人炮制文章为目的的八股格式，既成为指导考生写作的教科书，也成为衡量应试文章的规范格式，它在明代被称为“八股文”，“党八股”只是其流毒而已。

这些八股文试题至今可见的有元黄溍《上都乡试蒙古色目人策问》、《江浙乡试蒙古色目人策问》和《江浙乡试南人策问》试题等①，这是蒙古帝国在考试中实行民族歧视的历史遗迹。民族不同，考试题目的难易不同，答案要求的高低也各不一样。蒙古人、色目人是一种待遇，汉人、南人则是另一种待遇。前者乡试只考两次，后者须考三次。在试题答案上，蒙古人、色目人三五百字即可，南人、汉人必须一千字以上。在取士名额上：蒙古、色目、南人各 15 名，数量最多的汉人却只有 20 个名额。结果公布上，蒙古、色目人为一榜，汉人、南人作一榜。科举考试极尽民族歧视之能事，充满了制度性的不公和民族的屈辱，使得

① 李修生．全元文·第二十九册．南京：凤凰出版社，2004.

当时的投机者纷纷假冒蒙古人、色目人身份，产生了许多“假蒙古”、“假色目”人的科举丑闻。

元代科举对于元代政治的改善作用微乎其微，它并不能改变官场的民族主义政策。元代全国的官员无数，仅通事就有3 300名，每岁可补450余人，但是通过考中进士进入官场的每岁仅三五十人。而且，元代科举时行时废，由科举进入官场的人占的比例就更小。因此，元朝的官员大多以白身入补[①]。可以说，元代的进士只是个摆设，而且有时连这个摆设也公然不要，把善待知识和知识分子的遮羞布全然撕下，裸露出独裁政治的野蛮本质。

尽管如此，延祐元年（1314）毕竟恢复了科举，读书人还是为有了可以科举进身的机会而高兴不已。“吉日”四句，写雷州欢送海康五举人的盛况。在九月初一这天，欢送举人的饯别宴会开始，雷州钟鼓齐鸣，皇华大夫穿着刺绣的朱红官袍给举人祝酒。然后，五举人骑着快马上路，雷州的官员一直把他们送到城外郊区。

中间八句，诗人勉励海康五举人到京后在考试中奋发努力。诗人说，虽然雷州是大雁南飞也飞不到的地方，但是，你们要以赤手缚猛虎的精神，在词场勇当先锋，勇挥霜剑，要像黄鹤那样敢于飞上万里青天。那时，皇帝将会在明光宫中亲自策试礼乐，你们要像董仲舒那样准备好自己经邦济世的方略。

最后八句是诗人的祝福，希望他们能一举高中。诗人说，如果一旦考取进士，声名会惊动京师，博取朝廷大官的青紫官服也易如反掌。“丝纶阁”，指古代撰拟朝廷诏令的地方。唐白居易《紫薇花》：“丝纶阁下文疏静，钟鼓楼中刻漏长。”诗人说，前年礼部录取的进士，现在均身居要职。你们应当跟上他们的脚步，进入翰林院中的“丝纶阁”。诗人最后说，人生的快乐没有比得上考上进士之乐的，希望你们一举成名，衣锦还乡，高翔寥廓的云天之上。

范梈一生没有机会参加科举考试，延祐二年（1315）恢复进士考试时，他已到雷州任职照磨。此年，他的朋友元明善在京城任考官。《元史·元明善传》：“延祐二年（1315），始会试天下进士。明善首充考试官，及廷试，又为读卷官。所取士，后多为名臣。”他在翰林院的同僚兼朋友杨载，参加考试并考中了延祐二年（1315）的进士。因此，诗人对京师此年的大局格外关注。在雷州朝天门外，他与海康五举人道别，衷心祝愿他们一举高中，锦衣而归。

---

① （明）宋濂等．元史·卷一百四十二．北京：中华书局，1976.

海康五举人是哪五位举人呢？明万历《雷州府志》卷十四载，延祐举人共七人，不载年数，其中注明籍贯为海康者四人，他们是：王震、陈杞、王景贤、莫士纯。如果这四人均是延祐四年中举的话，那么只有一人失载，这也已是万幸了。

本诗是作者生平第一首快诗。诗人好像自己中举一样，以万里青山为背景，以词场先锋为主角，以钟鼓齐鸣为音乐，以快马奔腾、意气飞扬的激音调来送别海康五举人。因此，诗歌在韵律上也十分特别，它不仅句句押韵，而且一韵到底，以滚珠溅玉的华贵音调，渲染了"人生无如进士乐"的欢乐主题。

历史上雷州赴京赶考的举人无数，但是被如此隆重地记录和歌颂的却唯有此次。范德机与雷州的历史和文化，有着特殊的缘分。

后来，这海康五举人中了进士没有呢？明万历《雷州府志》卷十七，元代的乡贤三人，其中延祐海康举人中的王景贤、陈杞赫然在列。《王景贤传》："字希贤，别号愚谷。海康人，举为邕州路教授，升天河县令，寻擢清（临）江路推官，致仕。"《陈杞传》："陈杞，字楚才，海康人。少孤，从学于舅氏王景贤，淹贯群籍，领乡荐，不乐仕。退居山中，教训生徒，究性命之学，海之南北学者咸受业其门，所居里曰义江。元末，雷盗炽起，过其乡，辄相戒曰：此陈先生里也，不可犯。其行谊素著，服于强暴如此。祀乡贤。"原来王景贤与陈杞不仅是亲戚，而且是师生，二人彼此影响，带动了雷州的读书风气。雷州今存陈杞墓，原为元代石墓，文化大革命期间被摧毁，今仅存土堆，地处今广东省湛江市雷州市东里镇淡水村的黄桐塘山①，1988 年发掘，1992 年被列为海康县文物保护单位。但是，海康五举人中无一人中进士。这是因为，延祐五年（1318）春三月，廷试进士仅护都达儿、霍希贤等 50 人赐进士及第。这与宋庆历六年（1046）进士及第者 853 人相比，只是个零头，少得可怜。如果考虑到元代科举中的民族歧视问题，汉人中举的比例就更小了。终元之世，仅有 15 次考试，全国录取者仅千余人，只比宋代一年的进士总数略多，因而元代考进士者希望极其渺茫。延祐五年进士 50 人，前一届延祐二年（1314）进士也仅护都达儿、张起岩等 56 人。其中虽不乏庸才，但如杨载、吴澄、许有壬、欧阳玄、黄溍、马祖常等，成为元代文坛的巨星或大儒。故海康五举人只要能上京应试，就该心满意足了，诗人也为他们高兴。

---

①（清）阮元修.（清道光）广东通志·卷二百二十八. 上海：上海古籍出版社，1995.

十分凑巧的是，王景贤后来以延祐四年（1317）举人的身份在范椁的家乡——江西临江路任推官，雷州与范椁的特殊缘分，在王景贤的身上得到延续。

二、元代雷州自然灾害

（一）雷州的飓风

雷州半岛常有飓风。飓风，即巨风，指风力等于或大于12级，破坏力极大的台风。元代以前中国古籍将台风称为飓风，唐刘恂《岭表录异》卷上："南中夏秋多恶风，彼人谓之飓。"这种飓风其实是一般台风。在元代以后，有台风和飓风之分。飓风即古人所说的"四面风"，唐李肇《唐国史补》卷下："南海人言，海风四面而至，名曰飓风。"雷州常年发生飓风，范椁有《七月一日飓风后奉和廉访使》（《范德机诗集》卷四）：

海上飓风久不来，一日示我破柱雷。乘此便欲归蓬莱，炎州四时无落叶。

大木不效躯干折，怪事何止犬吠雪？蓬门土锉虽足怜，日月昼夜行青天，借尔楚竹洗蛮烟。

诗歌写于至治元年（1321）。虽然诗题只有"七月一日"，而无年份，而且廉访使的诗也不存，但是结合史书，仍可确定它的时间在至治元年。《元史·英宗纪》至治元年八月："雷州路海康、遂溪二县海水溢，坏民田四千余顷，免其租。"但八月并非台风发生的日子，而是灾害报告送达的日期。实际上，飓风发生在七月初一。至治元年，海北海南道廉访使是王都中。王都中（1278—1341），字元俞，号本斋，福宁（今福建寝浦）人，著有《本斋集》三卷。王都中写了飓风诗，范椁遂有赐奉和，但王都中的飓风诗不存。

雷州是火山形成的半岛，它三面环海，犹如一条舌头直抵大海中，与海中的琼州遥遥相对。由于海南岛全在海中，雷州半在海中，故素号"特壤"。清屈大均《广东新语》卷六说："雷州出海三百里余，琼居海中，号特壤。"雷州的地理位置优越，成为南海诸郡沿北部湾近海航行到达南海诸国的出口港。清陈伦炯《海国闻见录》卷上："雷州一郡，自遂溪、海康、徐闻向南干出四百余里而至海安，三面滨海，幅阔百里；对峙琼州，渡海百二十里。自海安绕西北至合浦、钦州、防城而及交趾之江平、万宁州，延长一千七百里。”

雷州的“特壤”性质不仅表现在交通和国防上，也表现在气候上。雷州是南海琼州海峡与北部湾分界线的起点和北部湾与琼州海峡的分水岭，雷州与广西北海，越南海防、岘港等地，围绕海南岛形成半圆形海岸，成为巨大的空气阻力圈，从而使海南岛和雷州成为台风通道。宋文天祥《雷州重建谯楼记》：“凡并（滨）海各州皆有飓风，而雷为甚。”清汪森《粤西丛载》卷十六《粤西风》说：“广东南海有飓风，西路稍北州县，悉无之。”雷州和海南岛当飓风之要冲，中国50%以上的台风在湛江和海南这片“特壤”上登陆。雷州、海南岛的飓风特别凶猛，南宋咸淳十年（1274）六月十二日，飓风竟然把雷州城楼上的谯楼摧毁。

本诗描写了元代在雷州登陆的一次大台风。“飓风久不来”，并非是盼望飓风的到来，而是在征兆“飓母”出现之后，飓风仍久久不至，飓风必然格外大而令人担忧。飓风之前均有预兆，除了鸡犬不宁等物候现象外，天上还有虹霓般的赤青云彩，人称飓母。唐李肇《唐国史补》卷下：“飓风将至，则多虹蜺，名曰飓母。”文天祥《雷州重建谯楼记》说：“方风之来也，其晕如虹，有蜃气如楼台。”晕虹，蜃气，均指飓母。宋苏轼之子苏过描写更具体，其《飓风赋》：“仲秋之夕，客有叩门，指物而告予曰：海气甚恶，非祲非祥，断霓饮海而北指，赤霞夹日而南翔，此飓之渐也。”飓母至而飓风不来，是超级飓风将到的标志。果然，超常的破柱之雷，昼夜不息的拔木大风，飒然而至，雷州百姓蓬门土墙被毁。飓风引发海啸，海水倒灌内陆，摧毁雷州海康、遂溪等县良田数千顷。而且，海水浸泡土地后，田土数年无收。屈大均《广东新语》卷六：“每当盛夏，海翻飓作，西北风挟雨大至，海水溢溢十余丈，漂没人畜屋庐，莫可胜计，盖海神怒二郡民之弗虔也。故以生人饷蛟鱼，蛟鱼食之而弗餍。又为之嘘噏咸雨，放为咸潮，使水卤积于洋田，逆流万顷，禾苗朽烂，数年而不可复耕，以病二郡之民也。噫嘻。民之生长于雷、琼，其不幸若是。”“二郡”，指雷州和京州。为了平息海神之怒，号称“特壤”的二郡，还曾出现过以活人祭祀海神风俗。飓风灾害之惨，难以形容。本诗与《元史》，可相印证。

中国的飓风虽多，但描写飓风的文学却少。除苏过《飓风赋》外，仅有宋史浩《用文叔州字韵和飓风诗》、释觉范《抵琼夜为飓风吹去所居屋》和洪适《荅祭飓风文》，明蓝仁《飓风》，清彭孙遹《海飓风》、嵇永仁《飓风》等，寥寥数篇而已。雷州地处台风运行的轨道上，因此年年有飓风，但被记载下来的并不多。《元史》所载的雷州飓风，除上述以外，还有《五行志》："至正元年七月，广西雷州飓风大作，涌潮水，拔木害稼。"① 元顺帝至正元年是1341年。范梈所记的飓风，比这早二十年。本诗可以补充《元史》的记载，在雷州飓风史和中国气候史上，都有重要意义。

（二）雷州大地震

元朝是中国历史上秦朝之后又一个以残暴著称的朝代，天怒人怨中地震也格外频繁。至元二十七年（1290），大地震中死伤十余万人；大德七年（1303）八月，山西发生八级以上的特大地震，震中赵城县范宣义郇堡达十一级。《元史》卷五十《五行志》载，赵城县范宣义郇堡被地震移徙达十余里，太原徐沟、祁县及汾州平遥、介休、西河、孝义等县的地震裂缝如同水渠。元至治年间，雷州的灾害也接连不断。诗人有《己未行》（《范德机诗集》卷五）：

二年六月己未朔，京城五更大地作。卧者颠衣起若吹，起者环庭眩相愕。

室宇无波上下摇，乾坤有位东西却。自我南来睹再震，依微初震不今若。

昨朝展席坐堂上，耽玩图书静无觉。堂下群儿又惊报，方馔饔人丧杯勺。

栉者仓皇下床榻，门屋铿锵振铃铎。只今犹自腾妖讹，旦暮殊言共郛郭。

大家夜卧张穹庐，小家露坐瞻星落。焉知怪变不可屡？安巢尽有南飞鹊。

昔闻上帝忧瀛洲，亲敕巨鳌十二头。特为群臣举首戴，万古不与水东流。

岂其九州亦类此？此事或诞或有由。上帝甚神吾甚愚，戴者勿动心优游。

---

① （明）宋濂等. 元史·卷五十一. 北京：中华书局，1976.

诗歌作于至治二年（1322）。这几年雷州多灾多难，至治元年雷州发生大飓风，第二年雷州又发生大地震，而且它是范梈在延祐元年（1314）来雷州短短七年内的第二次大地震。“二年”，即至治二年。“己未”，指地震发生之日。诗人记载了地震发生的时间：至治二年六月己未日五更时。如此准确具体的地震记载，在中国地震史上也是十分珍贵的。

如果仅从诗歌“京城五更大地作”看，本诗似是写京城大地震，实则却不然。理由有三：第一，诗人此时在雷州任职，而不是京城。第二，从“自我南来睹再震”看，诗人此时在雷州。第三，诗歌所写的是诗人的亲身经历，故诗歌只能是至治二年（1322）六月己未的雷州大地震。当然，不巧的是，京城在这天也发生了大地震，这便是这次大地震的奇特性。《元史·邓文原传》：“至治二年（1322），地震，诏议弭灾之道。”因此，本诗主要写作者的亲身经历，即至治二年（1322）六月己未的雷州大地震。2004 年《湛江市志》：“湛江市对历史地震的记录，始于元朝至正十六年（1356）。”据此诗可知，其说不准确。诗人记录了雷州大地震发生的准确时间为至治二年六月己未黎明前 5 时许。4 小时后，约次日早上 9 时许，又发生了一次大的余震，即第二次地震。范梈记载的雷州地震，比《湛江市志》所记录的雷州最早的地震，早了 34 年。

诗歌十四韵，可分为三层。前八句是第一层，写雷州大地震发生的时间和状态。它包含了许多丰富具体的地震细节：第一，大地震发生的时间，是至治二年六月己未黎明前。第二，这次地震的奇特性，雷州大地震发生时，京城同样发生了“大地作”。第三，大地震动的方式：地震发生时，大地作东西方向的摇动，使房屋像船漂在海上一样，剧烈地上下摇晃。第四，灾民的应急反应。“颠衣”，即颠倒错乱地裹衣而出。地震发生时，已近黎明，故有的人已经起床。因此，灾民的求生反应是：卧者穿衣也来不及，随即胡乱地裹衣逃出屋外；早起者最初的反应，是莫名其妙地在庭院中环顾相视，惊慌错愕。第五，这是诗人来雷州七年中所经历的第二次大地震，它比第一次更为猛烈。而第一次地震时间无考，诗人在延祐元年（1314）底来雷州，故当在延祐二年至七年（1315—1320）之间。第六，从“南来”和“依微初震不今若”看，这次地震的记录是诗人的亲身经历。

中间十二句是第二层，写余震和人们的避灾措施。主要内容有四：第一，雷州地震的余震。这天五更大地震约 4 个小时后的早饭时分，雷州又发生了一次大的余震。当时，诗人在堂上席地而坐，正在看书。突然，堂下群儿惊走飞报：地震又发生了。地震的实况是：屋内的门斗铿锵有声，屋檐的铃铎摇晃直响，吃饭者的杯碗汤勺被震脱于手。第二，地震引起的社会恐慌。这次虽然是余震，但是由于初震引起的惊惶不安，雷州城内一时谣言四起。地震后岭南会有什么样的流言呢？诗人并未详言，但是明代"海流"、"马精"之类的流言可作参照。明王临亨《粤剑编》云："庚子漳、潮间地震，因有物自海中来，如火球，土人呼为'海流'。每夜间飞入人家，着妇人身，即昏仆，有至死者。每日暮，家击金鼓，男子持桃柳枝以待。遇有火光飞入，乱扑之，其火尽碎散坠地，良久乃灭。程乡之间，其物着六畜，亦有死者。余闻潮之父老言，嘉靖丁巳，漳、潮地震，后有人传一札至，不知何自来，谓大灾之后，鬼物奔腾，附火而行，号曰'马精'。至，必有大殃。已而，果有磷火夜见，飞入人家，或化人形，或为狐犬之状，侵及妇女辄死，人谓即'黑眚'也。亡何，倭难大作，桴鼓之声，数十年不息。今是物再至为妖，乱象固已兆矣。"① 潮，指广东潮州；程乡，今广东梅州；它们距雷州并不遥远。可见，地震发生后，这类流言已脱离地震实际，所形成的精神恐慌更甚，大有世界末日意味，是今人难以理解的。第三，地震后的避灾措施。当天夜里，人们均在野外露宿。富裕的人家则露天搭建帐篷，在穹庐中睡觉；穷困的人家则全家露天夜坐，一直到清晨星落。第四，诗人对地震的清醒认识。当谣言沸腾、人们露宿户外时，诗人却冷静沉着。他认为：大家尽可以冷静应对，因为怪变具有突然性，但是它却不可能一而再，再而三地发生。不信，你看南飞的鸟鹊，它们在树巢上十分安静地睡觉呢。

古代地震灾难的惨烈程度难以想象。明代天启六年（1626）魏忠贤主政时期京都发生大地震，明佚名《天变邸抄》："天启丙寅五月初六日巳时，天色皎洁，忽有声如吼，从东北方渐至京城西南角，灰气涌起，屋宇动荡。须臾大震一声，天崩地塌，昏黑如夜，万室平沉。东自顺城门大街，北至刑部街，长三、四里，周围十三里尽为齑粉，屋以数万计，人以万计。王恭厂一带，糜烂尤甚，僵尸层叠，秽气熏天，瓦砾盈空，而下无从辨别街道门户。伤心惨目，笔所难述。震声南自河西务，东自通州，北自密云、昌平，告变相同城中。即不被害者，屋宇无不震裂，狂奔肆行之状，举国如狂。"至治元年的大地震当更惨烈。这几年雷州的大飓风并非偶然，因为这几年间中国气候异常，除了飓风之外，十一月癸卯京师再发生地震；甲辰，太白犯垒壁阵；乙巳，荧惑犯垒壁阵；日食、月食也接踵

① （明）王临亨．粤剑编·卷二．北京：中华书局，1987.

而至。所以，地震发生后，社会陷入恐慌是可以理解的。虽然诗人对恐慌中人们露宿野外的不赞同态度并不可取，但诗人的冷静应对，以及从物候学角度来平息谣言和社会恐慌的科学态度，是十分可贵的。

最后八句，写诗人对地震的认识。诗人从古代大地构造的神话入手，认为大地由老天爷亲敕的十二头巨鳌负载着，此规律万古不变，因而不应该对地震过度恐慌。大地如此，中国九州也应如此，地震虽然时涉怪诞，但是它的发生仍有其原因。所以，人们应相信老天爷的聪明神异，对待地震应镇静从容。这是诗人在14世纪时的地震观，它虽然带有古代神话的色彩，但是仍表现出文人在社会动荡中的冷静和理智。

诗歌描写诗人在至治元年所亲历的雷州大地震，记载了许多珍贵的地震资料，如地震和余震发生的准确时间、大地震动的方式、地震所引起的社会恐慌、人们的应激反应，以及人们的避灾措施等，这些都是雷州地震史和中国地震史上难得的第一手资料。

三、元代雷州的海上通道

雷州“特壤”的地理位置和元代“海北海南道”首府的地位，使雷州在元代的海上交通上有重要地位。

（一）雷州乌石港

今天的雷州乌石港也许默默无闻，但在元代却不是这样。乌石港在唐、宋、元、明时期，均是南海和北部湾地区海上交通的重要海港。除了海北海南道九路的本地船只外，中国福建闽海道、海北广东道和东南亚各国往来的商船，都在此停泊。范梈有《送答里麻廉访使》（《范德机诗集》卷二）：

龙节猗皇皇，六辔忽如流。圣主命大吏，出按东南州。
东南何所有？榕荔蔽山丘。深有险跋履，浅有佳遨游。
绣衣辟庭户，法署若瀛洲。提封宪令行，霜日净高秋。
公来天为欢，公去海生愁。渺渺众庶望，为我少淹留。
郊亭接乌石，杨柳荫清沟。鸟哢方睍睆、花林复绸缪。
吾闻古君子，弗替进退忧。昕朝正图旧，庶用慰忠谋。

诗歌写到乌石。范梈诗中的乌石，所指有三。第一，雷州的乌石。雷州乌石，又称乌岩，因海畔岩石的颜色而得名。雷州乌石港是古合浦地区的一个重要海港，不仅有国内国际的商船停泊，还是本地海上打鱼的疍民的聚居地。乌石岩顶有座海神庙，往来的商人和渔民均到庙中烧香拜神，祈求海神马伏波的保佑。《元风雅》前集卷九载诗人《望潮曲》："乌石山头望故乡，故乡更在云深处。"即指雷州乌石。第二，琼州的乌石，它的对面就是交趾（今越南）。《元诗选》初集卷二十九载诗人《至乌石邸舍》中"闻说占城对县门"即是。第三，指福建的乌石。《范德机诗集》卷二《晚登南楼，眺乌石、九仙、方山诸峰》："自来闽中郡，侨寓公宇偏。"此乌石，即为闽中。至治二年（1322），诗人在雷州任职，故本诗乌石在雷州。

诗歌作于至治元年（1321）。诗歌十二韵，可分为三层。前六韵是第一层，写答里麻由海北海南道廉访副使晋升福建闽海道廉访使。"答里麻"，又名答里麻识理，字天章。元舒頔《贞素斋集》卷二《石印诗序》："答里麻识理，字天章，高昌人。""东南州"，指福建，此年，答里麻由海北海南道廉访副使晋升福建闽海道廉访使。龙节皇皇、六辔、大吏等词，描写答里麻晋升廉访使的荣耀。榕荔山丘、法署瀛洲、霜日高秋等语，写福建闽海道的风物和建筑，寓诗人祝贺答里麻荣升廉访司宪令之意。

从"龙节猗皇皇，六辔忽如流"看，诗颇有阿谀上司之嫌。但是，此时答里麻已去官雷州，诗人没有阿谀的必要，有可能答里麻的确是位非凡的官场奇人。

事实上，答里麻的确是元代少有的正直之士。答里麻为人刚直仗义，其为官一生主要特点有三：第一，持身廉洁，为官坚决拒绝贿赂，人称廉吏。元舒頔《石印诗序》云："《郡志》载：石印，令廉乃见，否则隐。前之见，崔正吉为令，征黄门舍人。其次，苏子由擢侍郎。又其次，张仲纪拜中书右辖。今之见于我理侯，不尤有征哉……喜其瑞而庆侯之廉也。"① 便是歌咏答里麻的廉洁。第二，他不畏强权，主持公道，敢于弹劾朝廷大员。答里麻曾奋不顾身地与义士寅亦怜真、马祖常一起，弹劾丞相帖木迭儿贪污，并将依附于丞相而违法淫乱的高昌僧捉拿法办，使"风纪由是大振"。第三，他敢作敢为，平反冤案无数。隰州村民赛神时因醉酒斗殴致姚甲死，首犯逃亡，有司为自保而逮捕庙会现场的旁观

① （元）舒頔．贞素斋集·卷二．上海：上海古籍出版社，1986.

者充数，而且久关不放。答里麻认为，杀人者已逃，抓无罪者塞责，于事无补，于是将羁押者全数无罪释放。开州达鲁花赤石不花歹政绩突出，同僚使人诬告他与民妻俞氏通奸。答里麻实地调查，得知俞氏为80岁的老妪，通奸乃子虚乌有，于是逮捕诬告者，使石不花歹昭雪复职等。这三点，使他与范梈志趣相投，二人结为至交，故诗人有此送别之作。

中间四韵，写诗人的惜别之情。“公来天为欢，公去海生愁”，写答里麻任职雷州时赢得良好的民望，因此，诗人替海北海南道的“渺渺众庶”挽留答里麻，希望他“为我少淹留”。“郊亭接乌石”，写雷州人民和官员无限深情地挽留和送别答里麻，为他送行和饯别的人从雷州直到乌石港。“睍睆”、形容鸟啼声清脆圆转。《诗经·邶风·凯风》：“睍睆黄鸟，载好其音。”杨柳荫青、鸟啼睍睆、花林绸缪，以美好的春鸟啼鸣和烂漫的春天花林为答里麻送别，这既是答里麻离别雷州时的春天景色，也寄寓了雷州人民的惜别之情。

最后两韵，写诗人的临别赠言。“吾闻古君子，弗替进退忧”，安慰答里麻不要以官场的挫折为意。答里麻在官场屡经挫折，他所弹劾的丞相帖木迭儿恢复相位后一心想复仇，答里麻遂辞官而去。离开雷州后，答里麻还弹劾宦官伯颜索贿，弹劾宣政院判官术邻收取贿赂。翰林院承旨阿儿哈秃向答里麻求贿不获，诬告答里麻以重罪。故诗人劝答里麻“弗替进退忧”，不要介意官场的进退，这绝非虚言。同时，也可证二人推心置腹的至交之谊。“昕朝正图旧，庶用慰忠谋”，则是对答里麻的祝福和勉励。虽然屡经挫折，但是答里麻忠心不改，后历任上都同知留守、淮东廉访使、河南行省右丞、翰林学士承旨、陕西行台中丞等职，没有辜负诗人的期望。

这虽是首送别诗，但它包含了丰富的历史信息。例如，第一，它隐含了元代官场黑暗的信息。元代，在皇帝身边的宰相、太监、翰林院承旨等重要官员均肆无忌惮地到处索贿，暴露出刀把子政权极端腐朽的本质，而正直的人如范梈、答里麻等，均屡遭打击和陷害，这些构成本诗的历史背景。第二，范梈的人格。诗人与答里麻的友谊，建立在正直的人格和反贪污的精神上。第三，对雷州史的补充。《元史》和《雷州府志》均无答里麻任职雷州的记载，但是从“公来天为欢，公去海生愁”可知，答里麻于至治二年（1322）在雷州任廉访司副使之职，并赢得雷州人民的深情爱戴，因此诗人替“众庶”挽留答里麻。第四，元代雷州的海上交通史。由诗歌“海生愁”和“郊亭接乌石”等句可知，诗人一直把他送到乌石港上船。答里麻当年赴任福建的路径是：由雷州乌石港坐海船，从海路到福建赴任。

历史上，南海有一条从雷州到福建的海路航线——闽粤海道。这条海路在汉代已有人试航，到六朝时仍是冒险家才敢走的海上通道。走此海路的，大多为军事兵船和政府大船，东晋卢循起义军几千人乘船舰从闽粤沿海航至番禺、康泰、朱应出使扶国（今柬埔寨）时也走此道。处在生死边沿的逃难者，也有冒险取道闽粤海道的。张华《博物志》卷一："西南夷以穷，携家渡南海至交趾者，不绝也。"晋代江浙人民逃难，也从海道入广州。雷州人早已熟悉这条海道，晚唐时雷州刺史陈听思回福建，走的正是这条闽粤海道。《唐会要》："咸通三年（862）五月，南蛮陷交趾。征诸道兵赴岭南，诏湖南水运自湘江入澪渠，并江西水运，以馈行营诸军。湘澪溯运，功役艰难，军屯广州乏食。润州人陈磻石诣阙上书言：江西、湖南溯流，运粮不济军期。臣有奇计，以馈南军。帝召见，因奏：臣弟听思，昔曾任雷州刺史，家人随海船至福建往来。大船一只，可致千石，自福建不一月至广州。"① 到宋代，这条海道已见于雷州地方志。宋代《雷州图经》："州多平涛［畴］沃壤，又有海道可通闽浙。故居民富实，市井居庐之盛，甲于广右。"② 这条海上航道成为雷州经济繁荣的重要因素，使雷州成为广西的富饶城市。

在元代，蒙古人征服大半个世界，欧亚大陆连成一片。元朝为用兵东南亚，将闽粤海道作为政府运兵运粮的通道，这使闽粤海道更加通行无阻，乌石港成为南海上重要的港口。这时，航行在南海上的中国船只体积最大，装备最好，中国商人遍布东南亚及印度各港。马可·波罗目睹了中国航海业的盛况："大批商人云集于此，货物堆积如山，买卖的盛况令人难以想象。"元代，雷州官员走闽粤海道的，还有曾留远。明万历《雷州府志》卷三载元海北海南道宣慰司宣尉使曾留远《游湖光岩》诗："天风吹转入闽船，来结游湖未了缘。一径仅容飞鸟过，四山如护老龙眠。禅心秋月寒潭乌，客思孤云夕照边。却笑梁溪元不到，清吹空把断碑传。"曾留远本已决定坐船从雷州到福建。但是，台风骤至，将他的船吹回雷州。因此，他在雷州避风期间游览了雷州的风景名胜——湖光岩。此事发生在答里麻之前半个世纪的元初，可见，闽粤海道在元代已畅通无阻。答里麻上任福建，便选择这条航线，从雷州直航福建。本诗对于研究元代南海的海上交

---

① （宋）王溥．唐会要·卷八十七．北京：中华书局，1985.

② （宋）王象之．舆地纪胜·卷一百一十八．北京：中华书局，1992.

通史，对于研究雷州古代的海港和商业，都有重要的意义。

（二）徐闻沓磊港

延祐二年（1315）夏，范梈第一次去海南时，也第一次到达徐闻县的沓磊港。他先拜谒了徐闻县香火最盛的海神庙，有《谒海神庙》（《范德机诗集》卷六）：

南州未识异州苹，初向沙头问水神。料得行藏无用卜，乘桴人是北来人。

对于本诗，有人认为："作于元至治元年（1321）前后，作者所谒之海神庙，当为海南（琼州）天妃庙。"[①] 上述的写作时间和所谒的海神庙，均属猜测，误。

本诗的写作时间，是延祐二年（1315）夏诗人第一次去海南时。康熙《临高县志》卷十二载范梈《龙潭坛记》，文中有延祐二年"予录囚历县"的话。此外，在延祐三年（1316）、四年（1317）和六年（1319），他还曾三次到达海南。明万历《琼州府志》卷十一范梈《东坡祠记》署名："延祐己未夏，范梈记。"延祐己未，即延祐六年（1319）。第五次是英宗至治二年（1322）。本诗当是范梈第一次去海南时所作。

然而本诗所谒的海神庙，不是琼州的天妃庙。理由是：第一，如前所述，此时诗人在徐闻沓磊，而非琼州。第二，雷州半岛的海神是伏波将军，认为海神庙即天妃庙，其依据是诗歌的题目。但是，认为海神即天妃，在珠江三角洲是对的，在雷琼地区却不然。理由已见前述。粤西人出海，特别是渡琼州海峡，必先祭祀海神伏波将军，请他指示吉日，此俗已见于北宋的记载。宋苏轼《伏波将军庙碑》："海上有伏波祠……凡济海者必卜焉。曰：某日可济乎？必吉而后敢济。"[②] 宋李纲《武威庙碑阴记》："建炎三年十一月二十有五日，既得吉卜。夜半乘潮南渡，诘旦次琼管，恬无惊扰。"在雷州地区，海神为伏波将军在苏诗中已明载。武威庙即伏波将军马援庙，李纲时依然如此。他在建炎三年十一月二十

① 蒋维锬，刘福铸．妈祖文献史料汇编·第一辑．北京：中国档案出版社，2007. 9.

② （宋）苏轼．苏东坡全集·卷八十六．北京：中国书店，1986.

五日就徐闻沓磊渡海问卜于海神，同年十二月六日从琼州白沙港回徐闻县时再占卜于海神，卦吉："已卯之昼，风霾大作，庚辰乃息。日中潮来风便，波平举帆，行船安如枕席。海色天容，轩豁王露，不一时，已达北岸，乃知神之威灵，肸蠁昭著若此，苏公之言，信不诬也。"① 古人渡海，无论是苏轼，还是李纲，都必须占卜伏波，请神指示吉日。范梈渡海前所拜的海神庙，依然当是伏波将军庙。

诗歌前两句，写诗人在海边沙洲边的海神庙占卜。"南州"，指雷州。"沙头"，指徐闻县的伏波将军庙，又名威武庙，它位于徐闻的观涛坡，在今县城东南二公里处的九坛铺。"水神"，指海神，即伏波将军。

诗歌后两句，写诗人占卜的结果。"料得"句，表面说是不用占卜了吧，其实是占卜结果为吉，与诗人预料相同。范梈精于《周易》，曾以卖占为生，此时已占得吉兆，故有此说。可见，元代渡海者仍然保存着向神问卜的风俗。

祭祀海神后，范梈到徐闻沓磊驿等待渡海，他写下《登沓磊驿楼自此渡海》（《范德机诗集》卷六）：

> 半生长以客为家，罢直初来瀚海槎。始信人间行不尽，天涯更复有天涯。

本诗与上诗同时作。"沓磊"，今人以为，是因地多杂沓的石磊而得名。唐刘恂《岭表录异》卷上："沓潮者，广州去大海不远二百里。每年八月，潮水最大，秋中复多飓风。当潮水未尽退之间，飓风作，而潮又至，遂至波涛溢岸，淹没人庐舍，荡失苗稼，沉溺舟船，南中谓之沓潮。"沓磊，当与沓潮有关，"杂踏"之说，望文生义，不可取。沓磊，又作踏磊，又称沓磊浦。宣统《徐闻县志》："沓磊村，在县南二十里。""沓磊驿"，在今徐闻县海安镇。《清一统志》卷三百四十九："沓磊驿：在徐闻县东南二十里，海安所城中。其南有沓磊浦。"沓磊有沓磊墩，沓磊港。因"沓"与"杏"形近，又误作"杏磊"。徐闻，在方言中，名"槎浦"。"海槎"，雷州方言，即海边，这里指海边的沓磊码头。沓磊驿，与海康县之雷阳驿、遂溪县之桐油驿，并列为雷州的三大驿站，而沓磊尤著。汉唐以来，随着中国与西方贸易的发展，海槎港口勃兴，沓磊港由此而生，今日天下闻名的海安镇，便在此基础上形成。范梈登上沓磊楼，眼界更为开阔，

---

① （宋）李纲．梁溪集·卷一百三十三．上海：上海古籍出版社，1986.

顿生感慨“天涯更复有天涯”。这既是虚指，是说天外有天，人应视野宽广；但又有实际含义，雷州已在天涯，但在雷州之外还有更远的海南，因为作者就要从海安渡海到琼州。

诗人当时住的沓磊驿条件很艰苦。明万历《雷州府志》卷八：“踏磊驿，（徐闻）县东南二十里渡海处。旧署在海安所城内，后以官司渡海，迎送不便。驿丞陈登云移居城外天妃宫旁，茅房安身。”驿站仅有驿丞二人，驿吏一人，要负责迎送往来官吏和渡海，驿丞的妻子前来帮忙也不够人手。说是驿站，其实是茅棚。客人在竹竿搭成的茅草棚内歇脚，或等待风停渡海。

本诗对于南海航运史和雷州历史的研究都有意义。沓磊是古徐闻的门户，也是雷州半岛通往海南岛和东南亚的咽喉。宋苏轼说：“四州之人，以徐闻为咽喉。”故沓磊在古代十分有名。《雷州府总图》：“南至沓磊海岸，二百里。”沓磊地处雷州半岛最南端，它东濒南海，西临北部湾，南与海南岛相望，面前即十八海里的琼州海峡。元赵世延《政典总序·平宋》：“（海南）海道，滩水浅急，难于转运，止有沓磊浦可通舟楫。”① 沓磊是通海南的唯一渡口，自徐闻沓磊浦渡海至琼州白沙浦七十里。《舆程记》：“自白沙口渡海，七十里而至雷州府徐闻县之沓磊驿。”它地处南海，位于古番禺、合浦通东南亚的海航线上，与珠崖隔海相望，是通往东南亚的交通和战略要地，商业贸易十分活跃。汉代在徐闻设立左右候官，南北的货物堆积于此，可称西汉的扬州。唐李吉甫《元和郡县志》：“汉置左右候官，在徐闻南七里，积货物于此，备其所求，与交易有利。故谚曰：‘欲拨贫，诣徐闻。’”徐闻成为中国南方可一夜发财的黄金之地。今人在沓磊等地发掘了多处汉代遗址，东汉陶器、铁器、铜器、五铢钱、琥珀珠、水晶珠、琉璃珠等物的出土，证实了这一说法。

沓磊港的战略地位重要。清陈伦炯《天下沿海形势录》：“雷州一郡，自遂溪、海康、徐闻向南，干出四百余里而至海安。三面滨海，幅阔百里，对峙琼州，渡海百二十里。自海安绕西北至合浦、钦州、防城，而及交趾之江平、万宁州，延长一千七百里。”② 古代的沓磊港，兵船、商船和渔船云集，港口沿岸以巨石修筑六百多米长的防波堤方便泊船。明正统年间（1436—1449），陈白沙路过海安时，还看见这里船只如织：“海中船似梭，横穿直织清波锦。”当时港口

---

① （元）苏天爵．元文类·卷四十一．上海：上海古籍出版社，1993.
② （清）贺长龄．皇朝经世文编·卷八十三．上海：广百宋斋，道光六年（1826）.

樯橹济济，人声鼎沸，热闹非凡。沓磊后被海安代替，康熙二十四年（1685）解除海禁后海安港成为粤地通商总口岸，总辖雷州、钦州、廉州诸海港口岸。清代广东巡抚郭嵩焘曾云：廉州海口最著者，名曰北海；雷州海口最著者，名曰海安。直到今天，去海南仍在海安渡海，北京至三亚的火车，也在海安轮渡过海。

中国历史上在沓磊驿渡海的名人很多，如唐代李邕、李德裕，宋宰相寇准、李纲、李光、赵鼎、大学士苏轼等，但写过沓磊驿的却不多。除范椁之外，明代有刘嵩和汤显祖等在此留下诗歌。刘嵩《至沓磊驿初见海水》：“南海天光白，东洋水气昏。汐潮通浦口，涛浪漱山根。浩渺涵千古，虚明汇众源。平生万里志，临眺豁飞翻。”[①] 海潮直达沓磊浦港口。汤显祖于万历十九年（1591）十二月到达沓磊，有《徐闻泛海归百尺楼事张明威》：“沓磊风烟腊月秋，参天五指见琼州。旌旆直下三千尺，海气能高百尺楼。”[②] 汤显祖还有《徐闻送越客临高寄家雷水二绝》一：“珠崖如菌气朝昏，沓磊歌残一断魂。但载绿珠吹笛去，买愁村是莫愁村。”诗歌写沓磊歌女如绿珠，感伤情调如同莫愁。这寥寥数首的沓磊诗歌，从不同的角度给古代沓磊驿留下了历史遗照，均很珍贵。但相比而言，范诗以哲理入诗，韵味悠长。

沓磊历史悠久，但在中世纪才因范椁而首次进入中国诗歌，是因为世界交通形成了新的格局。成吉思汗铁木真成为世界的统治者后，蒙古人几乎征服了全世界，从而使欧亚大陆的东西两端直接地联系起来，世界的交通畅行无阻。欧洲商人、传教士前往东方，“道路相望，不绝于途”，中亚和欧洲商人踏上了泉州、福州、杭州或者沓磊、海安的码头，威尼斯人马可·波罗在忽必烈帐下供职，使东西方的商业贸易和文化交流达到一个新的水平。在这样的历史条件下，沓磊驿进入了中国历史，成为诗人咏叹的“瀚海”和“天涯”的大地坐标，它虽小但具有了新的世界意义。

四、雷州雷神的祭祀和敕封

元泰定二年（1325），朝廷敕封雷州的雷祖神为“神威刚应光化昭德王”。终元之世，朝廷对雷州雷神的敕封仅此一次。

---

① （明）刘嵩．槎翁诗集·卷四．上海：上海古籍出版社，1986.

② （明）汤显祖．玉茗堂集·卷六．天启元年（1621）刻本．

世上的万事万物皆有其原因。佛教认为："如来一大事，因缘而已。"[①] 元朝为何要敕封远在"南极"的雷州雷神，为何又是在泰定年间敕封？这其中有什么历史原因呢？这当从元朝君臣与雷州的关系入手来追寻。

首先，元朝皇帝到过雷州的有元文宗。元朝中后期，争夺帝位的宫廷斗争此起彼伏。至治元年（1321），大臣钦察台、咬住告脱允察儿等图谋不轨，事发后孛儿只斤图帖睦尔——后来的元文宗受到牵连，被贬于琼州。《元史纪事本末》："英宗至治元年（1321）五月，迁武宗第二子图卜特穆尔于琼州。"[②] 图卜特穆尔，即图帖睦尔。他被贬琼州的原因，《新元史》说得比较明白，《文宗纪》："英宗至治元年五月，钦察台、咬住告脱允察儿等交结亲落［藩］，有异志，词连于帝，乃出帝居琼州。"雷州的雷神在岭南名叫天神，这是因为他威猛灵验，地位崇高而且天下闻名。宋周去非《岭外代答》之《天神》："盖雷州有雷庙，威灵甚盛，一路之民敬畏之，钦人尤畏。"[③] 图帖睦尔被贬海南，途中曾驻足雷州，于是到雷神庙祈求保佑。其时，范梈曾赠诗的海康五举人之一的王景贤，在庙中见到了落难的图帖睦尔。他对图帖睦尔殷勤接待，并赠之以诗。图帖睦尔十分高兴，手书"愚谷"二字以赐。《新元史・王景贤传》："海康人王景贤，号愚谷，为邕州路教授。文宗居海南，得其诗爱之，手书愚谷二大字以赐，及即位，又赐以六花官袍。"[④] 明万历《雷州府志》也载其事："王景贤，字希贤，别号愚谷。海康人……文宗潜邸时出居海南道，经雷，以诗进览之，甚喜，手书愚谷二大字赐之。天历中复赐以六花官袍，乡人荣之，祀乡贤。"[⑤] 图帖睦尔即位为文宗后，不忘旧情，特以六花官袍赐予王景贤，雷州人民以此为荣。王景贤礼遇落难的王子，事后王子即位为皇帝，特别赐恩雷州，这的确算是使元朝皇帝敕封雷州雷祖神的重要契机。但是，这在时间上不符。文宗即位在天历元年（1328），而雷祖的敕封在泰定二年（1325），其间相差三四年。泰定元年（1324）正月，图帖睦尔才得以离开海南。次年，当雷祖被敕封之时，图帖睦尔还在建康，被殊祥院使也先捏软禁，自身难保，是不可能有所作为的。故雷州雷神的敕封与元文宗和王景贤均没有关系。

---

① （宋）普济，苏渊雷点校．五灯会元・卷十六．北京：中华书局，1984.
② （明）陈邦瞻．元史纪事本末・卷三．北京：中华书局，1979.
③ （宋）周去非．岭外代答・卷十．上海：上海远东出版社，1996.
④ 柯劭闵．新元史・卷二百三十七．北京：中国书店，1988.
⑤ （明万历）雷州府志・卷十七．北京：书目文献出版社，1990.

其实，雷州雷神被京城敕封的真正原因是范梈。首先，范梈在至治元年（1321）正月初一写下了《辛酉岁元日》（《范德机诗集》卷七）：

西山千仞郁崔巍，山下楼台紫翠开。玉帛会同来万国，玑衡县运属三台。

尝闻海客谈金鼎，更见祠官进玉杯。惭愧辞臣今白首，久无赋颂献蓬莱。

“辛酉岁”，即至治元年（1321）。从文字表面上看，诗歌似乎是在京城所作。其实，本诗与《范德机诗集》卷七《泰定二年丙寅岁元日》相似。《泰定二年丙寅岁元日》中的封建业、唐虞、圣明君、蓬莱、瑞气、皇居、太液、御席、丝纶阁等，分明是帝京的景物，但是它写的却是福建“闽藩”的元旦庆典。《辛酉岁元日》也一样，它写的不是京城皇宫，而是雷州春节时祭祀雷神的盛大庆典。

雷州祭祀雷神的庆典为何能如此隆重？这是因为：这既是皇太子硕德八剌即位为元英宗后的至治改元之年，也是雷州雷神的大祭酬神之年。延祐七年（1320），雷州遭遇大旱，海北海南道廉访使率领雷州官民到雷神庙祈雨，天果降甘霖，故次年是雷州为答谢雷神而举行大祭之年，诗歌即写这年春节时祭祀雷神的盛大祭典。

诗歌首联，写雷州雷神庙的节日场面。“西山”，指雷州西八里的英榜山。明万历《雷州府志》卷三：“（府）西八里曰英榜山。高二丈许，盘围五里，上有雷祠。左右皆民居，号英山。”巍峨的雷祖祠就耸立在山上。山下的楼台紫翠，是雷祖庙前的台苑和祭祀设施。

颔联，写雷神的祭祀场面。“会同”，“万国”，似乎是到京城朝拜中国皇帝的万国使者，这里实指各地来雷州朝拜雷神的官民。“玑衡”，指北斗七星。宋王安石《谢赐历日表》：“恭惟陛下躬包历数，政顺玑衡，齐日月之照临，体乾坤之阖辟。”这里指天上众星。“三台”，古天子之灵台、时台、囿台的合称。《初学记》卷二十四引汉许慎《五经异义》：“天子有三台，灵台以观天文，时台以观四时施化，囿台以观鸟兽鱼鳖。”“县运”，即悬运，指置箕悬笔请神占卜的方法。元陶宗仪《南村辍耕录》之《箕仙有验》载范梈亲历的悬运故事：“虞邵庵先生布衣时，落落不偶。久客钱唐，一日，偕友人杨公仲弘、薛公宗海、范公德机，访方外宰渊微炼师于西湖之曲，求召鬼仙，以卜行藏。炼师即置箕县笔，书符作法。有顷，箕动笔运，而（神）附降云：某非仙，乃当境神也。炼师叱曰：吾不汝召，汝神何来？神附云：某欲乞虞公撰一保文，申达上帝，用求迁升耳。因众劝先生，其无辞神请，先生遂诺。翼（翌）日，文成，火于潮滨。逾旬，再诣炼师祷卜，神复降云：某已获授城隍，谨候谒谢，公必贵显，幸毋自忽。既而先生由校官，至奉章阁侍书学士，赠江西行中书省参知政事，封仁寿郡公，谥文靖，以文章名四海。"① 虞邵庵，即虞集。这则记载也可证虞集在"元诗四大家"中是"甲雄"的原因。这是因为他写的文章最好，连鬼神也请他作文，故其官位也最高。但同时，这也是"县运"的生动例证。掌管玑衡的三台，通过悬运之法，择定了祭祀雷神的最佳时机，随后四方人士手持玉帛来会。雷州雷神被称为"天神"，其祭祀仪式如祭上帝，故礼仪讲究，仪式隆重，场面恢宏壮观，故场景如万国来朝，天上众星也共示吉祥。

颈联，是祭祀雷神的过程。"金鼎"、"玉杯"，指华贵精美的炊具。汉赵晔《吴越春秋·阖闾内传》："金鼎玉杯，银樽珠襦之宝，皆以送女。""祠官"，指雷神庙的庙令，也是祭祀雷神的主角。金鼎、玉杯，从来都是海客神话中的物品，今天才见到庙令以金鼎和玉杯等华贵精美的神器祭祀雷神，令诗人眼界大开。

尾联，描写祭祀典礼后诗人的感受。"蓬莱"，蓬莱山，传说中的神境仙山，后代指秘书阁。唐杨炯《登秘书省阁诗序》："周王群玉之山，汉帝蓬莱之室。"诗人说："雷州雷神祭祀的金鼎、铜鼓及其他雷神文化，我今日方见，只惭愧我已白头，没有精力和才华写一篇《雷州雷神赋》以献给神灵。"诗歌中的"蓬莱"，不仅指仙山，而且也隐喻京城翰林院。因此，此诗写成后，诗人将它寄给京城的旧友。

如前所述，诗歌中的"玉帛"、"会同"、"万国"、"玑衡"、"三台"等词汇，充满京都色彩和帝王气象，如此华贵的场面似乎只有中央朝廷才有，其实这是描写雷州的雷神祭祀大典。雷州雷神威震岭南，每逢重大节日，岭南24州的官员和人民均会不远千里会聚雷州，朝拜和祭祀雷神。雷州地处南海与北部湾海陆交通要冲，东南亚各国使节到中国，皆会经过雷州。因此，在雷神祭祀大典上，也时有路过此地的外国使臣。班固《汉书·地理志下》："自日南障塞、徐闻、合浦船行可五月，有都元国，又船行可四月，有邑卢没国。"汉朝在雷州设

---

① （元）陶宗仪．南村辍耕录·卷二十六．北京：中华书局，1959.

立“候官”接待外国使节，唐李吉甫《元和郡县志》：“汉置左右候官，积货物于此，备其所求，与交易有利。”成吉思汗时期，蒙古威震欧亚大陆和整个世界，元朝曾“持诏谕占城国主，令其子弟或大臣入朝”。奉使大臣如孟庆元、孙胜夫等还任广州宣慰使，在广州等待和接送他们入京。占城等国也很知趣：“占城、马八儿国，皆遣使奉表称臣，贡宝物犀象。”《元音》卷二载元朝时交趾国王陈益稷《挽河南王》、《驾畋柳林随侍》、《送元复初》等诗歌，其中《驾畋柳林随侍》描写了“太平气象同民乐，南北梯航共一家”的四海一家的大元气象。交趾国王陈益稷（1254—1329），工于汉诗，著有《拱极乐吟集》。皇庆中元朝皇帝所赐封号是：银青荣禄大夫、遥授湖广等处、行中书省平章政事、安南国王陈益稷。他到京师的时间，在范梈到雷州的两年前——皇庆元年（1312）。他朝见元朝皇帝后，得到敕封，《皇庆元年制加内附安南国陈益稷品秩》云：“委质来朝，既去逆而效顺，以爵驭贵，宜崇德以报功，诞播明纶，用孚众听：银青荣禄大夫、遥授湖广等处、行中书省平章政事、安南国王陈益稷，知畏天以事大，期保境以全民。慕帝王之有真，见机而作，惧祖宗之不祀，自拔而来。以忠孝之诚，而受知世皇，恢天地之量而赐封……朕践祚，亟其来庭，是用增新秩以示恩，仍旧封而授职。呜呼，内宁外抚，朕不忘铜柱之南，近悦远来，尔益拱星辰之北，对扬休命，永坚一心，可加金紫光禄大夫，余如故。”① 皇帝还在大明殿设宴款待他，陈益稷写下了《大明殿侍宴》：“班陪玉笋侍红云，日表熙熙瑞气温。万派朝宗沧海阔，众星环拱紫宸尊。雍容湛露歌诗什，仿佛钧天入梦魂，孤孽秋毫皆帝力，愿殚忠赤报深恩。”描写了“万派朝宗”的帝国气象。这是他对元朝皇帝款待的答谢。安南王的侍臣黎崱也参加了宴会，有《侍宴》：“玉阶仙仗晓班催，日上彤章宝扇开。雷动乾坤三祝寿，春生雨露九霞杯。元年新记黄龙瑞，重译今传白雉来。从此南荒深感德，不劳铜柱立崔嵬。”此诗写于皇庆元年，与《大明殿侍宴》的意境相近，是同时同场所作。他们在前往北京时，有可能路过雷州。

巧的是，范梈与交趾国王陈益稷，以及黎崱都是朋友，在他们的交往中还留下了宝贵的文字，范梈《题黎别驾安南国志》：

三万人惟一士奇，国书托始更堪悲。未闻岛客从王日，有似天官命

① ［越］黎崱撰，武尚清点校．安南志略·卷二．北京：中华书局，1995.

子时。

郡国终须刺史驾，山川先识抚军旗。何当表上归琼馆，采摭如今政用知。①

黎崱，字景高，号东山，安南国爱州人，比范梈年长12岁。黎崱在安南任静海军节度使陈键的幕僚，元至元二十二年（1285），元朝军队攻入安南义安，陈键与黎崱一同投降，黎崱归元后的最高官职是奉议大夫，但此书在范梈时初是“别驾”；黎崱著有《安南志略》二十卷，但此书在范梈时初名《安南国志》，在《程文海文集》中又名《安南志》。可见，此书仍然在修撰中。黎崱的著作，还有诗集《静乐稿》、散文《游庐山志》三卷和《郎官湖记》等。《安南志略》完成后，范梈的朋友元明善赐序，作序的中国文人还有察罕、程文海、许有壬、龙仁夫、欧阳玄等11人。在这之前，范梈早有《题黎别驾安南国志》赞扬黎崱。诗歌前四句，歌颂黎崱的才华，后四句赞扬他正在撰写的《安南国志》。

此外，《选校范文白公诗集》卷三有范梈《大别山禹柏图为安南陈平章作》，陈平章，指安南国王陈益稷。元程文海《跋安南国王陈平章诗集》：“右《平章政事安南国王集》一卷，诗二百三十，乐府十，皆至元中归朝后作。”② 与范梈写此诗同时，黎崱有《大别山咏禹栢》诗，范梈与安南国君臣均有文学之谊。

黎崱与范梈的朋友和学生也过从甚密。安南国王陈益稷有《送元复初》，元复初即范梈的朋友元明善，字复初。上文已提到，元明善为《安南志略》作序。黎崱与范梈的学生傅与砺关系也密切，傅与砺出使安南时，黎崱有《送广文傅与砺佐天使安南》送别，回来后黎崱又有《赠傅与砺使安南还》。正因范梈与越南的陈平章、黎崱等人均交往密切。陈益稷、黎崱等来中国时，如经过雷州而且正逢祭祀闻名越南的雷州雷神，他们出席这样的祭神典礼就十分自然。

东南亚各国来中国的使节向中国朝贡的同时，既向中国进贡珍珠、驯象和药材等，他们也随带商团，带着西方宝物到中国贸易。雷州是安南的东邻，黎崱《图志歌》：“安南版图数千里，少是居民多山水。东邻合浦北宜邕，南抵占城西大理。”③ 越南在宋代才从岭南独立出去，它的版图与中国的合浦、南宁、大理

① （元）范梈撰，（明）杨翚编．选校范文白公诗集·卷五．济南：齐鲁书社，1997.
② （元）程文海．雪楼集·卷二十五．上海：上海古籍出版社，1986.
③ ［越］黎崱撰，武尚清点校．安南志略·卷二十．北京：中华书局，1995.

边界相连。合浦雷州，既是他们上岸歇脚的地方，也是他们交易宝物的商贸市场，雷州成为东西方宝货的集散地。雷州也有天下闻名的宝物，除了唐秦叔宝取的雷州龙凤鼓及《喜乐和顺记》所说天下四绝之一的雷州换鼓外，还有如施耐庵《水浒传》第一百零三回说到的雷州细葛布等。使节和随行商团在雷州出席祭祀雷神的大典，并随机交易雷州特产和其他货物。因此，在雷州出现万国来朝的场面，也很自然。

诗人说“久无赋颂献蓬莱”，其实本诗就是一首献给蓬莱的雷神赋。它描写了雷州雷神庙的高大巍峨和祭祀场面的恢宏壮丽，以及祭祀礼仪的华美高贵，再现了690多年前雷州祭祀雷神的壮丽辉煌场景，塑造了雷州雷神雄视天下、威震众生的高大形象，也为雷州留下了珍贵的历史剪影。本诗气象开阔，自成高格。《四库全书简明目录》卷十七：“梈诗豪宕清遒，足为高调，而机杼自运，未尝刻画古人。”本诗足以当之。

雷州雷神被敕封的第二个原因，当是范梈撰写了请求敕封雷神的奏折。雷州雷神令范梈惊异和震撼，他除了向京城朋友介绍雷州雷神之外，还向朝廷上呈了请求敕封雷州雷祖神的奏折。延祐七年（1320），雷州大旱，人们向雷神祈雨后十分灵验地降下大雨，廉访使卜达世礼因范梈的故人在京城翰林院，命他撰写《请敕封雷州雷神》的奏章上呈。今雷州地方志中不见此文，但有同类的文章可以参照。

范梈在海南时，海南临高县大旱，他向高山毗耶神求雨，果降大雨。为了酬答高山毗耶神，范梈除了撰写《高山毗耶神祷雨有应记》歌颂神灵外，还撰写了请敕封毗耶神的奏折。康熙《临高县志》卷二：“毗耶山，县城西二十里，一名高山。其神能捍贼。元至正间，有司请封显应侯。”这里的“元至正”，应为“元至治”。“有司”，实指范梈。高山毗耶神坛，为元代所新建。延祐元年（1314）春和延祐二年（1315），海南大旱，县尹率领群僚建坛祈祷，甘霖应声而至。于是，范梈撰《请敕封广东临高县毗耶神呈文》：“有山彰灵儿，惟神多感应之功；民受恩庥，则国有褒崇之典。窃见乾宁临高县去西二十里，有山名毗耶……如准所揭，转以上闻，易名锡封，加以显爵，则幽而为神且获上报之宠，明而为人，岂不知所劝乎？”[①] 呈文上报后，得到皇帝批准——制曰：“可。”高山毗耶神被御封为“显应侯”。雷州雷神的历史更悠久，威名也更大。范梈在雷

---

① （清康熙）临高县志·卷一. 海口：海南出版社，2004.

州驻足的时间最长，他对雷神的了解和感情也更深，更有理由请求敕封雷州的雷神。

在《辛酉岁元日》之后四年，雷州的雷神就得到皇帝的御封。这当是《辛酉岁元日》和敕封雷神的奏折上呈后，京城翰林院中范梈的同僚们的积极态度使雷州雷神受到皇帝重视的结果。范梈虽在雷州，但他曾为翰林院编修，在京城翰林院与皇帝身边有一批同僚和朋友。有元一代诗人，主要作家有耶律楚材、赵孟頫、虞集、杨载、范梈、揭傒斯、傅与砺、杨维桢等，其中大半是范梈的朋友。至治元年（1321），诗人的朋友在中央任职的有：挚友张养浩任参议中书省事，朋友袁桷任翰林院侍讲学士，学生危素任宰相，朋友邓文原任国子祭酒兼翰林院侍讲。《范德机诗集》卷四《望瀛海一首，送危太朴之四明，兼简廉访邓使君、翰林袁侍讲》，涉及危素、邓使君（邓文原）和袁桷等几位朋友。此外，诗人的密友虞集（1272—1348）也在京城。虞集《题范德机书》："范先生与集同岁生，又同在故平章董忠宣公馆中。"二人同年，在董士选家教私塾时就已共事，又同为"元诗四大家"。虞集《次韵云章丈欲访德机学士，故以末句相属，冀以因行致之》："故人范叔清秋鹤，谁共吟诗月满堂。"称范梈为"故人范叔清秋鹤"。虞集还有《送范德机》："往岁从君直禁林，相于道义最情深。"两人交情最深，友情终生不渝。延祐六年（1319），虞集任翰林待制，兼国史院编修。泰定初，他为秘书少监并扈从泰定帝去上都。这些旧朋好友都在皇帝的周围，雷州的雷神能享誉京城，其中的重要原因当是《辛酉岁元日》在京城被广泛传诵，以及范梈请求敕封雷神的奏折上呈后得到京城故友如危太朴、翰林袁侍讲、邓侍讲和虞待制等人的赞许，从而打动了泰定帝。

雷州雷神被敕封的第三个原因，是因为元代道教盛行。元代立国受到全真教丘长春的影响，道教在元代格外盛行。《元史・释老传》载，正一教天师曾预言元世祖二十年后将统一全国，至元十三年平定江南后，即遣使召之曰："神仙之言，验于今矣。"因命赐坐、赐宴，特赐玉芙蓉冠和银印，组金无缝服，命主领江南道教。元代御封龙虎山天师道为正一教，道教开始在全国盛行起来。

范梈对道教倾心向慕。他在《赠李山人》说："平生慕事华盖君，四海孤踪随白云。"山林是他安顿心灵的地方，体道是他解脱痛苦的方法。他的名字，即蕴含着道教的玄机。梈，是木制的弩弓。《集韵》："梈，木弩也。"木弩，即弩机。德机，又作德几。《庄子・应帝王》："乡吾示之以地文，萌乎不震不正。是殆见吾杜德机也。尝又与来。"杜，塞也。杜德机，即德几不发，杜塞天机不发而有权变，这是得道的境界。在《庄子》的哲学中，“杜德机”与“善者机”、“衡气机”，属于三种不同的境界。但以食豕如食人，于事无与亲；雕琢复朴，块然独立，为最高境界。范梈可以在京城占卜卖卦，也可以一生不再占卜，这便是得机而不发的表现。“杜德机”属于地文之学，属阴的境界。修道成功后，神机进入纯阳之体，德机也不必再杜了。因此，范德机的人生也达到精神无碍的最高境界。范梈一生与道士往来十分密切，各地道士对他仰慕不已。元柳贯《待制集》卷五《送太朴往临江谒德机应奉因而代简》：“夫子高居百丈山，四方学者望承颜。今君独往初闻道，昔我连栖屡扣关。”四方学者对范梈和百丈山，均高山仰止。加之范梈以精通《周易》、卦术出名，因而他在道教中有一批朋友。就今存的诗歌看，他赠道教诗人的诗歌有《送张炼师归武当山》、《赠冯炼师归岳阳》、《朱炼师洪崖丹井歌》、《松湖渡亭子夕眺，怀西山朱炼师》、《吊张炼师》等，诗中的张炼师、冯炼师、朱炼师等道教诗人，都是他的好友。炼师，即炼丹的道士，是期望成仙的羽人，故又称羽人。他与这些道士和羽人均感情深厚，如《萧炼师》：“若有羽人吹洞箫，拂手不拾松门樵。身披破褐笠一瓢，独携云雾通青霄。”《送毛炼师奉祠礼成还京》：“仙官持节下青冥，海渎严祠卫百灵。”金溪羽人查居广，是他的得意门生。元柳贯《金溪羽人查广居墓表》：“因橐其诗，西之清江百丈山，求太史（即范梈）之庐，而卒业焉。”方外之士张伯雨，是范梈的好友。刘基《句曲外史张伯雨墓志铭》：“明年（癸丑），……即日诣外史，结交而去，由是外史名震京城。”范梈的朋友张伯雨也热衷于道教文化。元虞集《崇寿观碑》说：“大元至治二年，句曲外史张君嗣真，始来主之。”① “句曲外史”，即范梈的好友张伯雨，他有《句曲外史集》七卷。张伯雨不能与世俗俯仰，于是挺身戴黄冠为道士，登茅山，受大洞经箓，住在茅山玄洲精舍，至治二年开始主持茅山崇寿观。茅山也有雷神，茅山上有大茅山、雷平山、雷平池、燕口洞等。燕口洞中有龙，淳祐五年，巡检使夏侯嘉贞与建隆观道士往洞中投龙简，当晚即发生雷震。在至治元年前后，虞集和张伯雨等也关注雷神文化。

由于范梈的诗歌和奏折，元泰定二年（1325），泰定皇帝孛儿只斤也孙铁木儿便派使者到雷州宣旨，敕封雷州雷祖神为“神威刚应光化昭德王”。英榜山雷祖庙今存的《大元宣封雷祖诏》碑云：

---

① （元）刘大彬．茅山志·卷二十七．四库全书存目丛书．济南：齐鲁书社，1997.

上天奉命，皇帝圣旨［诏曰］：

海康远在南服，雷声恒化寰宇之间。惟尔有神，实当司之。比来守吏削章上言：其在至元，导行潦以达战艘；迨于延祐，沛甘霖而稔农亩。考兹灵迹，宜易徽称。

于戏，启蛰收声，有赫上天之号令；不言善应，永孚下民之祷祠。雷神英烈昭惠广顺福济王，可易封：神威刚应光化昭德王。主者施行。

泰定二年十二月五日。①

雷神得到了成吉思汗子孙的敕封，这在雷神崇拜史上也比较特殊。蒙古国姓乞颜特孛儿只斤氏，乞颜，意为急流；孛儿只斤，突厥语，意为灰色目睛，蒙古以灰睛为贵种。孛儿只斤族，即灰眼睛族，也就是成吉思汗的氏族。也孙铁木儿，从成吉思汗的父亲也速该和铁木真的名字而来。这就是说，雷州雷神得到了伟大的成吉思汗子孙的敕封。雷神原封“英烈昭惠广顺福济王”，是一位保境安民，赐福于人的雷神。现在，元朝改封为“神威刚应光化昭德王”，既感谢雷神保佑元朝海军的恩德，又突出了元朝推崇武功的时代特点。与此同时，还令明远道妙法师郑琨玉随同到雷州敕封雷祖庙的石神，《大元宣封石神诏》云：“上天奉命，皇帝圣旨：天施雄断，震勋者雷，地统元丹，坚刚惟石。尔将正令，远暨遐陬。雷州路海康县显震庙石神土地，正顺协应口孚济昭佑侯，厥土攸司，有相治道龙骧航海，居多排戛之功，狼戾粒民，潜弥焚尫之患，载稽古制，宜畀新封，尚左右于尔神，庶对扬于朕命，可易封奋灵锡应侯。主者施行。宜令明远通妙法师郑琨玉，提点焚修斋执，准此。泰定二年十二月。”大元宣封雷州雷祖神的仪式，使雷州的雷神的威名达到一个新的高度。

《大元宣封雷祖诏》中的“导行潦以达战艘”，指南宋崖山行朝覆灭中的战事。元至元十六年，宋祥兴二年（1279）二月，元军控制了两广，蒙古汉军都元帅张弘范部，攻破孤悬海边的崖山宋军铁索连接的战船阵，陆秀夫抱少帝赵昺赴水殉节，一时跳海而死者数以十万计；大臣张世杰夺船而走，但是不久遭遇飓风，在阳河船破人死，元军将此归于雷州雷神的保佑。“延祐，沛甘霖”，指延祐七年（1320）的雷州大旱。这两道圣旨，当出自翰林院待制、范梈的好友虞集之手，范梈撰写的奏章终于得到批复。穷海尽头的雷州雷神得到了皇帝的圣眷，

① （清嘉庆）雷州府志·卷八．上海：上海书店出版社，2003.

当是因为范椁对雷神的歌颂以及请求敕封的奏折，加之他在京城的同僚和朋友如虞集等人的赞誉。这是范椁为官雷州时对雷州人民的一大善举，如果雷神有灵，当记得范椁在雷州对于宗教和文化所作的巨大贡献。

还应一提的是，在敕封雷州雷神的第二年，泰定帝又到茅山祈福。元《茅山志》卷四《金录斋词》："泰定三年丙寅岁十月十二日，法位同前（即上清大洞三景经录弟子四十五代嗣教宗师元景真人）臣刘大彬，钦奉皇帝圣旨，伏以诞膺景命，只绍丕图，保民无疆，思永安于宗社，应天以实，庸昭杞于山川，爰致清祠，冀徽洪既。谨奉香币，遣特进上乡玄教大宗师、崇文弘道玄德广化真人，总摄江淮荆襄等处道教、知集贤院道教事吴全节，诣建康路三茅山，元符万宁宫上清宗坛，开建金录宝斋，祈天永命，福国裕民。伏望璇霄委监，宝祚延长。邦家开太平之基，三宫同庆，海宇乐雍熙之治，万国咸宁。"茅山在句容县东南 45 里，山高 30 里，周围 150 里。汉代三茅君得道于此，故谓之三茅峰；梁陶弘景亦隐居此山。《道书》称其为第八洞天第一福地。虽然雷州英榜山根本无法与茅山相提并论，但是这一南一东的二山之神，均受到元朝皇帝的重视，与元代举国盛行的道教崇拜是分不开的。

五、雷州元代的民族文化

照磨的事务并非全在办公室里，范椁的主要任务是到各县甚至乡镇巡查。一般而言，每年秋天出巡，第二年夏天才能回廉访司官署，工作十分艰苦。范椁到海康乌石巡查时眺望大海，写下《望潮曲》（《元风雅》前集卷九）：

潮来直上青崖住，潮住却寻沧海去。乌石山头望故乡，故乡更在云深处。

我生不如桥下水，消息春秋任流止。又不如如水上船，去去来来年复年。

负禄旅孤二千里，上念慈亲下妻子。子生未解别爷啼，睡恋阿婆怀抱里。

乌鸦日日傍人飞，喜鹊时时噪群西。更有平安书字到，金壶约伴玉人携。

诗歌写诗人在雷州乌石望大海时的万千思绪。诗歌八韵，可分为三层。前四句，写诗人在乌石远望。“乌石”，即青崖，海康县西南部海畔的高崖，因其色乌而得名。万历《雷州府志》卷一：“乌石港，西南一百二十里，接下步，以港口石黑，故名。”古代乌石有盐场，今乌石镇土产乌石甜糟也颇负盛名。前两句“潮来直上青崖住，潮住却寻沧海去”，写雷州海边疍民的生活，台风大潮袭来时，他们到海边高崖上居住，以避大风；大风停息后，他们又浮海而去，以打鱼为生。乌石山便是他们的故乡，而诗人的故乡在何处？诗人由渔民的故乡，而引出自己的“望故乡”。

中间八句是第二层，写诗人生活的艰辛和思乡之情。诗人对自己的生活发出两不如的感叹，一是诗人一年春秋两次外出：“诸廉访分司官，每季孟夏初旬，出录囚；仲秋中旬，出按治，明年孟夏中旬还。”① 一年两次到基层，一次是四月上旬，一次在八月中旬。但八月出外却到第二年四月才回来，那么几乎一年四季均在外奔波，劳苦程度可想而知。二是不能回家，渔船还有回家之日，可是诗人却不能。因而诗人思念起家乡的老母亲和妻子来，特别是儿子，离别时他还不懂事，在祖母的怀抱中熟睡着。现在，他们的情况如何呢？“负禄旅孤二千里”，表达了他急切的思乡之情。

最后四句，写收到家书的喜悦。乌鸦傍人飞，喜鹊时时噪，均是喜事即将到来的预兆。果然，诗人收到平安家书后，终于有了“金壶约伴玉人携”的幸福感。

诗歌由雷州乌石疍民的浮海生活引出自己的家园情怀，在这里，诗歌并不主要写雷州人民的生活。但是，在本诗之后，诗人乘兴夜访乌石山疍民，对元代雷州的民族文化有重要发现。其《夜上乌岩》（《范德机诗集》卷四）：

扁舟夜傍乌岩宿，然火上岩寻古祠。老巫辍睡启神户，牵幌请官窥汉仪。

汉家将军利于鹘，征行往往皆良奇。当时光武皇帝圣，举以善驭皆周知。

将军再出定穷粤，忠义耿耿光精垂。不然夷祀已千载，何尚至今歌舞之？

① （明）宋濂等．元史·卷一百零二．北京：中华书局，1976.

高悬铜鼓五兽缺，以手摩拂增深悲。蜈蚣宵行蛛网结，不识款书何岁时？

庭中蕉叶照石面，猛虎出谷灵风吹。泽鱼导从吏扶掖，欲留颇复惧深危。

登临有客动必戒，况此星露景倭迟。独立苍茫问横浦，明日江山劳梦思。

诗歌十二韵，可分为三层。前四句是第一层，写诗人夜访乌岩古庙。在雷州乌岩之上，有座古老的海神庙。这天诗人乘船来到乌岩山下，夜里就住宿在乌岩下的扁舟内。夜里，诗人发现岩顶神庙中仍亮着灯火，于是打着火把夜访古祠。庙中的老巫本已入睡，见诗人到来，立即打开庙门迎接，并请他观赏庙中所藏的汉代马伏波的衣冠等古老的文物。

中间十二句，写诗人拜谒和参观南海神庙。首先，诗人拜谒了乌岩山神庙中的海神。此海神是伏波将军马援。“汉家将军”，即东汉马援。马援（前 14—49），字文渊。扶风茂陵（今陕西兴平窦马村）人，中国著名军事家，东汉开国功臣之一。“鹘”，鸷鸟，这里指刻着鹘的船只。“利于鹘”，即利于航海，指马援在岭南平叛顺利。“将军再出定穷粤”，即指马援一举平定岭南。东汉光武帝建武十六年（40），交趾（今越南）女子征侧及其妹征贰造反，九真、安南（今越南）、合浦郡（今广东雷州和广西北海、钦州一带）的古越族起兵响应，占据 65 座城池，建号称王。建武十八年，光武帝派遣伏波将军马援、楼船将军段志征发长沙、桂阳、零陵、苍梧等郡兵马万余人征讨，次年夏四月，马援破交趾，斩征侧、征贰。其时雷州属合浦，也陷入造反起义的潮流中。马援平定少数民族起义时，军入合浦，虽然镇压了少数民族的起义，但这些“夷人”却一直信奉和崇拜马援，并借其“伏波”将军威名，把他作为镇海“伏波”的海神，且千余年来一直如此。“不然夷祀已千载，何尚至今歌舞之”，记载了粤西祭祀海神伏波将军的仪式：夷老领头跳神，众人齐声附和，一边唱祭神之歌，一边跳祭神之舞。接着，诗人参观了海神庙内的神像和祭器。祭祀海神的主要祭器是铜鼓，铜鼓高悬，铜鼓上铸有五个神兽。因为年代久远，铜鼓上的神兽已有残缺，铜鼓上还刻有款书文字。诗人以手抚摸着铜鼓，但文字却无法辨认，也不知它是何朝何代的古物。

最后八句，写离别寺庙和诗人的感慨。“庭中蕉叶”两句，诗人走出寺庙，庭院中的石雕如出谷的猛虎，神庙里的灵风随即而至。在渔民的引导和随从官吏的搀扶下，诗人小心翼翼地走下乌岩古庙。“横浦”，即合浦。诗人面对合浦苍茫的大海独立良久，对马援在合浦的故事感叹不已，说不定今晚伏波将军会进入他的梦乡呢。

诗歌写夜访雷州乌岩海神庙，记载了14世纪时雷州一带古老的宗教文化。其中，最重要的是海神和铜鼓。

雷州一带的海神自成系统。雷州古为合浦郡首府，明代以前多属广西或交趾，故海神系统也与广南东道珠江三角洲一带不同，它祭祀的不是祝融和天妃，而是伏波将军。宋苏轼《伏波将军庙碑》：“自徐闻渡海，适朱崖，南望连山，若有若无，杳杳一发耳。舣舟将济，眩栗丧魄。海上有伏波祠，元丰中诏封忠显王，凡济海者必卜焉。曰：某日可济乎？必吉而后敢济。使人信之如度量衡石，必不吾欺者。呜呼，非盛德其孰能然！”① 虽然苏轼认为，海神庙应该祭祀两位伏波将军，但实际上只祭祀马援。故绍兴五年（1135）袁潭《伏波将军庙记》：“海滨之祠不载其创立之年，后世亦莫知为谁。中间尝请于朝锡之王爵纪事者，始以为公，俄有以为文渊者。其后，有识之士考订遗迹，建别庙以祀公，再请于朝，亦命以王爵。公于是与文渊并驾，无余恨矣。”南宋时，海神庙祭祀的仍是马援一人。“始以为公”，是文人以为海神是路博德，但其实是马援。有为路博德鸣不平者，才另建一庙，以祭祀路伏波。到范梈时，元代雷州乌石的海神庙也只祭祀东汉伏波将军马援。从宋到元，路伏波对雷州半岛的海神庙仍无影响。原来，苏轼《伏波将军庙碑》的“由此论之，两伏波庙食于岭南者，均也”也只是苏轼的“论之”，并非民俗中的现状。

铜鼓是西南少数民族文化中的宝物，一个铜鼓的价值等于千头水牛，可谓价值连城。从类型学上说，今存的铜鼓可分为万家坝型、石寨山型、冷水冲型、遵义型、麻江型、北流型、灵山型、西盟型等种类，大多以云南、贵州和广西所出铜鼓来分类。这些铜鼓有的鼓面四周铸有立蛙，如冷水冲型、北流型铜鼓；有的没有，如遵义型铜鼓。今广东和广西铜鼓鼓面所铸者，多为蛙形。雍正《广东通志》卷五十二：“铜鼓，古蛮人所用，南边土中时有掘得者。相传为马伏波所遗，其制如坐墩而空，其下满鼓皆细花纹，极工致。四角有小蟾蜍。”四蛙之外，还有五蛙、六蛙铜鼓。但是，范梈所见的乌石铜鼓却是兽，它与众不同，甚为奇

① （宋）苏轼. 苏轼全集 · 卷八十六. 北京：中国书店，1986.

特。《御定骈字类编》卷九十七和《御定佩文韵府》卷八十五之二有《五兽》条目，但是所引之诗，均仅一例，而且均是范梈《夜上乌岩》诗中的“高悬铜鼓五兽缺”两句，可见，五兽铜鼓，举世罕见。

铜鼓上的五兽是什么呢？它是海北海南地区古黎族人所称的“黎金”。《崖州志》：“黎金，形似铜鼓而匾小，上有三耳黎人，击之以为号。”① 三个耳朵的人，当是神话中人，故被认为是神兽。范梈所见的铜鼓五兽，殆五个三耳的黎族金人耶？如果是这样，则乌石神庙元代尚存的铜鼓，当与海南黎族的铜鼓文化为同一类型。明代张以宁也到这座海神庙，他在《翠屏集》卷二《乌岩滩马伏波祠》：“乌岩江上古祠宫，传是征南矍铄翁。丹荔黄蕉长盛祭，绿沉金锁尚英风。滩声夜带军声壮，岚气秋随剑气空。莫羡少游乡里好，封侯庙食丈夫雄。”张以宁只写了海神，即伏波将军马援，却遗漏了铸有五个黎族三耳金人的罕见铜鼓。可以说，范诗在无意之中保存了元代尚存的雷州少数民族的珍贵文化资料。

范梈在雷州的诗歌包括第三章和本章，其中除去他怀念雷州的诗歌三题、八首外，有四十一题、五十首。这五十首诗歌，是诗人在雷州八年的心血，它们记录了诗人在雷州的悲欢离合，具有重要的历史价值和文化价值。

---

① （清）张巂等编，郭沫若点校．崖州志·卷三．广州：广东人民出版社，1962.

第五章　范梈在海南廉访分司

范梈在任海北海南道廉访司照磨期间，从治所雷州到海南，可考的有五次：即元仁宗延祐二年（1315）、三年、四年和六年，以及元英宗至治二年（1322）。海南岛是中国第二大海岛，也是中国古代地理概念的“四至”之一，这“四至”是指：中国东起辽海，西尽嘉峪，南至琼崖，北抵云朔。范梈在海南纵览中国“南极”的奇异风光，写下了大量南国题材的诗歌。

范梈在海南的诗歌，学界关注不多。万历《琼州府志》载有他的《琼州出郭》、《以琼扇一握奉致黄明府》、《槟榔寨》、《定安县》、《临高阻雨》五首诗歌。日本学者小叶田淳说：“范梈所遗下的诗文，都收集在《范德机诗集》（共七卷）里边，我们阅读以后，很明显地知道取材于海南的诗有十首之多，所写范围，遍及澄迈、琼州、文昌、定安、儋州、崖州等各地。”[①] 小叶田淳所说的十首，超过海南地方志所载，已是较多的了。但实际上，范梈在海南的诗歌绝非此数，他描写海南热带风光和少数民族风俗的诗歌远超今人所知，是海南乃至中国诗坛的瑰宝。

一、海南巡行

在古代舰船条件下，海南岛因琼州海峡的阻隔，与海北难通往来。宋李光《中秋谢彦恭惠酒》：“海北与海南，各在天一方。我老归无期，两地遥相望。”[②] 雷州徐闻县沓磊虽有开往琼州白沙的船只，却无定期。李光《庄简集》卷十四《与赵元镇书》又说：“雷州转海无期，若自万安陆行，却有定程。”因此，海北海南道廉访司在琼州设立了海南廉访分司，官员可长驻海南，以克服琼州海峡的浩然天堑。范梈之所以到海南，是受海北海南道廉访使的派遣，以照磨的身份长

---

① ［日］小叶田淳．海南岛史．张迅斋译．台北：学海出版社，1979. 95.
② （宋）李光．庄简集·卷一．上海：上海古籍出版社，1986.

驻海南廉访分司，执行“公干”。

（一）到海口

元延祐二年（1315）五月二十日，诗人从海北海南道的治所雷州路海康城出发，二十二日到达徐闻县次驿——英利驿。因搬运行李的役夫未到，他在英利驿等待了几天，二十六日在徐闻县的沓磊码头乘船，渡过琼州海峡，当天在海口白沙港登岸，写下《至海口》（《元诗选》初集卷二十九）：

曾随仙仗集灵台，流落于今岂不材。但比麻姑休狡狯，两行持节过蓬莱。

诗歌主要写诗人来海南的原因。“灵台”，这里指京师翰林院。“蓬莱”，指海中仙山，这里指海南岛。诗人从京城翰林院供职禁林的官员，变为雷州任海北海南道照磨，这虽不是贬谪，却不能不算是“流落”。而其原因，并非诗人没有才能，而是他不善阿谀奉承，绝不以狡狯求进。故元袁桷《送范德机序》说：“语焉简然，行焉恂然，吝其菁华，韬焉以深……靳靳不自表。”[1] 但是，这是一个小人得志的时代，坚持自己节操的正人君子，最终只能落得个流落天涯海角的下场。因此，诗人只得“持节”渡海，来到“蓬莱”仙岛海口。

在琼州白沙港上岸后，诗人住在琼州海边的白沙寨，写下《五月二十六日夜，宿松林兰若》（《范德机诗集》卷六）：

白沙寨下接飞霞，行至招提日已斜。睡觉忽闻山鸟语，不知今夕离吾家。

琼州海口的海港古名白沙港，因白沙村而得名，是从雷州渡过琼州海峡至海南的港口。白沙寨离琼州府城有 12 里，诗人到达琼州码头下船时天色已晚，故只能在白沙寨暂住。白沙寨有官府驿馆白沙驿，但因驿馆的房间有限，诗人临时住在附近招提寺的僧房“兰若”中。在夕阳西下、余霞漫天的时候，入住招提寺。夜里，诗人已经就寝，突然听到鸟语，还以为自己仍在家乡。白沙寨的景色

---

① （元）袁桷．清容居士集·卷二十三．上海：商务印书馆，1936.

优美，白沙红霞，鸟语兰若，让诗人沉浸在对家乡的思念中。

诗人到达海南廉访分司后，长期在海南各地巡行。因此，范椁在海南的诗歌相当丰富。

（二）海南廉访分司官署

范椁到达海南后的长期住所，在海北海南道肃政廉访司设在海南的派出机构——海南廉访分司内。诗人有《立秋日，分司书怀》[①]（《范德机诗集》卷二）：

清晨钟鼓鸣，海角金气应。芳树哀蜩歇，凛节亦已征。
如何向亭午？毒热尚吹甑。是宜起居谬，不与安养称。
逝川无回波，驾马少返乘。簪发耻虚名，丘园激高兴。
飘飘百年内，过者已蹭蹬。强学而有成，庶以道自胜。

1315 年的立秋，在阴历七月三十日（阳历 8 月 8 日）。“分司”，即海北海南道廉访司在海南的分司。明《正德琼台志》卷十三：“琼州府治，在卫西，海南道旧基，即元之海北海南道廉访分司故址。”海北海南道廉访分司官署在元末毁于战火，明洪武二年（1369），琼州知府宋希颜在此基础上新建琼州府治，位置在琼州卫治之西。范椁在琼州府时，便住在此地。

诗歌共十六句，可分为两层。前八句，写立秋日海南的天气和诗人的不适。“海角”，这里指海南琼州。今天人们熟知的海角，指海南三亚的“天涯”、“海角”刻石处。古代的海角有二：一是廉州，一是广州。但比较著名的是廉州的海角亭。范椁《海角亭记》：“钦、廉、雷在百粤，距中国万里而远，郡南皆岸大洋，而廉又居其折，故曰海角。”此《海角亭记》乃范椁用他擅长的汉唐隶书碑法书写，故成珍品。对于广州城中的海角亭，明刘嵩《槎翁诗集》卷六《题海角石》：“广东省治后，有奇石拔起土中，可三四尺。尖锐如笋，或题为‘海角’，构小亭覆之，盖好事者为之。因赋柬顾郎中光远。”诗云：“何年海岳孕奇珍，偃蹇空余数尺身。”在古代交通视野中，这两处海角亭的名气最大。但随着时代的变迁，今天它们已经鲜为人知，著名的倒是海南三亚的海角了。诗人初到

① （元）范椁．范德机诗集·卷二．文渊阁四库全书．上海：上海古籍出版社，1986.

海南，对海岛的一切都感到新鲜。清晨人未起床，已从钟鼓声中感受到海角的金气来。中午时分，暑天的炎热使树上的鸣蜩也停止了鸣叫。虽已经立秋，但天气还如同蒸笼一般闷热。这样恶劣的气候，还说什么“宜居”，什么“安养”，简直是荒谬。看来，诗人在来海南之前，听到不少关于海南气候“宜人宜居”的介绍。“毒热”一词，写尽了诗人对海南热带气候的不适。后八句，抒发诗人的抱负。这一切虽然不好，但是“逝川无回波”，自己说出的话也无法收回。当初诗人来岭南时，满怀雄心壮志，曾经“簪发”击节，发出立功报国的豪言壮语。于是，诗人转念一想，海南的一切又变得可爱了。“丘园激高兴”，写出诗人以积极的眼光看待海南，从而激发出进取精神和高昂兴致来。诗人说：“人生不过百年，现在我已经44岁，人生蹭蹬过半。我应该积极进取，强学有成，以道自任，不应该怨天尤人。”诗歌写出诗人思想转变的历程，他并非天生的英雄，最初也并非没有抱怨。他生于长江中下游南岸亚热带地区，身体极不适应热带的气候，但是他最终克制住身体的应激反应，调整毒热引起的不良情绪，使心理向积极的方面转化，从而树立起积极的人生观，回到了正确的人生轨道上。

其实，诗人对毒热的适应和对自己心理的调适并非如此轻易。诗人初到海南，在立秋前后遇到了多日的“毒热”，超过了他身体的承受力。在此之前的八月五日，他有《数日毒热，喜雨，适立秋先三日也》(《范德机诗集》卷二)：

夏末始炎毒，沉忧坐匡床。起行无所之，登高睇遐荒。
问昔西风归，飙飙向何方？往还不可期，赖得天道常。
圣主御大历，故可稽明堂。粲粲白骆驼，兹晨郊路长。
念我伏迁次，江海叶再黄。旅怀抱焦火，思濯寒冰乡。
忽来浮苍雨，爽气吹衣裳。稻田已就获，晚种待新秧。
微躯亦易持，但愿烝黎康。

本诗也作于海南廉访分司。理由有五：第一，诗写“毒热”，词汇上与前诗有关联。第二，诗歌时间是“适立秋先三日”，与前诗“立秋日”彼此呼应，构成海南的组诗。第三，“遐荒”是古代诗歌中指岭南的惯用语。第四，诗歌写到物候，早稻已收获，晚稻正在育秧，亦是岭南的物候特点。第五，诗歌写到“迁次”，诗人到海北海南道的雷州任职，是从京城出外的第一次迁次。据此，本诗作于前诗之前的三日，与前诗同属一个系列。本诗有十一韵，前四句为第一部分，写毒热。天气太热，诗人坐卧不宁，无处逃避，于是登高远望遐荒。中间六韵，写毒热中的期待。诗人希望天道恢复正常，速遣西风吹散毒热，这样才符合圣主御国、天下安康的正道。而眼下的毒热和大旱，使得“江海叶黄”。最后三韵，写喜雨。老天似乎听到诗人的祈祷，立即西风骤起，乌云四合，大雨立马而至，救了天下农夫的庄稼。诗人说：“毒热使我难受，但是我的身体算得了什么，只愿天下百姓丰收安康。”

他在海南经受的毒热有个发展过程，在这两首诗歌之前，诗人还写过《苦热，怀楚下》（《范德机诗集》卷二）：

> 苦热不可极，念此西南风。谁云灏气远？乃在庭户中。
> 我家百丈下，井上双梧桐。向夕集归鸟，未秋足鸣蛩。
> 自从别家来，江海信不通。宛宛维桑思，愿从孤征鸿。
> 夜梦白发亲，欢笑携稚僮。倚门望子归，未归忧忡忡。
> 东皋无良田，何以待岁丰？盛年将称意，无为学转蓬。

苦热虽然不及毒热，但已使诗人难以忍受，故有“不可极”之语。由于天气太热，诗人想念起故乡——江西新喻的百丈山来。那里的夏天再热，只要在井边的梧桐树下待一会就十分阴凉了。由于思乡，诗人在梦中回到了故乡，见到了母亲和儿子。梦醒后，诗人担心起来：“家里十分贫困，东皋没有良田，用什么来等待丰年？只希望我在仕途上能够如意，不再如转蓬一样四处奔波。”本诗只是苦热，故诗人情绪比较平稳，不过他也想起家乡的阴凉，以作反衬。

上面三首诗歌，在内容上彼此关联。第一，诗歌的主题相同。诗歌的题目和内容都含苦热。第二，诗歌的结构相同。诗歌均由天气的炎热，想到人的生活。所不同的是，苦热时想到的是自己的家乡和亲人；毒热时想到的则是天下的苍生。第三，炎热演变上的联系。由苦热到毒热，再到雨后的热散，再到毒热，彼此形成炎热天气的演变过程。第四，时间上的联系。时间密切关联的有两首，它们从立秋之前的三日，到立秋日，时间上彼此衔接。第五，心理演变上的联系。三首诗歌均反映了诗人的心理活动：苦热时诗人只是思念家乡，到毒热时关注天旱和农民的收成，毒热继续发展时，诗人便怨天尤人了，炎热的天气也引起诗人的心理“内热”。炎热是诗人到岭南后经历的第一个考验，他烦躁到了极点，几乎承受不了了。可喜的是，诗人最后终于渡过难关，正确对待极端天气，从心理上回到正确的轨道上来。这三首诗歌的写作时间，当是《苦热，怀楚下》最先，其次是《数日毒热，喜雨，适立秋先三日也》，最后是《立秋日，分司书怀》。

范梈在海南的生活还没有开始，先自在内心世界走过了一段惊险的山路。但是在经历了这番思想的起伏以后，范梈就以积极的人生观开始了在海南的照磨生活。

（三）范梈的海南观

范梈在琼州府城廉访分司的官署住下后，开始熟悉海南的历史和地理，初步建立起他的海南观。他的《西黎歌》（《范德机诗集》卷四）写道：

> 一十三县海之州，四城结带相绸缪。中有群黎集百峒，耕凿不知尧舜忧。
>
> 手扶长弓架钩箭，白马白似雪花片。此又外黎渐汉习，仇杀从前如旅劝。
>
> 春花满山禾满皋，妇馈壶浆夫血战。曾不如深居不识礼教人，又谁使之郡若县？
>
> 黎雾山高裹白云，哀猿惊鹿夜深闻。下濑戈船今已远，行人犹说路将军。

诗歌八韵，可分为三层。前四句，写海南地理和人文概况。这是诗人在海南廉访分司熟悉海南的历史地理、了解民俗风情的思想成果。元代海南分为琼州、南宁、万安、吉阳四个军州、十三州县。海琼四州，《元史·世祖本纪》称为“海外四州”。四大州城如同罗带，环绕和拱卫在海南岛的四周。海南岛的中央，则是以黎母山为中心的山区，这里生活着黎族人民。中国北方对海南的认识有个发展过程，秦汉时期，视海南人为禽兽：“南方万里之蛮乎！骆越之人，父子同川而浴，相习以鼻饮，与禽兽无异，本不足郡县置也。颛颛独居一海之中，雾露气湿，多毒草虫蛇水土之害……其民譬犹鱼鳖。”① 唐宋时期，迁谪海南的中原文人渐多，唐代宰相李德裕的子孙还留在海南，人们对海南的认识也逐渐加深。北宋苏轼《行琼儋间肩舆坐睡梦中得句云千山动鳞甲万谷酣笙钟觉而遇清风急雨

---

① （汉）班固．汉书·卷六十四下．北京：中华书局，1962.

戏作此数句》："四州环一岛，百洞蟠其中。我行西北隅，如度月半弓。"① 对海南形势的概括生动简洁。南宋范成大《桂海虞衡志·志蛮》："黎，海南四郡邬上蛮也。邬直雷州由徐闻渡，半日至。邬之中有黎母山，诸蛮环居四旁，号黎人。"② 明琼人海瑞《平黎疏》说："臣窃见琼州一府，颛颛独居海中。其地绵亘二千余里，黎岐中盘，州县滨海旋于外。譬之人，黎岐心腹，州县四肢。"清人奠魁士有《黎母山》："朱崖海尽天一角，四州为肢黎为腹。"范梈对海南地理和人口分布的概括也相当经典。海南，还被视为世外桃源，宋周去非《黎母山》："其上之人，寿考逸乐，不接人世。人欲穷其高，往往迷不知津，而虎豹守险，无路可攀，但见水泉甘美耳。此岂蜀之菊花潭、老人村之类耶。"③ 范梈诗中的海南如仙山琼阁，四城环列岛上，人民如居桃花源中，不像中原那样有尧舜或桀纣的政治困扰。

中间八句，写海南黎族的风土人情。海南的地理位置独特，其风俗和文化也与中原大异。天然的生活形成自然朴素的文化，海南黎族最典型的器具是黎弓、黎箭和白马。黎弓、黎箭即长弓和无羽箭，宋范成大《桂海虞衡志·志器》："黎弓，海南黎人所用，长弰木弓也。以藤为弦，箭长三尺，无羽，镞长五寸，如茨菇叶。以无羽故，射不远，三四丈，然中者必死。"长弓和无羽箭用海南产的木、竹、藤等做成，虽未发展到中原弓箭的水平，但它适应黎族的生活。黎弓、黎箭的主要用途不是用于战争，而是用于山中打猎。这些颇具特色的器具，塑造了黎族的民族形象：黎人弓箭不离身。长弓钩箭，白马飞驰，塑造出黎族人民勇猛彪悍的形象。当然，海南也盛行仇杀。明万历《儋州志》地集："性习凶横，动辄仇杀，不问亲疏。平居一语不合，则持刃相向。"封闭的山林生活养成了他们直率刚强的性格，其弊则是单纯易怒，易生仇杀，即使是父子也会刀兵相向。清光绪《崖州志》之《岐人考》："刀柄长尺余，弓箭不释手。虽父子，动辄持刃相加。"其实，易生仇杀是古代民族共通的特点，宋朱辅《溪蛮丛笑》载五溪苗族："夷性好杀，一语不合，便刺以刃，百十年必报乃已，名曰仇杀。"海南黎族风俗的主导面，是人与自然彼此融为一体的原始和谐，男子则刚强易仇，女子则天资纯净。黎山白云，猿啼鹿鸣，遍山野花，黎女走过山花盛开的野

① （宋）苏轼．苏轼全集·卷二十二．北京：中国书店，1986.
② （宋）范成大．桂海虞衡志．南宁：广西民族出版社，2009.
③ （宋）周去非．岭外代答·卷一．上海：上海远东出版社，1996.

地为夫送饭，全然不识中原闺阁妇女的礼仪，表现出自然开放的野趣，亦为一幅绝美的黎族风俗图画。男子的黎弓、黎箭和仇杀与女子的美丽单纯，是海南黎族山区原始生活的两个侧面。

最后四句，写海南的历史开发。先秦时期，海南不在九州之内，西汉时期伏波将军路博德开岭南后，海南才进入中国的版图。元代海南的开发进一步深入，但是开拓者路博德的故事在民间仍传为美谈。

中国古代的政治、经济和文化的中心在中原，但也重视方外地区的文化，重视对少数民族的历史、风俗和语言等知识的搜集和整理。先秦时期，周代已设有这方面的政府机构。《周礼·职方氏》："职方氏，掌天下之图，以掌天下之地。辨其邦国、都鄙、四夷、八蛮、七闽、九貉、五戎、六狄之人民，与其财用、九谷、六畜之数。要用知其利害。"[①] 西汉时期扬雄的《方言》，全名为《輶轩使者绝代语释别国方言》。"輶轩"，古代使臣乘坐的轻便车。先秦时期，每年八月政府都会派遣"輶轩使者"到各地搜集地方民族方言和民俗资料，详细记录并加以整理，建立古代的世界观和中国观。在这样的文化背景下，人们对岭南地区异域情调十分浓厚的风俗文化特别好奇。若有人从岭南回到中原，好奇的人们便前来拜访，详细询问南国的风土人情。宋周去非《岭外代答》："荒忽诞漫之俗，瑰诡谲怪之产……亲故相劳苦，问以绝域事，骤莫知所对者。"范椁《闽州歌》："观风自是使者职，作歌虽远天应闻。"十分可贵的是，范椁具有明确的观风意识，他入乡问俗，并用自己的诗笔描写海南的热带地理和奇异的风土人情，继承和发扬了中国文人自古而然的"輶轩使者精神"。

《西黎歌》写的是范椁眼中的海南，同时也是范椁海南诗歌系列的序言。它是诗人对海南历史、地理、风土人情的总体把握，同时也为后面的诗歌起头。在此诗之后，诗人便开始具体地描写海南的历史文化和风土民俗等内容。

（四）巡行州县

诗人结束琼州府城的公务后，常随廉访分司的同僚们巡行海南三军十县。范椁出了琼州府城，首先来到府城之南的定安县。诗人写下《定安县》（《范德机诗集》卷六）：

---

① 周礼·卷三．北京：中华书局，1980.

坞上晴云灭复生，谁家吹笛海天明？县堂晓起西风急，半是深黎夜雨声。

清光绪《定安县志》卷八《艺文志》收录此诗，题作“到定安”，注云：“廉访司照磨，延祐间录囚至琼……过定安。”诗云：“岛上晴云灭复生，谁家吹笛海天明。县堂晓起西风急，半是黎岐夜雨声。”① 诗歌的文字也略有不同，可资参考。

诗歌写海南黎母山的美丽。定安县为元代新设，唐宋时，此地属于琼山县，元至元二十九年（1292）六月，湖广平章政事阔里吉思和乌古孙泽等征服海南后，新设定安县。《元史·世祖本纪》：“以海南新附四州洞寨五百一十九、民二万余户，置会同、定安二县，隶琼州。”以新附黎峒为基础，再割琼山县之南部，设立定安县。因元文宗在英宗至治元年（1321）五月涉嫌谋反罪流放琼州时，曾游历琼州的南黎峒，文宗即位后，在天历二年（1329）十月，将定安县升为南建州，以南建洞主王官知州事，佩金符。延祐二年（1315）范梈来此时，它仍是县，县治在南资都。清顾炎武《肇域志》：“定安县，府南八十里。县治，元至正［元］辛卯，立于南资都；天历二年，迁琼牙乡。”② 明朝再迁今县治。新设的定安县沾尽元朝的光，故本诗充满欣欣向荣的气象。

诗歌从定安县的空间位置入手，从视觉与听觉结合的角度，描写海南名山黎母山。诗歌前两句，从空间过渡到时间，又从傍晚过渡到深夜，直到天明。傍晚时分，还可见坞上云霞的掩映明灭；可是一到夜晚就只能听见黎山的笛鸣了。“坞”，又作邬，指黎母山。《黎岐志》：“黎，海南四郡坞土蛮也。坞之中有黎婺山，一名五指，诸蛮环居四傍，号黎人。内为生黎，外为熟黎。”黎母山在定安县南四百里，高 1 800 余米，上有五峰，故又名五指山。它屹立在琼、崖、儋、万之间，为四州之望。相传婺女星降此山，故一名黎婺山；方言讹为黎母山。黎母山的最大特点，便是云雾缭绕，烟霞弥漫，诗歌便从此落笔。

后两句，集中描写黎母山的夜笛。夜晚，虽然黎母山看不见了，但是它的优美婉转还在笛音中延续着。美妙的笛声在雨中飘洒，在风中飘逸，并且从傍晚、

① 中国科学院民族研究所广东少数民族社会历史调查组，中国科学院广东民族研究所编．黎族古代历史资料．1964. 755.

② 顾廷龙．续修四库全书·第五百九十五册．上海：上海古籍出版社，1995. 8.

深夜，一直延续到天明。海南素称乐土，明丘浚《送琼郡叶知府序》："琼郡自昔号为乐土，而以易治闻于天下也旧矣。盖以一郡独居海中，无比壤接境也。民皆安土，无流庸外徙也……田岁再收，兼有山林川泽之利，民不阻饥也。奇香异木，文甲毲毳之产，商贾贸迁，北入江淮闽浙之间，岁以千万计，其物饶也。风俗质朴，资性巽懦，乡无武断豪夺之家，俗鲜椎埋横忮之习，其人淳也……凡此数者，皆他郡所无有，诚所谓乐土而易于治矣。"[①] 海南淳朴自然的美，在优美的音乐意境中得到充分的展现。

本诗与前诗，均歌颂海南。本诗构思独特，从空间落笔，而以时间收尾，并巧妙地从视觉转换为听觉，使黎母山的美丽不仅如诗如画，也如乐如歌。范德机为人癯然清瘦，弱不胜衣，其诗也清新灵动。元诗四大家之一的揭傒斯《范先生诗序》云："范德机诗如秋空行云，晴雷卷雨，纵横变化，出入无联。又如空山道者，辟谷学仙，瘦骨峻嶒，神气自若。"[②] 范诗的清新特色，由此诗可以窥见一斑。

离开定安县后，诗人到了澄迈县，写下《澄迈县有苏内翰所题通潮阁，在海上》（《范德机诗集》卷三）：

> 候馆驻征骑，西风独夜清。开门闻叶落，倚杖看潮生。
> 有礼齐蛮俗，无歌学楚声。凄凉苏季子，行处足高名。

诗题在《澄迈县志》中作《通潮飞阁》。海南各州县治，除定安、会同二县外，其余大都近海，澄迈县治就在海边。从诗题上看，此诗写澄迈县海上的通潮阁，以怀念苏东坡。"候馆"，指澄迈县驿馆，即通潮阁。"苏季子"，即苏轼。清顾炎武《肇域志》："澄迈县，府西六十里……编户五十六里。"[③] 它本为汉苟中县地，县治在县南四十里的那舍都。隋朝因迈山、澄水而置县。它东有独珠山，西有大胜岭，南有澄江，北有沧海。澄迈县的官署在元末毁于兵火，候馆不存，其址在县城西门外，名"通潮驿"。澄迈县西门名"通潮门"，有关帝庙、宝塔和通潮阁。通潮阁直对澄江入海口，澄江两大支流在此会合，形成双滩会潮

---

① （明）丘浚．丘文庄公集·卷三．清康熙四十七年（1708）刻本．

② （元）揭傒斯．揭傒斯全集·卷三．上海：上海古籍出版社，1985.

③ （清）顾炎武．肇域志·广东二．续修四库全书·第五百九十五册．上海：上海古籍出版社，1995.

的壮丽景观，通潮阁本为观潮而建，但是此阁却成为澄迈县的名胜，来澄迈的人必到此流连题咏。因此，通潮阁内存有苏轼的题诗《澄迈驿通潮阁二首》，胡铨的和苏诗，李光手书的匾额等宋代名贤的遗迹。

诗歌前四句，写诗人夜观通潮阁。诗人住在澄迈县馆驿，西风秋夜，夜不能寐，于是开门出阁，拄杖观潮。后四句，写观通潮阁的感受。通潮阁中保留了许多名贤遗迹，尤其是苏轼，一代高才，却落得个被贬谪在边地的凄凉人生。苏轼《与王敏仲书》其一："某垂老投荒，无复生还之望。昨与长子迈诀，已处置后事矣。今到海南，首当作棺，次便作墓。"贬到海南，已绝生还之望，于是立下遗嘱，又为自己建好葬身的坟墓，何其心酸！苏轼《澄迈驿通潮阁二首》其二："余生欲老海南村，帝遣巫阳招我魂。"故诗人有"凄凉苏季子"之叹。诗歌通过写通潮阁的前贤遗迹来写海南岛的贬谪文化。以在通潮阁题匾的李光为例，他在海南有中秋观潮的《水调歌头·昌化郡长桥词》，序云："昌化郡城之北，长桥跨江，风月之夕，气象甚胜。庚午八月望夜，士友悉赴郡会。杖策独游，颇怀平生故人，作水调歌以自释。予自长年，粗闻养生之术。放逐以来，又得司马子微叙王屋山清虚洞所刻《坐忘论》一编，因得专意宴坐，心息相依。虽不敢仰希乔松之寿，度未即死，庶有会合之期。"词云："独步长桥上，今夕是中秋。群黎怪我何事，流转古儋州。"儋州汉名儋耳郡，唐名儋州，又名昌化郡，领义伦等五县。李光（1078—1159），字泰发，越州上虞（今浙江上虞东南）人。崇宁五年（1106）进士，曾任太常博士、侍御史、吏部尚书、参知政事，进直龙图阁，著有《易说》十卷，《李光前后集》三十卷。但他生于奸臣秦桧当道的时代，于南宋绍兴十一年（1141）被贬，绍兴十四年（1144）移琼州，再移昌化军，并且规定即使遇赦也永不被赦免。绍兴二十五年（1155），李光已年近八十，此时秦桧已死，他才得以离开海南，迁徙郴州。他被贬在海南达11年之久。他虽习气功而努力不死，后亦解除限制居住的禁令。但此时他已经80岁，终行至江州而卒，客死他乡。李光获罪时，其弟李宽也被罗织罪名而革职，其伯子李孟传、仲子李孟醇皆随他流放，死在海南；仲子李孟坚下狱，季子李孟津抵罪，田园房屋抄没，真个家破人亡。其时，李光与一时贤士53人俱贬，他与名臣赵鼎、胡铨三人同贬海南。海南人民不明白，像李光这样正直而杰出的人，为何要流放到儋州十多年？其实，海南岛也是国家政治的风向标，每当国家政治黑暗时，正人君子均会远避到海南。而当政治清明时，小人就会流放到此。但历史上，流放海南的君子多而小人少，故通潮阁上尽是贤人题咏。一个海滨的通潮阁，反映了中国独裁体制下正直贤人受尽迫害的悲惨遭遇，折射出国家的政治状况和民族的前途问题。然苏轼、李光等虽人生凄凉，但依然名高万代。

诗人来到崖州，在崖州驿中写下《怀京城诸公书崖州驿》四首（《元诗选》初集卷二十九）：

甚忆清河元侍讲，送行犹有玉堂诗。只今夜夜陇头月，照见征人有所思。

复忆济南张吏部，作诗文气压诸公。佳儿亦是门生辈，尚想他年似若翁。

绣衣御史果能文，蜀道新来有李君。记得京城黄菊烂，为余来觅董将军。

妙为文字吾雄甲，精切于今孰与俦。说著奉常虞博士，恨渠犹不见崖州。

元代的崖州，在琼州府南1 400余里，州治之南40里即大海，其西北580里处即儋州，它管辖一县，即感恩县。崖州地处海南岛的最南端，在这天涯海角，诗人感慨万端，怀念起在京城的朋友来。

第一首，怀念元明善。“清河元侍讲”，指元明善。元明善（1269—1322），字复初，大名（今河北）清河人。他为北魏拓跋氏居清河者的后裔，著有《清河集》七卷，附录一卷。元明善曾任翰林院待制、元仁宗时任翰林侍讲学士，他与济南张养浩、阿城曹元用齐名，时号“三俊”。诗歌前两句，写元明善与诗人的友情：延祐元年（1314）范梈离京时，元明善送别时作《送别范玉堂诗》赠给诗人。“陇头”，这里指雷州。后两句，写诗人对京城朋友元明善的思念：“每夜月亮照临时，我都在雷州的月下思念你。”

第二首，怀念张养浩。“济南张吏部”，即张养浩。张养浩（1270—1329），字希盈，号云庄，济南历城人，元代大臣，著名的文学家，著有《张文忠公云庄集》、《归田类稿》、《三事忠告》、散曲集《云庄休居自适小乐府》等。著名的《山坡羊·潼关怀古》：“峰峦如聚，波涛如怒，山河表里潼关路。望西都，意踌踏，伤心秦汉经行处，宫阙万间都做了土。兴，百姓苦；亡，百姓苦。”传之千古。延祐初，他任礼部侍郎知贡举、陕西行台治书侍御史、右司郎中、礼部尚书。范梈离开京师时，张养浩写《送范德机赴海北道宪司知事》送别。范梈此诗的前两句写张养浩的文学才能，其诗歌散文均力压群雄。后两句称赞张养浩的儿子。张养浩有两子：张强、张引，张强先卒，此当指张引。诗人认为，依据张引的才能，他今后一定会像其父一样，成为国家的栋梁，诗人以后继有人来祝福张养浩。

第三首，怀念李泂。“李君”，当即李泂。李泂，生卒年不详，字溉之，山东滕州人。他是个美男子。张养浩《归田类稿》卷三《送李溉之序》云：“时李君溉之，从牧庵学，白皙眉目，秀髯鬓且美，类神仙中人。”而且他颖悟强记，为文敏捷恣肆，历任翰林国史院编修、太常博士、秘书监著作郎、翰林直学士、奎章阁承制学士等职，著有《园居集》四十卷、《溉之集》等。他与诗人范梈曾同任翰林院编修，且友情深挚。范梈《寄李秘书泂》：“海表何由携手再，相怜同是老词臣。”另外，范梈还有《送别周仪之推官赴钱塘并简李四秘书》、《和李溉之园居集咏八首》、《答李泂》等诗，均是他们友情的见证。关于他“能文”，《元史·李泂传》：“其为文章，奋笔挥洒，迅飞疾动，汩汩滔滔，思态叠出，纵横奇变，若纷错而有条理，意之所至，臻极神妙。泂每以李太白自似，当世亦以是许之。”范梈此诗的前两句称赞李泂，后两句写二人的友情：当年重阳节时，李泂为了访问范梈，竟然找遍京城，直到在董士选的将军府找到他为止。这赤诚真挚的友情，至今仍留在诗人心中。

第四首，怀念虞集。虞集（1272—1348），字伯生，号邵庵，又号道园，祖籍蜀郡仁寿（今四川省）。元代享有盛名的文学家、史学家、教育家和南人名臣，才识兼博的大儒，历任翰林院应奉、秘书少监、奎章阁侍书学士等，著有《道园学古录》五十卷、《道园遗稿》六卷等。范梈此诗的前两句，歌颂虞集的才华。“吾雄甲”，指虞集不仅在诗歌上与范梈等人为“元诗四大家”，而且他被推为四家之首，学识在当世人中无与伦比。看来，在范梈时，元诗四大家之说已经成熟，而且连范梈也承认虞集居首。后两句，抒发思念之情，诗人说，在崖州见不到虞集，格外思念。范梈与虞集有特殊的缘分，他俩同年生，又同为中丞董士选家的家塾教师，又同为翰林院编修，故两人感情最深。虞集《题范德机书》说：“范先生与集同岁生，又同在故平章董忠宣公馆中，于今不复见矣。”虞集读到范梈的这首诗歌后，十分感动，有《赋范德机诗后》：“玉堂妙笔交游尽，投老江南隔死生。最忆崖州相忆处，华星孤月海波清。”① 所谓“最忆崖州相忆处”，即指范椁《怀京城诸公书崖州驿》第四首的“恨渠犹不见崖州”。范椁与虞集两人情同手足由此可见。

《怀京城诸公书崖州驿》四首，《御选元诗》卷七十一只选三首，去掉的是怀念张养浩的那一首诗。其实，范椁对这四人的感情均真挚深切，难分轩轾，而张养浩对诗人评价最高，爱护最多。

四首诗歌，是诗人在崖州驿馆怀念京城旧友元明善、张养浩、李泂、虞集四人时所作的，同时提及的还有恩人董士选将军。诗歌的意义有二：第一，本诗在寄赠京城友人的同时，还被书写在崖州驿墙壁上。它意味着在崖州这样的海中孤岛，也有中国第一流文人的足迹，从而把海南孤岛与京城联结起来，这对于崖州的开发和文化建设，具有重要意义。第二，诗歌以京城翰林院与海南崖州形成巨大的文化落差，反映了封建独裁制度下文人悲剧性的命运。中国古代文人正直者难逃被贬命运的悲剧，是制度性悲剧。封建官府既需要从文人中选拔官吏，但是又惧怕有思想、有个性的真正文人，故容不下真正的人才。

在崖州，诗人还有《休日出郊》三首（《范德机诗集》卷七）：

上方钟鼓昼依稀，出定诸僧绾法衣。迎客犹能下殿走，访人更有待寻归。

秃鹜近水行仍啄，危燕当梁乳更飞。自古旅怀烦慰借，并游万事莫相违。

丞相祠西椰子园，新开湖馆见遥村。风含碎羽珊珊过，浪涌长干剡剡翻。

止息幸然无鹤爵，去来应或有鹏鹍。江边柳树晴相倚，只为行人作断魂。

歇马高林烟雾开，感今怀古独登台。迁臣逐客皆前辈，幕长郎官尽上才。

放浪已闻穷九域，飞腾终合近三台。谢公自有青云屐，且与从容步

① （元）虞集. 道园学古录 · 卷三十. 上海：中华书局，1912.

紫苔。

诗歌有三首，第一首写诗人在休息日走出郊外游览。诗人在崖州住在一个寺庙里，前四句即写寺庙中的生活。白天，寺庙中钟鼓声渐渐稀疏，诸僧正在参禅打坐。功课结束，有人下殿迎接客人，有人出外访事。

第二首，写诗人在郊外所见。诗人随着出外寻访的僧人一起，来到崖州的丞相祠。祠的西边是椰子园，透过新开的湖馆，可以看到远处的村庄。中国的丞相祠不少，如祭祀诸葛亮的武侯祠，祭祀文天祥、陆秀夫、张九龄的丞相祠等。但是，此诗所写的丞相祠，是海南崖州的李丞相祠。理由是，第一，椰子、珊瑚均为海南特有。第二，丞相祠与贬谪相互联系的，只有海南。海南的丞相祠在崖州。《黎岐纪闻》："崖州居民，半属黎人，有生熟黎之分……熟黎多李赞皇之伦，有丞相祠，中塑赞皇像，俄冠博带，犹存唐时宰相衣冠云。"清吉大文《多港黎村李丞相祠》："万里投荒客，今生入鬼门。朝端无党羽，海外有儿孙。冠带唐家宝，烝尝李氏村。孤寒空下泪，南极望归魂。"[①] 此处丞相祠祭祀的是唐代丞相李德裕，它旁边即椰子园。光绪《崖州志》卷四："椰子园，乐罗西十四里。"丞相祠与椰子园相邻的，唯有崖州。不仅如此，海南崖州"迁臣逐客"的遗迹甚多。光绪《崖州志》卷五："盛德堂，在水南村，宋昌化守裴闻义宅。赵鼎南滴，居此。后胡铨也亦居之，名其堂曰盛德。铭云：猗欤休耶，儋守裴公。震风凌雨，大厦帡幪，迁客所庐，丞相赵公。后来云谁？庐陵胡铨。三宿衔恩，矧此八年。"宋丞相赵鼎谪于此，后胡铨也贬谪至此，仍然住在此，因题其居曰"盛德"。

第三首，写郊外行游的感慨。诗人登上高林亭台，不禁怀古伤今：这些迁臣逐客，均是前辈高才。以他们的才能，都应该登上庙堂三台，但是他们却被贬谪到九州之外。国家的发展和民族的繁荣，需要人民充分发挥他们的智慧和才华。但是，封建独裁制度却不然，他们从不考虑国家和民族的前途而钳制思想，压制有智慧和才华的人。独裁制度的本质是只需要愚民式的眼前稳定，为此而不惜堵塞民智、压制人才、牺牲国家和民族的前途。诗人感伤古人，也是感伤自己的命运。面对残酷的封建人才制度，诗人也无可奈何，只有学着谢灵运，穿上青云屐，把自己放逐在青山绿水和紫苔之间。

---

① （清）张嶲等编，郭沫若点校．崖州志・卷二十一．广州：广东人民出版社，1962.

三首诗歌，从封建制度与人才关系的角度，思考着海南的贬谪文化：孤岛海南成为封建衰世监禁文人、贤人的天然监狱。

（五）在乡镇的足迹

诗人不仅巡行于州与县，而且足迹还深入海南的乡镇和村庄。范椁到过文昌县焚楼镇，写下怀古诗《〈焚楼镇志〉曰：汉大将焚船处也。今为文昌县。怀古，奉简邑文学》（《范德机诗集》卷七）：

> 龙节迢迢去不归，汉家将军建国威。当时曾见楼橹集，异代空闻尘土飞。
>
> 风压春潮吞乱屿，岸分古木转斜晖。旁人犹解祠神女，何故功臣庙貌稀？

诗歌的主旋律，是缅怀汉代开海南的大将杨仆。“焚楼”，又作焚艛，即焚船。雍正《广东通志》卷十三文昌县：“焚艛山，在城西北一百三十里，近大海，周围三里。汉楼船将军杨仆征黎至此，焚船登岸，故名。”民国《文昌县志》：“焚楼渡，汉楼船将军焚船处。”此地还有焚楼岭，是诗人怀古之所。对于焚船，有不同的解释，其中之一是，它是破釜沉舟的英雄壮举，当年的汉家将军即以这种自绝退路、置诸死地而后生的精神开辟海南。诗歌前四句歌咏历史，写杨仆征海南的英雄往事，既有焚楼的悲壮，也有龙节国威、汉家将军的恢宏大气。后四句回到现实，以“春潮吞乱屿”、“古木转斜晖”的苍茫意象，抒发诗人怀古的情怀：英雄已去、往事成空。历史是多么不公：神女庙的香火如此旺盛，但是为国家开辟海南的英雄却没有将军庙，国家一代英豪被人遗忘！本诗的内容丰富：首先，诗歌歌咏开辟海南的英雄们的焚楼精神，在范椁的海南诗歌中奏响了悲壮激扬的乐章。其次，诗歌是寄给诗人在文昌县的文学朋友的，由此看来，诗人在文昌县学校建设方面的举措很有成效，受到文人和学者们的肯定，诗人也与他们结下深厚的情谊。故诗人到了焚楼镇，还沉浸在温暖的友情中，情意殷殷地给他们写诗寄信。再次，本诗无意间保存了海南岛最古老的乡镇地方志——《文昌县焚楼镇志》。它是宋代的乡镇志，也是海南乃至中国古代地方志中的珍品，可惜今日不存。

上首诗是赠给文昌县的文学朋友的，在这些朋友中，领头的是刘文学。范椁回到雷州的廉访司署以后还作诗寄给他：《归次雷州答刘文学》（《选校范文白公诗集》卷二）：

杨梅蕴熟厉，薄寒亦中人。圆形大器内，错迕四时真。
昨暮新病已，行乐芜城根。扶衰谢今知，遂扣城南门。
残腊见佛桑，花开一丈春。长安多冰雪，陌上无游尘。
我愿有美酒，与子欢相持。及乱圣所戒，偶醉亦神奇。
去国悄行迈，未言心自嗤。幸有前识人，在春探新知。
先民有名言，来者犹可期。苟能念交修，勿用徒伤悲。

诗歌共四首，是一组难得的组诗。但是今仅存其中的第二首。诗歌十二韵，可分为三层。前四韵，是第一层，写两人交谊的建立。“杨梅”四句，比喻刘文学虽然生不逢时，但富有内涵，是大器之才。“昨暮”四句，写诗人在文昌县生病了，幸好见到刘文学，他对诗人多方照顾，两人遂结为知己。中间四韵，写范梈的心愿。诗人回到雷州，腊月里扶桑花开，已经春意盎然。但是，刘文学却要赶到冰天雪地的京城应试，诗人体贴对方，语中寓珍重之意。诗人说：“希望我们早日相见，我要与你美酒同醉。”最后四韵，诗人祝愿刘文学离乡赴京事业有成，安慰朋友说那时他们定能再次相见。

诗人在外巡行到万安军时，还到了樟树岭镇，有《得樟树镇，便寄家书》（《范德机诗集》卷六）：

商船夜说指江西，欲托音书未忍题。收拾乡心都在纸，两声杜宇傍人啼。

中国的樟树镇有四：一是湖南省湘阴县的樟树镇，二是湖南省永兴县的樟树镇，三是江西省临江府清江县的樟树镇（今樟树市），四是海南万安的樟树镇。在这四镇之中，最有名的还是诗人的故乡——江西樟树镇，它在临江府东北三十里，本名清江镇，三国时东吴大将聂友在此夜射白鹿，中樟灭怪，故樟树镇又名鹿渚镇，是江西省新干县和隋唐清江县的政府所在地。镇周十里，有大德门、菜市门、东门、秀江门等四门。在历史上，它与景德镇、吴城镇、河口镇并称为江西四大名镇，今樟树市仍有鹿江大道和淦阳大道。但是，诗歌中的樟树镇并非湖南或江西的樟树镇。理由有三：第一，江西樟树镇是诗人的故乡，人在故乡用不着“收拾乡心”并万般欢喜地寄家书。第二，诗题说“得樟树镇……”即诗人新发现了樟树镇。这必然是在家乡樟树镇之外的新发现，而非江西的“旧”樟树镇。第三，诗歌“商船夜说指江西”，江西成为樟树镇的他说，此樟树镇必在江西之外。因此，此樟树镇绝非在江西，然而它又与自己的家乡同名，这使诗人感到十分新奇和欣喜。

此处的樟树镇，位于海南万安军樟树岭，是一个依托樟树岭海港码头而兴起的海滨小镇。樟树岭又名新潭岭，在万安城东南三十里。道光《万州志》卷一：“新潭岭，在城东南三十里新安都，又名樟树岭。脉自小南山来，半枕海中，峰势斗（陡）峻。近海处有巨石，曰望鱼石，石上有人迹，及牛马蹄迹。海沙拥积，则岁丰；海水崩解，则岁歉。有泉从岭流出，其味清冽，擀衣甚洁。山下前后有二澳，可泊舟。”前后二澳均从樟树岭延伸而出，前澳海湾大，又名大塘，建有码头，商船可在此停泊或避风，故成为往来东南亚商旅的重要港口。樟树岭海湾的海景优美，泉水中的矿物质含量特别，用它洗衣，衣服特别干净；以它养鱼，鱼的味道特别鲜美。望鱼石上有无数的人的脚印和牛马蹄印，赋予它浓厚的神话意味，因此它受到渔民的礼拜，人们常常登石以祭海神。连这里的海沙也成为人们占卜的对象，而且以它占卜年岁的丰歉还十分灵验。樟树岭的地理位置、大地景观和文化积累，使它因港成村，集村成镇，海运和商业都十分发达，福建、江西等地的商船也常往来于此港。诗人到了万安樟树镇，既喜它与故乡同名，又见到说乡音的江西老乡的商船，更加喜出望外。于是，他匆匆忙忙地写下家书，托江西老乡带回家乡。在万安樟树镇的这份奇遇，触动了他的思乡情怀，也成为诗人在海南繁忙录囚工作中的点点花絮。范梈在海南时，不避瘴疠疫气，深入海南的穷乡僻壤，足迹到了焚楼镇、高平镇、樟树镇等偏僻乡镇。虽然身体劳苦，但是他也有所发现，这使他的精神世界充实而愉悦。

（六）栉风沐雨的巡行生活

巡行海南各州县甚至乡镇时，诗人的行旅生活是怎样的呢？延祐二年（1315）秋天，诗人在临高县遭遇大雨，写下《临高阻雨》（《范德机诗集》卷六）：

恐倾南海成秋雨，急唤西风作晚凉。净扫黎山须见骨，莫令楚客屡回肠。

诗歌写海南的秋雨之苦。清顾炎武《肇域志》："临高县，府西一百八十里。"临高县唐初名临机县，地处东塘都，开元时改为临高县。宋代县治迁莫村，即今址，离琼州府城一百八十里。元初县治毁于战火，大德时知县林孺才重修。诗人在临高县时，县治才新建十余年。万般草创，条件简陋，但诗人在此一住月余。他准备前往儋州时，又被长期的秋雨所阻。临高县前俯大海，右临大江，下雨时风雨格外猛烈。诗歌前两句写临高的大雨，陆上的大雨叫"倾盆大雨"，但在海南岛上却是"倾海大雨"，诗歌前两句写尽海南大雨的猛烈。大雨夹着急风，洗去炎热带来秋凉，但是这大雨似要冲尽群山的皮肉，直到露出黎山的骨头来。在这样大风大雨的袭击下，楚客想思乡也没能找到机会。大雨带来的山洪暴涨，被范梈记录在《将行值暴涨》(《范德机诗集》卷三)：

雨发蛮山涨，来从五指原。风桥初没马，到县已侵门。
甚欲乘槎去，还思弃佩言。轻身犯南斗，信有北溟鲲。

"五指原"，指五指山下的平原。大雨停息，诗人在五指山下的山路上匆忙赶路，但在山谷中又遇上山洪暴发。溪水暴涨，大水淹没了道路，淹没了风桥。诗人冒险过桥，桥上汹涌的河水淹没了马肚，诗人好不容易才渡过了河。但赶到县城时，大水又淹没了城门。诗人的海南路，步步惊险。"弃佩"，即弃繻。《汉书·终军传》："初，军从济南当诣博士，步入关，关吏予军繻。军问：'以此何为?'吏曰：'为复传，还当以合符。'军曰：'大丈夫西游，终不复传还。'弃繻而去。"弃繻，即丢弃回关的凭证，表示决心在外建功立业，绝不复还。弃繻，又作"委佩"。诗人《泰定二年丙寅岁元日》："身远只怀归委佩，丝纶阁近最缤纷。"在《将行值暴涨》诗中，诗人感叹说："在这犹如天河的大水世界中，我本想乘槎上天而去，但想起自己决心立功卫疆的誓言，只好留下。"最后两句，诗人说，这滂沱大雨，使他相信鲲鹏从北海飞到南海带来飓风暴雨的神话，当是真实的。

鲲鹏本是先秦的神话，见于庄子《逍遥游》。但在宋元时期，鲲鹏神话在南海地区似乎成为现实。宋周去非《岭外代答》外国门之《昆仑层期国》："西南海上有昆仑层期国，连接大海岛。常有大鹏飞，蔽日移晷。有野骆驼，大鹏遇则吞之。或拾鹏翅，截其管堪作水桶。”[①] “昆仑层期国”，指今马达加斯加及其附近非洲沿岸的古国。在范梈时代，从苏门答腊到中国来朝见元朝统治者的阿拉伯使节说，他们亲眼看到了鲲鹏。1355 年，柏柏尔人《伊本·巴图塔游记》之《关于大鹏鸟》载：在海中航行时，他们发现二十英里外有一座高耸入云的高山，但是在十英里时发现，它不是高山，而是一只大鹏鸟。[②] 1340 年，伊本·瓦尔迪《奇迹书》载：马格里布人拉赫曼，在中国海旅行时，发现大鹏鸟。当时，拉赫曼等人被飓风吹到了一个小岛上，上岸后发现了洁白发光的高一百腕尺的穹形建筑，走近一看，才发现它是大鹏鸟的蛋。他们用斧头砸开蛋壳，蛋里出现了大鹏的雏鸟，他们吃了雏鸟的肉。第二天，白发老翁便须发乌黑发亮。他们带回一支大鹏雏鸟的羽毛，用它做成水桶，可以装九羊皮袋的水。范梈的“信有北溟鲲”，蕴含着这些新大鹏神话的背景，而与宋元时期非洲或阿拉伯人的大鹏现身于现实中的传说相呼应。

上述三首诗歌均描写海南的大雨大水，对海南热带气候中的风雨和水文作了细致的刻画。这是诗人当年巡行海南各州县甚至乡镇时的亲身经历，诗人不仅起早贪黑、披星戴月，而且栉风沐雨，历尽艰险。这既反映了元代廉访司的海南生活，又从独特的角度丰富了海南的气候记录和文学。

诗人在临高县时，与县令牛那海十分投缘。范梈到过海南的各州和县，在许多地方都没有留下丝毫的痕迹，但是在临高，他留下的诗歌和散文有很多。除了上述几首诗歌外，在临高县他受牛那海委托，撰写了《高山毗耶神祷雨有应记》等文。康熙《临高县志》卷十二：“《高山毗耶神祷雨有应记》，范梈元廉访使。”“廉访使”有误，范梈只是海北海南道肃政廉访司的照磨，同书《艺文志》的“元廉访司照磨范梈《高山毗耶神祷雨有应记》，延祐二年春记”才是正确的记载。临高县的高山毗耶神的诞辰，在八月十六日，每年此日都举行祭祀仪式。另外，范梈在临高县还有《龙潭坛记》和《呈省文》等。光绪《临高县志》卷三：“龙潭坛，县城西三十里之龙潭侧，宋建为旱雩之所。元延祐二年，县尹牛那海重建，范梈记。”同书卷十九：“元至正间，廉访司照磨范梈《呈省文》。”除诗歌外，他在临高县的散文今存三篇，是海南其他州县所没有的。

范梈还到了会同县，有《会同道中》（《选校范文白公诗集》卷六）：

---

① （宋）周去非．岭外代答·卷三．上海：上海远东出版社，1996.

② ［法］G. 费琅．阿拉伯波斯突厥人东方文献辑注．耿升，穆根来译．北京：中华书局，1989. 509.

缓乘羸马踏苍苔，山谷风惊瘴雨开。白发槟榔林下叟，侏离似道客曾来。

会同县，在琼州府东南二百九十里处，其东南距乐会县六十里。诗歌前两句，写他不避风雨在海南巡行。诗人骑着一匹瘦马，踏着林中的青苔，在“惊风”、“瘴雨”中艰难地前行。后两句，写诗人的狼狈形象。“侏离”，指少数民族。《后汉书·南蛮传》：“（槃瓠子女）衣裳班兰，语言侏离，好入山壑，不乐平旷。”此时诗人才五十多岁，但由于生活的艰难、巡行的艰苦，他已是满头白发。他在槟榔林下走过，没有人认出他是官员，还以为他是一个落魄的蛮子。诗歌刻画出诗人拖着年老多病的瘦弱身体，在海南热带丛林里艰难前行的形象，描绘出一个元代低级官吏苦难生活的侧影，是诗人的自画像。

描写他在海南艰苦的巡行生活的诗歌，还有《乐会县》（《元诗选》初集卷二十九）：

早发端赵村，暮投乐会县。县阻道路长，但见水葱茜。
轻风掠溪糜，好月触石面。前行日已分，后从气犹眩。
役者向我言，前年土豪变。黄旗伐画鼓，樵屋拟牙殿。
居民绝烟爨，搬并入淮甸。却又遭劫杀，流动靡安奠。
群夷尽蜂起，尽用血洗箭。公然肆涛暴，请与官军战。
官军幸努力，摧落得深便。虽获覆其巢，奸愚不胜谴。
于今郊原间，芳草白骨遍。我行适夜分，听此毛发旋。
前冈明炬火，叫应欣蹂践。官吏候我来，始与人相见。
沿河岛沚深，问路山田转。啾啾乌鸟鸣，靡靡鞍马倦。
一从违京国，几度梦霜霰。何所非异乡，开怀谢身健。

本诗写于延祐三年（1316）。诗歌共二十韵，可分为三部分。

前八句，写诗人从会同县赶到乐会县的艰难旅程。“端赵村”，在会同县西的端赵都，距琼州府城东南二百九十里。皇庆元年（1312），也就是范梈到海南的两年前，黎民王高起义，把会同县治夷为平地，县政府只得从原来的永安都迁至端赵都。故延祐二年（1315）的端赵村，即会同县治的所在地。诗人之所以仍然称它为“村”，是因为它虽为县治，却既没有城郭，也没有官府大楼，既小且陋，与村庄无异。“乐会县”，在琼州府城东南三百五十里。诗人一行早上从端赵村出发，夜半时分才赶到乐会县。“县阻道路长”，形容两县之间的通道艰险难行。这一天，他们的行程虽然才六十里，却走了近二十个小时，月出东山之时，他们还在山谷中赶路，直到夜半时分，才到达乐会县。

中间二十句，写途中诗人听到的故事。海南农民的起义接连不断，仅在元代范梈来此之前就发生过数起农民起义：如元成宗大德四年（1300），临高县那蓬洞主王文河起义，占领了乐会和会同县城，后被安抚使奥里天祥镇压下去。十二年后的仁宗皇庆元年（1312），儋州生黎寨主王高率众起义，烧毁了会同县城。官军前来镇压，死伤惨重，血流成河。因此，会同县治一再迁移。乐会县治也是这样，元世祖至元二十四年（1287），乐会县治被焚毁，迁县治于太平都调懒村（今福田镇凤头管区新潮村），至元二十八年（1291），平章阔里吉思平黎将乐会县西北境新附的黎峒五百一十九寨的二万余户割出，置会同县。至元三十一年（1294），乐会县又被迫迁治于万泉河之北（今朝阳乡旧县坡），六年后的元成宗大德四年（1300），王文河起义，乐会县又被迫迁治于万泉河之南、流马河之北的阴阳山（今朝阳乡乐城墟）。行走在会同县至乐会县之间的山路上，搬运行李的“役者”向诗人讲述了两年前在会同县与乐会县发生的惨剧：生黎寨主王高起义，他竖起杏黄旗，敲起画鼓，在樵屋山大王宫殿里公开反叛朝廷。战乱发生后，黎族人民四处逃亡，遍地荒无人烟。在逃难中，黎民又遭到沿途的截杀。加之政府军的镇压，黎山处处血流成河，群夷竞用人血洗箭，以致今日的郊外原野中仍然遍地是白骨。诗人听到这段话时已是夜半，阴森森的山谷中，野草窸窸窣窣地作响，似乎是冤魂山鬼的野哭，使诗人毛骨悚然。

最后十二句，写诗人赶到了乐会县。夜半时分，他们终于看到前方山冈上燃起的明亮火把，听到远处村庄的呼唤。原来，这是乐会县派来迎接他们的官吏。见到了乐会县的来人，诗人惊恐万状的心，才安定下来。他想起一路上涉河攀山，过溪问路，沿着山沟田野到处乱转的惊险历程，心中仍然后怕不已。这位来自京城的文人，对此行感慨万分。但是，他仍然以达观的态度对待艰苦的生活：在哪里不是异乡呢！幸运的是，这样艰苦的生活，反而使他的身体更加康健。

本诗真实地记叙了诗人夜半赶路的艰辛，本色而朴素。第一，它生动地再现了元代官吏半夜赶路的行旅生活。“前冈明炬火，叫应欣蹂践”，深更半夜时分，打着火把、呐喊着的迎接场面，似乎不是为了迎接官员巡行，而是为了迎接在深山打猎归来的猎人。官员打着火把迎接，当是人类历史最具传奇色彩的官场迎接仪式。诗人清晨出发，夜半还在山路上，遇上这样的火把欢迎，他格外欢欣，场面也具有温馨的人情味。这样本是山村野人的生活描写，却成为描写元代官员生活的报告文学，不免令人感到奇异而诙谐。诗人以自己的亲身体验，真实地记录了元代“底僚”官员生活的艰辛。这样奇异的官场火把欢迎场面，当载入人类的欢迎史册。第二，本诗从“役者”的角度，真实地记录了海南黎族群众对农民起义的真实感受和评价。他们对农民起义军敢于与官军战斗颇为欣赏，但是战乱导致人民流离失所，逃难中他们又遭到起义军的截杀，加之官军的镇压，地广人稀的海南竟然到了以血洗箭的地步。虽然导致农民起义的原因有很多，其中不乏独裁体制下官逼民反的正当反抗，但是它也给广大的人民群众带来巨大的灾难。应该说，本诗比较客观地表现了人民大众对农民起义的感受。那种盲目地歌颂颠覆国家政权的农民起义，或者又把人民对政府的批评视为颠覆国家政权的极端思想，在此也许应该有所反省。

范梈到乐会县后，与教谕蔡庆存成为好友。明《正德琼台志》卷十六：“范陶（梈），江右人，博学好古，在史馆子（指蔡庆存）与之游，甚熟。”乐会县因兵祸连连，县治迁徙不定，长期没有学校。延祐三年（1316），范梈到县后，悯县人还没有学校，于是在县治之东创建了乐会县学。

（七）在海南的文化生活

诗人在海南时常一待半年，那么廉访分司同僚们的文化生活如何呢？范梈在《送菊》（《范德机诗集》卷四）中有所反映：

卧病高秋留海浦，明日重阳更风雨。杜门不出长苍苔，令我天涯心独苦。

篱角黄花亲手栽，近节如何独未开？含芳网采亮有以，使君昨暮征诗来。

凌晨试遣霜根送，畚土虽微甚珍重。极知无意竞秋光，往作横窗岁寒供。

忆我初客天子都，西垣植此常千株。结花年年应吹帽，始信南邦事尽殊。

愿得封培自今日，何间朱崖万家室？秋香端不负乾坤，但愿箫管乱俦匹。

归去来兮虽得归，念归政自莫轻违。他日采英林下酌，谁向清霜望翠微？

本诗写于海南，理由有二。第一，诗歌中有“海浦”、“朱崖”字样。第二，“篱角黄花亲手栽，近节如何独未开”表明，菊花在重阳节未开，而这正是海南岛的物候特点。岭南的菊花开得比北方迟，到重阳节时仍不开花，甚至有“菊花开在梅花后”的现象，令人怀疑是否“天公倒岁时”。苏轼《江月五首引》：“岭南气候不常。吾尝云：‘菊花开时乃重阳，凉天佳月即中秋。’不须以日月为断也。”[①] 苏轼的“菊花开时乃重阳，凉天佳月即中秋”，是说他把菊花开的时候当作重阳节来过，而此时已不是九月九日了。苏轼《丙子重九二首》：“三年瘴海上，越峤真我家。登山作重九，蛮菊秋未花。”[②] “丙子”，即宋哲宗绍圣三年（1096），此时，苏轼被贬岭南已三年，重阳时“蛮菊秋未花”，是岭南重阳菊花不开的具体例证。岭南菊花要迟一个月，到十月才开。《苏轼全集》卷三十一《和渊明己酉岁九月九日序》云：“十月初吉菊始开，乃与客作重九，因次韵渊明《己酉岁九月九日》一首。”诗云：“今日我重九，谁谓秋冬交。”菊花怕热，岭南到十月初才适合菊花开放，苏轼便在十月初一过重阳节。光绪《定安县志》卷一：“菊花有白、黄、紫、腊诸种。海南多十月始开。”十月开花，是海南岛菊花的特点。

诗歌写于九月初八。诗篇十二韵，是范梈海南诗歌中的长诗。它可分为三个部分：前四句，写种菊的原因。岭南素有瘴疠之说，诗人在海南时，生活并非一帆风顺。他曾生过一场大病，久驻在驿馆中。因长期杜门不出，门前竟长出了青苔。在养病期间，诗人种了许多菊花。接着八句，写送菊。海南菊花种类很多，表现在颜色上，有黄、白、紫、红、胭脂等多种。菊花在重阳节时并未放花，但廉访使派人来取菊花，并嘱范梈征集和编辑《菊花诗集》。

延祐二年至延祐六年期间，海北海南道的廉访使是卜达世礼。廉访司长官卜达世礼喜爱文学，对诗人也比较关心，两人的私交比较融洽。因廉访使大人有令，范梈只好将未开花的菊花分送给诸位朋友，并借以征集《菊花诗集》稿。

最后十二句，写送菊的感慨：诗人回忆起昔日在京城西垣种菊的往事。诗人

---

① （宋）苏轼．苏轼全集·卷二十二．北京：中国书店，1986.
② （宋）苏轼．苏轼全集·卷二十二．北京：中国书店，1986.

在京城时，在城东中丞董士选家的别墅的花园里种植菊花。别墅园林优美，诗人在此种菊千株，重阳节时菊花开放，文人在此会聚，开菊花诗会。诗人《九日诸生携酒至城东看菊》：“楚楚临阶菊，重阳特地开。”《九日和危太朴见贻》：“年年江海上，饮菊对重阳。”菊花引来骚客，诸生之中他的高足危素是每年必到的嗜菊君子。那时诗友们酒酣耳热，临花咏菊，弹酒赋诗，何等痛快。诗人甚至认为，重阳节前赏菊，是人间的快事。诗人《戏简孔太祝》：“人间最好日，只在菊花前。”但因菊花喜寒，海南气候太热菊花反而难以栽培，重阳节也不开花，令人扫兴。诗人把这归咎于自己的栽培技术，因此，他决心以后好好地培植菊花，让海南岛的千家万户均盛开菊花，使他日后回北方采菊东篱下时，还能远望海南的“翠微”。

诗歌写诗人在海南养病时种菊、送菊、赋菊的生活，反映了海南廉访分司的官吏和当地文人在重阳节时的文化活动：他们送菊、咏菊，虽然菊花尚未开花，但是他们依然开菊花诗会，以菊会友，借菊赋诗，并将作品编辑成《菊花诗集》，只可惜诗集没有保存下来。

诗人巡行各州县时，从府城出发，绕海南岛一周，最后到达琼州府城东一百六十里的文昌县。海南岛各州县的分布，明海瑞《平黎疏》说：“夫琼地，琼山县处其北，崖州处其南，万州处其东，昌化县处其西。自琼山县转西，历澄迈县、临高县、儋州、昌化县、感恩县至崖州，计程一千一百里。自崖州转东，历陵水县，万州，乐会县、会同县、文昌县，复之琼山县，计程九百四十里。”① 那么，诗人当年的巡视路径是，从琼州府出发，向西历定安、澄迈、临高等县到西南的儋州，再从崖州转东，中间到过万州、琼州府城东南三百五十里的乐会县，再回到东北的文昌县，从而绕海南岛一周，行程两千余里。在中国历史上，像这样认真地巡查海南，并见诸诗歌记载的，范椁是第一位。

二、海南风物

在遍查海南岛 13 州县的过程中，诗人以“輶轩使者”的眼光欣赏海南风物，并用诗歌记录他在海南看到的南国风光和异域物产。

---

① （明）海瑞．海忠介公全集·卷二．明天启六年（1626）刻本．

（一）海南之宝：琼扇

在琼州，诗人写下《以琼扇一握奉致黄明府》（《范德机诗集》卷六）：

拾得炎州月一团，殷勤持赠比琅玕。情知已是秋风后，留作明年九夏寒。

明蒋一葵《尧山堂外纪》在元文宗图帖穆尔后载范梈诗三首，第一首即本诗，云："范梈，字德机，清江人，宪司知事。与杨仲弘、虞伯生、揭曼硕为四大家诗。世称范、杨、虞、揭。范德机以琼扇一握赠黄明府，因贿以绝句曰：拾得炎州月一团，殷勤持赠比琅玕。情知已是秋风后，留作明年九夏看。"① 诗歌最后一字，"寒"作"看"，略有不同。

延祐二年（1315）秋，诗人在临高县首次看到琼州特产的琼扇，倍加喜爱，于是以此赠送给远方的朋友黄明府。明府，唐以后专称县令。《后汉书·吴祐传》："国家制法，囚身犯之。明府虽加哀矜，恩无所施。"清王先谦《后汉书集解》引沈钦韩曰："县令为明府，始见于此。"黄明府，江西南昌人，诗人的同乡。他的姓名及在何地为县令，均未详。他是诗人在京城翰林院时的同事，范梈《范德机诗集》卷一有《留赠黄明府》，即诗人离京时赠别之作。其时范梈任满离京，黄明府也任满转任县令。《范德机诗集》卷四有《得黄太史重碧拈春酒轻红擘荔枝十字扇面，以归友人》。"太史"，国史馆吏官，即指黄明府是范梈在翰林院时的同僚，范梈亦被称为范太史。范梈称黄明府为"豫章先生行孝友"，又称赞他"黄甫古傲吏，而多清白心。屈身试下位，载道发清音"，黄明府虽屈身下位，但道德高尚，才华出众。两人友情深厚，故范梈赠黄明府以琼扇，他则回赠十字扇，并题写"重碧拈春酒，轻红擘荔枝"的诗句。两人为同乡同事，再加同调，虽然离别多年，但仍彼此互赠礼物。

诗题的内容丰富：第一，"琼扇一握"，是指琼扇的数量，它有数把之多，表现出诗人情意的殷勤。第二，琼扇可握，是指琼扇的质量，表现出琼扇的珍贵独特。诗歌首两句，即写琼扇的形态和质料。琼扇形态是团扇，诗人以一团月来形容它；琼扇质料是羽毛，羽骨白如美玉，故诗人比之"琅玕"。"琅玕"，又作

① （明）蒋一葵．尧山堂外纪·卷七十三．四库全书存目丛书．济南：齐鲁书社，1997.

“瑯玕”，是玉的一种。《尚书·禹贡》：“厥贡惟球、琳、琅玕。”元王旭《离忧赋》：“佩琅玕而服明月兮，裁青霞以为裾。”琼扇质地优良，在海南名老鸦扇。明《正德琼台志》卷九：“老鸦扇，出临高。元范梈尝以之致黄明府。”琼扇，在三亚又名俺雉扇。清光绪《崖州志》：“俺雉，产于三亚黎峒，形似雉。斑褐色，尾毛有双圆点，大如钱，相叠，一绀，一绿。土人采以编扇，文采可观。”[①] 琼扇的羽毛鲜艳，它红绿相间，还有花斑如铜钱，色彩华丽。末两句，写赠扇的原因：“扇子用于驱暑，但已是秋天我为何还给你寄扇呢？这是因为，琼扇实在太名贵。它不仅形如满月，质如美玉，而且功能强大，可使夏日生寒。”琼扇是海南一宝，在晋代已见诸中原。晋袁宏《拟古诗》：“高馆百余仞，迢递虚中亭。文幌曜琼扇，碧疏映绮棂。”[②] 在道教中，也以得琼扇为贵。梁陶弘景《真诰》卷三：“琼扇启晨鸣，九音绛枢中。”佚名《上清道宝经》卷三：“玉素曜琼扇，唱于虚灵真。”琼扇至迟在南北朝时已作为贡品进入皇宫。清陈元龙《格致镜原》卷五十八引《解酲语》：“西僧杨琏真伽，发宋度宗陵，得影鱼黄琼扇柄。”诗人以皇帝御用的宝物赠黄明府：“虽已入秋，但你留到明年夏天用吧。”诗人情意殷殷。诗歌表现诗人重视友情、重情尚义的精神，也表现了他珍视海南物产的感情。琼扇虽然珍贵，但海南地方志却少有记载。本诗将琼扇的形态、质地、强大的散热功能等，保存下来，功莫大焉。

（二）海南的植被：桄榔

诗人出琼州府城时，写下《琼州出郭》（《范德机诗集》卷六）：

> 自出琼州古郭门，更无平衍似中原。重重叶暗桄榔雨，知是黎人第几村？

桄榔，又作桄桹，是海南富有特色的植物，黎族人家常建在桄榔林中。宋李光《黎人二首》之二：“桄榔林里便为家，白首那曾识使华。”诗歌前两句写海南的山区地形。诗人走出琼州古城，就到了山区，这里不再是平原，而是起伏的群山。后两句，写海南的山林。诗人在群山中行进，完全进入热带雨林的迷宫，

① （清）张巂等编，郭沫若点校．崖州志·卷四．广州：广东人民出版社，1962.

② （唐）欧阳询．艺文类聚·卷六十三．上海：上海古籍出版社，1965.

眼前只是重重叠叠的桄榔树林。桄榔林中光线昏暗，令人眼花缭乱，完全不知走过了多少的黎族村寨。

桄榔形成热带雨林的幽暗，成为海南林区在文学中的基本形象。被贬到海南的唐代诗人李德裕《谪岭南道中作》："岭水争分路转迷，桄榔椰叶暗蛮溪。"桄榔是海南常见植物，岛上到处皆有。桄榔是海南的宝树，它俗称砂糖椰子、糖树。它的肉穗花序的汁可制糖，茎中的髓可制淀粉，名桄榔面，可代粮食；它的叶柄基部的棕毛，可编绳或制刷，还可代替铁钉造船；它的树叶可代替纸张，用于书写；桄榔林还是搭建茅棚的天然依托。宋绍圣四年（1097）七月，苏东坡被贬海南，官方百般刁难，竟然不许其住房屋，于是他只得在桄榔林中结茅居住。苏轼《桄榔庵铭》："东坡居士谪居儋耳，无地可居，偃息于桄榔林中，摘叶书铭，以记其处。"后来，李光也曾在桄榔庵住过，其《中秋谢彦恭惠酒》说："宴坐桄榔庵，守此岁月长。"桄榔还可做成拐杖，北方以此为贵。宋陆游《剑南诗稿》卷四十八《建安陈希周官海南为予致两拄杖其一促节竹其一桄榔也》诗中，陈希周专门从海南给陆游带回桄榔杖，其宝贵可想而知。但在北方人眼中，桄榔又是异国蛮荒的象征。苏轼《寄虎儿》："独倚桄榔树，间挑荜拨根。谋生看拙否，送老此蛮村。"桄榔树，荜拨根，构成了南蛮荒村的基本形象。范梈也多次写到桄榔，《将赴雷阳，送罗提举之任广东》："茉莉香深和酒露，桄榔叶暗煮盐烟。"《寄友人》："桄榔叶暗潮声暮，薜荔花悬岳影秋。"茉莉、桄榔、荒烟、海潮、薜荔，成为岭南的基本物象。在本诗中，诗人抓住雨中桄榔林特别幽暗的特点，把桄榔置于海南群山和诗人行进中的情景来描写，既抓住了海南桄榔植被的特点，也传达出诗人在热带树林中行路的独特心理："叶暗"的环境，"不知"的悬疑，传达出诗人惶恐不安的心理。

（三）海南的村庄：槟榔寨

诗人在海南，对槟榔寨印象深刻，他在儋州种植槟榔树，还写下《槟榔寨》（《范德机诗集》卷六）：

> 秋入黎山风雨多，长江不定驻惊波。翠榕叶底闻鹦鹉，自此无如客思何！

在《御选元诗》卷七十一中，本诗题目作"槟榔叶"，诗歌文字全同，但当以《槟榔寨》为是。

诗歌前两句，写诗人在海南黎山中的奔走。秋日的黎族山区，风大雨多，江流汹涌，山路难行。黎山风雨，长江惊波，烘托出诗人在海南山中行进的动态感和奔波的辛苦感。后两句，写黎族村寨。宋李纲《海南及归自琼管七十二首》中有《南渡次琼管，江山风物与海北不殊，民居皆在槟榔木间……》一诗[①]，在万山丛中匆忙地前行，老树昏鸦，人困马乏，诗人多么希望前方有村庄出现，让他可以住宿歇息。这时，从远处看到了槟榔树林的环绕，于是诗人知道，那就是黎族的村庄了。走到近处，除了槟榔树外，穿过苍翠的榕叶，还传来阵阵鹦鹉的啼鸣。这样美丽的黎族村寨，叫人如何不动家园之思呢？诗人把槟榔寨置于黎山风雨、长途惊波时对家园的期待中，加之翠榕的点染，鹦鹉的歌吟，写出黎族槟榔寨的优美。

诗题《槟榔寨》，因为槟榔是海南村寨的标志，是海南的寨树。槟榔属棕榈科热带植物，原产于马来西亚，我国海南、福建、台湾等地均有栽培。槟榔之所以成为黎族的寨树，首先是因为其美化的作用。晋嵇含《南方草木状》："槟榔，树高十余丈，皮似青桐，节如桂竹。"槟榔树形如椰子，独株拔天，亭亭玉立，具有绿化和观赏价值。海南黎寨植槟榔于四周，在槟榔的掩映中，村寨恍如仙境。

槟榔之所以成为黎族的寨树，还因其经济价值。槟榔又名仁频、宾门、橄榄子、青仔、榔玉等，它味苦、性辛、温，归胃、大肠经，有杀虫消积、降气行水等功效，入药的历史悠久，是中医常用的驱虫、消积药物。槟榔虽在海北也可以生长，但不结果。因此，它成为海南特有的经济作物，故海南有"东路槟榔西路米"之说。海南的经济作物还有椰子、油棕、胡椒、剑麻、香茅、腰果等，但都不及槟榔。所以，海南村村寨寨都种槟榔，而以琼山、文昌、会同等县尤多。黎族人家只要种植一片槟榔，就可以坐地收利。槟榔含有酚类、多糖、脂肪、生物碱等十多种人体必需的物质，其消食、驱虫的功效使它成为"四大南药"之一。古人还说它有四德：醒能使醉，醉能使醒，饥能使饱，饱能使饥。苏东坡《咏槟榔》："可疗饥怀香自吐，能消瘴疠暖如薰。"它对于破症消积，驱除瘴疠，殊有神效。宋洪迈《夷坚志》在《蔡主簿治寸白》和《神人方》中，均说到槟榔的药效。元明以后，槟榔成为海南的特产运到全国。一海之隔的雷州，在明代始设

---

① （宋）李纲．梁溪集·卷二十四．上海：上海古籍出版社，1986.

槟榔税。万历《雷州府志》卷八：“槟榔税，雷俗嗜槟榔，合蒌叶食之。宾主、婚娉，尚此成礼。商自琼南舶海，至南亭河下发买，售无税。因建新城，众议抽税佐之。城成税遂，报入充饷。委官抽收，岁解府银三百二十两。”雷州因此有了新的税种：槟榔税和蒌叶税，槟榔税岁银达五百两。

槟榔成为黎族的寨树，还因其深厚的槟榔文化。槟榔谐音宾、郎，在岭南神话传说中，它是槟、榔二人的魂魄所化。《槟榔传》云：上古时有一官郎，状貌高大。国王赐他高侯，便以高为姓。高生双胞胎二男，长曰槟，次曰榔，二人死后，化为槟榔，故此后形成了岭南婚礼中以槟榔为先的习俗。[①] 明李中守《本草原始》卷四：“宾与郎，皆贵客之称。交广人凡宾客胜会，必先呈此，故以槟榔名也。”槟榔食后，两颊红润，姑娘显得格外美艳。苏轼《黎女含槟榔插茉莉戏书》：“暗麝著人簪茉莉，红潮登颊醉槟榔。”因此，槟榔成为岭南定亲的礼品。清吴绮《岭南风物记》：“广东初行亲礼，规矩用槟榔。富者用槟榔一百斤，或三二十斤亦可；贫者用四两、半斤，以为定亲之礼。”海南的少女尤其喜爱含槟榔、插茉莉花，遂成为风俗。在槟榔文化的推动下，槟榔树的种植更加广泛。

因此，槟榔成为岭南珍品。魏晋佚名的《南中八郡志》：“槟榔，土人以为贵，婚族客必先进，若邂逅不设，用相嫌恨。”《明一统志》卷八十二：“琼州以槟榔为命，以薯菜为粮。”明王佐《食槟榔》：“海国居奇货，何当最上珍。”它成为海国的奇货上珍，人们不可一日无槟榔。而结婚若无槟榔，亲家变成仇人，槟榔的宝贵，难以理喻。明张可大《电白集》之《纪事》：“南粤从夸景物嘉，深冬犹自葛衣遮。果名人面花名佛，茶是槟榔酒是椰。”讲述的是人们以槟榔为茶，把槟榔切成薄片，沾上扶留藤等佐料，细咀慢嚼，滋味隽永。宋戴复古《久寓泉南待一故人消息桂隐诸葛如晦谓客舍不可住借一园亭安下即事》：“寄迹小园中，自笑客异乡。东家送槟榔，西家送槟榔。咀嚼唇齿赤，亦能醉我肠。南人敬爱客，以此当茶汤。殷勤谢其来，此意不可忘。”这首诗描写了南人以槟榔待客的场面和嚼槟榔的感受。槟榔在岭南的地位，由此可以想象。

槟榔在六朝时进入宫廷。梁沈约《咏竹槟榔盘诗》：“荐羞虽百品。所贵浮天实。”槟榔胜过百品，成为皇家贡品。梁庾肩吾有《谢赉槟榔启》、《谢东宫赉槟榔启》，槟榔得到太子的喜爱，他也以此赏赐大臣。槟榔遂成为新的文学意象。梁刘孝绰《咏有人乞牛舌乳不付因饷槟榔诗》：“陈乳何能贵，烂舌不成珍。空

① ［越］武琼校正，乔富修订．岭南摭怪列传·卷一．台北：台湾学生书局，1992.

持渝皓齿，非但汗丹唇。别有无枝实，曾要湛上人。羞比朱樱熟，讵易紫梨津。莫言蒂中久，当看心里新。微芳虽不足，含咀愿相亲。”嚼槟榔的习俗传到北方。梁庾信《忽见槟榔诗》：“绿房千子熟，紫穗百花开。莫言行万里，曾经相识来。”槟榔进入宫体诗中，塑造出新的女性形象。但是，这些都是海南少数民族的槟榔习俗的余波，范梈则深入槟榔之乡，刻画槟榔文化的祖地——海南少数民族的槟榔民居，从题材上丰富了中国文学。

海南的热带气候加上充沛的雨水，植物生长的速度令北方人难以置信，诗人写下《县下凿池种树成聚，晨起视水深五寸，而草树承夜雨后苍翠郁然可爱，戏题厅柱》（《御选元诗》卷七十一）：

> 槟榔池上芭蕉雨，更种垂杨十六株。中有玉堂萧散吏，检书正对《辋川图》。

此“县”为何县，难以考证。诗人便在此县城的驿馆里住下。可能是为了欢迎诗人的到来，驿馆里新凿了水池，水池周围还新种了十六株杨树，加之原来的槟榔和芭蕉，环境已很优美。特别是一夜大雨，使水池积水，草树和芭蕉等雨后更加苍翠墨绿，一切显得更加优美。范梈办公时推开窗户，它们就扑面而来，使诗人这位玉堂散吏如同生活在王维的《辋川图》中。这虽然是官房，但如黎族的槟榔寨一般，与自然完美融合，从另外一个角度反映出海南槟榔寨的自然背景。

诗人在万州，有《至乌石邸舍》二首（《元诗选》初集卷二十九）：

> 不见居人只见村，离家茅屋又黄昏。面前沧海来无际，闻说占城对县门。

> 苦竹丛西石色乌，来时依旧驿亭孤。自从历遍崖州路，不敢弯弓射鹧鸪。

乌石驿，属万州军陵水县。万州，在琼州府东南四百七十里，西南距崖州三百六十里。陵水县城在南山港，北距万州六十里，乌石驿在陵水县西六十里。《康熙陵水县志》卷四：“乌石驿，在乌石乡……口（东）去陵水六十口

（里）。”它在清代已撤销。诗歌第一首，写前往乌石驿时路上所见。前两句写陵水百姓的村居，已经是黄昏时节，但是仍只见茅屋而不见人。人都到哪里去了呢？劳动未归。由此可见海南人们劳作的辛苦程度。茅屋前面是一望无际的大海，大海的另一边，听说就是越南占城的县城，它与陵水县还是对门。

第二首，写诗人到达乌石驿后的情景。走过苦竹丛，就看见了乌石驿，它像诗人上次来时一样，依旧孤亭独立。此时，仍然只听到鹧鸪的叫声而不见人。现在，走遍崖州之后，他再也不会射鹧鸪了。这是因为，鹧鸪的叫声似在提醒行人注意旅途安全。《乾隆陵水县志》卷一：“鹧鸪，其鸣自呼‘钩辀格磔’，又云‘行不得也哥哥’。”而且它遍布山林，成为旅行者的伴侣。诗人在《过三合驿》中说：“总有青山千万叠，行人长少鹧鸪多。”由于巡查的艰苦，使得诗人对鹧鸪的感情也发生了变化。诗人以戏语，写出海南只闻鹧鸪不见人的原始蛮荒景象。

本诗的题目是“至乌石邸舍”，即海南岛的官驿乌石邸舍。乌石驿虽是官驿，却又如槟榔寨、苦竹寨一般，与海南村居的茅屋没有太大的区别。由于人们日出而作，白天只见鹧鸪不见人。海南的官驿与民居槟榔寨、苦竹寨一样，又可名鹧鸪寨，诗歌反映出元代海南人民普遍艰苦的生存状态。

（四）海南水果：荔枝

在海南，诗人还写到海南水果。《咏荔子》（《范德机诗集》卷三）：

> 思归江路永，荔子几时丹？只念违亲久，何愁待尔难？
> 园林有专美，霜雪莫留寒。记得珠崖道，长吟立马看。

诗歌写海南水果的珍品——荔枝，时间当在延祐二年（1315）诗人第一次到海南、第一次见到荔枝接近成熟时。海南水果有槟榔、菠萝、龙眼、香蕉、柑橘、芒果、西瓜、杨桃、菠萝蜜等，荔枝是其中的代表。唐刘恂《岭表录异》卷中：“荔枝，南中之珍果也……其高、新州与南海产者，最佳。五六月方熟，形若小鸡子，近蒂稍平，皮壳微红，肉莹寒玉。”本诗的前四句，诗人因荔枝而思念亲人。诗约写于仲夏四月中旬，此时荔枝尚未成熟。荔枝在五月初才成熟，诗人《曾教授趋韶州》：“荔子红边五月初，广文去住定何如？”但诗人希望它早日成熟，以便带回家乡以孝敬母亲。但四月中旬荔枝尚青，诗人的孝心有些急不可待了。

后四句，写海南荔枝园。荔枝是南方的佳果，海南家家户户均成片种植，形成美丽的荔枝园。范梈《送答里麻廉访使》：“东南何所有？榕荔蔽山丘。”《河口》：“神女大河口，逸人阴洞中。船鸣谷雨浪，门掩荔枝风。”“大河口”，指海南的宁远河口，《大清一统志》琼州府：“大河水……源自五指山。”这都是写岭南的荔枝。荔枝覆盖了岭南的山丘，它形成墨绿的园林美景，海南村庄门户均在荔枝的掩映中。此时，诗人正在珠崖道上赶路，他骑在马上，看着眼前动人的荔枝园林美景，心灵也飞到了家乡。荔枝在汉代已成为朝廷贡品，充当奇珍以祭祀神灵。《后汉书·和帝纪》：“旧南海献龙眼、荔支，十里一置，五里一候，奔腾阻险，死者继路。时临武长汝南唐羌，县接南海，乃上书陈状。帝下诏曰：远国珍馐，本以荐奉宗庙，苟有伤害，岂爱民之本。其敕太官勿复受献。由是遂省焉。”汉代皇帝爱民，废除了进贡荔枝的惯例。唐代杜牧写作《过华清宫》后，荔枝祸国凝固定格下来，其形象也蒙上了政治阴影。但诗人把荔枝置于孝母之心和岭南人民的经济生活中，使荔枝回归本色，诗歌构思独特，别有风味，是荔枝诗歌史的一个创新。

琼州扇、桄榔林、槟榔寨、荔枝园等，在《海康集》中并不是诗人海南诗歌的全部，但其抓住了海南物象的基本特色，传达出海南自然与人文的主要特点。这既是诗人信手拈来，也是诗人对海南人民的殷勤心意。诗人在《晚兴》说：“殷勤省风俗，慷慨动心魂。”诗人来到异国情调浓郁的海南热土，南国的风土人情深深地震撼了他的心灵，他像輶轩使者一样细心地观风省俗，欣喜地取异地新景入诗。苏轼《六月二十日夜渡海》：“九死南荒吾不恨，兹游奇绝冠平生。”这也可用于范梈。在海南的风土宝库中，琼州扇、桄榔林、槟榔寨、荔枝园等均是海南奇绝中的珍品，它们既给范梈以新的诗歌养料，也借范梈诗歌而走进中国文学之中，赋予中国文学以新的题材和意境。

三、海南公务

（一）平反冤狱

诗人在海南的公务，其中主要一项是录囚。录囚，又称“录狱”，是中国古代早已有的制度。此词始见于《汉书·隽不疑传》：“每行县，录囚徒还。”唐人又作“虑囚”，唐颜师古《汉书注》：“省录之，知其情状有冤滞与不也。今云‘虑囚’，本‘录’声之去者耳。音力具反。而近俗不晓其意，讹其文，遂为思虑之虑，失其源矣。”颜师古批评的“近俗”，指唐人之讹。宋王观国《学林·虑囚》：“前汉、后汉皆称录囚，《唐史》、《五代史》皆称虑囚，二字皆是也。”录囚之制起源于汉代，汉人崇信天人感应，当地震、天旱等天灾发生时，他们认为是人间冤气所致，东海孝妇冤便是著名的案例。汉代合浦珠还典故的主人翁孟尝也有雪冤得雨的观念，《后汉书·孟尝传》：“孟尝字伯周，会稽上虞上也。其先三世为郡吏，并伏节死难。尝少修操行，仕郡为户曹史。上虞有寡妇至孝养姑。姑年老寿终，夫女弟先怀嫌忌，乃诬妇厌苦供养，加鸩其母，列讼县庭。郡不加寻查，遂结竟其罪。尝先知枉状，备言之于太守，太守不为理。尝哀泣外门，因谢病去，妇竟冤死。自是郡中连旱二年，祷请无所获。后太守殷丹到官，访问其故，尝诣府具陈寡妇冤诬之事。因曰：‘昔东海孝妇，感天致旱，于公一言，甘泽时降。宜戮讼者，以谢冤魂，庶幽枉获申，时雨可期。’丹从之，即刑讼女而祭妇墓，天应澍雨，谷稼以登。”[①] 录囚，雪冤，在天人感应的观念下具有政治意义，因此，对监狱囚犯需要进行复查，释放被冤枉的囚犯，以避免天谴，故“录囚”成为基本的政治制度。《后汉书》卷五载，汉和帝永元六年(94)七月，京师大旱。和帝亲自到洛阳寺录囚，甄别冤狱，将贪官洛阳令下狱抵罪后“未及还宫而澍雨”，十分灵验。《旧唐书·德宗纪下》：“庚午，命有司虑囚，旱故也。”汉代，录囚已成制度。《后汉书·百官志五》：“诸州常以八月，巡行所部郡国，录囚徒，考殿最。”胡广注：“县邑囚徒，皆阅录视。”录，本指誊录，也含有逐字复核之意。

独裁体制下多冤案，而岭南尤甚。元危素《望番禺》云：“广东道肃政廉访使钦察，核军民达噜噶齐托欢察尔在广州多不法事。江南行御史台遣监察御史刘振往按之。振受赇，以钦察言非实。钦察忿死，振亦恐惧得疾，还至龙兴驿舍，白日见钦察于前，因噤而死。未几，行台又遣监察御史杜某访其事，得令衢州路总管薛超吾为江西行中书省令史时所赋诗，遂合诸御史上章，核振后世……临川危素闻而哀之，作《望番禺》：望番禺兮海气沉沉，青天高高兮白日为阴。悲风满山兮夜闻噫喑，豺虎呀哮兮麒麟遁潜，望番禺兮尽伤予心。”[②] 诗歌写于至正

---

① （南北朝）范晔．后汉书·卷八十三．北京：中华书局，1965.

② （元）危素．说学斋稿·卷一．文渊阁四库全书．上海：上海古籍出版社，1986.

十年（1350），当事人钦察、托欢察尔、刘振、薛超吾，均真名实姓。此事《元史》不载，冤案沉冤多年，至正年间赖薛超吾的诗歌才得以雪冤。薛超吾(1267—1359)，又称薛超吾儿，汉名马浩，字昂夫，号九皋，通称薛昂夫或马昂夫，维吾尔族人。出身贵族，曾任江西行中书省令史、瑞州院佥事、衢州路达鲁花赤、衢州路总管、池州路总管、太平路总管等，著有《薛昂夫诗集》，是元代著名的散曲家。他为人正直，所反映的事是可信的。岭南冤狱的普遍性骇人听闻，元陈栎《送汪希道入都引》："浮溪远汪希道，尝为海北海南道廉访司照磨，沿檄鞫洞蛮狱，察注陷贼党者千七百余人，直其枉，悉纵之。"① 海北海南道廉访司照磨汪希道，与范梈同地同职，他一次就查出监狱中被冤者1 700余人，冤案之多，真是匪夷所思。元代杂剧《窦娥冤》，概括了这个时代的冤案特点。上级派员复查，可在一定程度上减少冤案。

因此，元代比较注重录囚。《元史·文宗纪》至顺二年（1331）十二月："诏中书省、御史台遣官诣各道，同廉访司录囚。"这正是范梈在廉访司任职的时代。元代规定，廉访司必须一年两次到辖区内郡县录囚。《元史·刑法志一》："诸廉访分司官，每季孟夏初旬，出录囚；仲秋中旬，出按治，明年孟夏中旬还。其惮远违期、托故避事者，从监察御史劾之。"廉访司要一年两次下到基层单位录囚：一次在四月上旬出外录囚，一次在八月中旬出外按治。"录囚"是治狱，"按治"是治官。官吏有过，如果证据确凿，六品以下官可立即论罪，五品以上者则需申报朝廷，廉访司的权力不可谓不大。但官员八月出差，第二年四月才能回来，四月中旬又要出差，几乎一年四季均在外奔波，可谓劳苦至极。故廉访司的官员视录囚为畏途，每每借故推托，逼得朝廷又明文禁止：不许借故推托。这就是范梈的工作性质和工作环境。

范梈对录囚十分勤勉，他把录囚当成为人民做善事的机会。在海北海南道，海南的地理位置最偏僻，交通最不便，为官也最不容易。范梈职位卑微，故他累次被派往海南。他到海南录囚，第一站是琼州府城的监狱。他在此认真地核对卷宗，细心地调查询问。《郡中即事十二韵》（《范德机诗集》卷二）：

> 儋耳九州外，邈然在南荒。周回数千里，大海以为疆。
> 古来非人居，禽兽相伏藏。自从中世来，贡赋登明堂。

① （元）陈栎．定宇集·卷十六．上海：上海古籍出版社，1986.

其或失抚驭，山薮更陆梁。聚则成蜂蚁，散即驱牛羊。
高结舞大卤，上衣不备裳。杀戮乃酬功，诛之仁者伤。
吾尝七八月，持节泛沧浪。一旬录郡狱，询事考纤芒。
问之守郡人，莫识为治方。但见西风多，廨宇秋芜长。
圣哲戒忠信，勿谓不足行。及兹蛮貊邦，始见斯道臧。

“郡中”，指琼州府城，天历二年（1329）琼州府改为乾宁军民安抚司。诗歌十四韵，“十二韵”当误。“儋耳”，本作瞻耳。《说文》耳部：“瞻，垂耳也。从耳，詹声。南方瞻耳之国。”中国古代均崇拜长耳，故老子名聃，但海南尤甚。在海南，人们穿耳坠物以拉长耳朵，耳朵长者可达垂肩三寸，故海南以瞻耳为名。这也使海南岛成为充满神话的国度，《山海经·大荒北经》：“有儋耳之国，任姓禺号子，食谷。北海之渚中有神，人面鸟身，珥两青蛇，践两赤蛇，名曰禺强。”[①] 海南岛东西千里，南北五百里。汉武帝时灭南越国，在海南置珠崖、儋耳二郡，朝廷认为南海多珍宝，因贪图珍赂，朝廷残酷压榨人民，逼得海南人民数岁一反。汉元帝初元三年（公元前46），朝廷撤销海南二郡的建制，海南在西汉立郡仅六十五年。神话中的瞻耳之国，指整个海南岛，故诗云“周回数千里”。

录囚是重新核查监狱案犯的卷宗档案，以确认罪犯。它的主要目的有二：一是察看卷宗所述的事实及所适用法律的条文是否恰当，以纠正深文周纳，防止官员主观舞弊性的冤案；二是查对证据背后的真相和推理的过程，防止客观性的冤案。元苏天爵《滋溪文稿》卷二十七《乞差官录囚》：“若官不得人，则乏推鞠之明；吏不得人，惟务文深之害。或无罪枉陷于刑章，或有罪侥幸以苟免。以致下有冤抑之苦，则必上干阴阳之和。”录囚的工作十分重要，需要官员道德上秉公持正，智慧上明察秋毫，工作上细心认真。

诗歌前八句，写海南的开辟史。海南是大海中的一座孤岛，它在“南荒”的岭南之最南。历史上它与岭南一样，不在中国九州之列，而且它比海北地区更落后，人民过着像野兽一样的原始生活。到“中世”的汉代，它才纳入中国版图，至此才开始了海南的文明历史。次十二句，写诗人的录囚工作。由于海南开化较迟和朝廷统治的残暴，海南的政治处于野蛮原始的阶段。这里的统治者只懂得两件事：一是对海南人民残酷压榨，把人民逼上梁山，因此，海南长期成为

① （晋）郭璞注，（清）毕沅校．山海经·卷十一．上海：上海古籍出版社，1989.

"陆梁"的渊薮。二是残酷镇压，盲目地杀戮。明海瑞《平黎疏》："自国初以至今日，除戍守军民兵截杀，并整饬兵备道督兵雕剿不计外，两广巡抚都御史上请：弘治十四年，征儋州昌化县黎；嘉靖二十年，征陵水县崖州黎；嘉靖二十九年，征感恩县崖州黎，凡三大举矣。每举，调两广官兵十余万，费银数十万两。前后屯兵防守，骚害居民，或三年或四年后止。然竟不能使黎寇詟服，迄今劫村杀人，无岁月无有。臣生长于琼，饫闻黎患，痛琼民岁月罹害。"① 征黎之害，远远超过了黎族的起义之害。明代尚且如此，元代更甚。因此，海南监狱的囚犯冤民特别多。诗人有鉴于此，故谨慎地对待"录囚"：详细地询问，细致地查证，力争减少冤案和冤民。结尾八句，写录囚后的感慨。录囚结束，诗人平反了大量的冤狱，不仅人民称快，连官吏也称奇。因为这是海南历史上的第一次录囚，琼州的官员以前从不知道什么是录囚，更不明白它是治理国家的重要方法。以前的囚徒，一到秋天西风起时，就被押赴刑场杀掉了事，这使得海南只有肃杀和荒凉；海南人民从未见过再次复审，以防冤狱的行为。诗人感慨地说，圣人治国以忠信为本，不要认为对囚徒就可以胡作非为。这次录囚之后，连海南这样的"蛮貊"之邦，也开始学习"录囚"的方法，也认识到它对于国家政治的重要意义。

范梈在琼州府城初试锋芒后，声名鹊起。海南各州县的民众，都盼望他的到来。他随后到琼山、澄迈、临高、文昌、乐会、会同、定安等地录囚。延祐二年（1315）秋，范梈来到临高县录囚。临高知县牛那海对诗人十分敬重，除了录囚公务外，他还邀请范梈参加临高县的文化教育活动。牛知县在县城西三十里的龙潭侧，重建祈雨的龙神坛，他请范梈参加为民祈雨的仪式，并请范梈撰写《龙潭坛记》。康熙《临高县志》卷十二载范梈《临高县龙潭坛记》："（延祐）二年（1315）又旱，余录囚历县。"范梈在海南的录囚活动，有文字记载的，除了延祐二年外，还有延祐三年（1316），范梈在乐会县录囚；至治二年（1322），诗人在万安军录囚。范梈《壬戌秋录囚，晚行宁州道中，追录》（《范德机诗集》卷三）：

晓发高平镇，前旌路未分。小桥烟外过，流水月中闻。
虎豹宜多隐，豺狼不可群。居人敌炎暑，报有竹连云。

---

① （明）海瑞．海忠介公全集·卷二．明天启六年（1626）刻本．

壬戌，元英宗至治二年（1322）。“宁州”，指万宁州，元代又名万安军。在海南，诗人在万安的诗歌比较多。这是因为：第一，至治二年，万安军的总管是诗人的老熟人，曾任临高县令的牛那海。第二，万安军有高平镇，康熙《万州志》卷一：“高平，面海。上有普光岩、梵天坛，每旱祷雨辄应。”诗人是江西清江县高平人，故对海南的高平有亲切感。录囚的工作十分辛苦，元萨都拉《雁门集》卷二《录囚河间还司送宪使韩仲宜调山东》：“一想分司日，人生类转蓬。同行三伏尽，此别几时逢。雪窦泉花白，霜林柿叶红，山东好风景，少驻莫匆匆。”《录囚河间还司送宪使韩仲宜调山东》这首诗前四句写录囚的辛劳，虽然韩仲宜是廉访使大人，但在三伏盛暑里，他仍然与廉访司其他官员一起不停地奔波，生活有如转蓬。后四句则祝愿韩仲宜，希望他在山东的生活能有所改善，可以悠闲地留恋风景。范梈在海南的生活，在前乐会县已可见一斑，它只能比在山东更苦。《壬戌秋录囚……追录》一诗写的是：早上，范梈从高平镇出发，其时天色未明，故前面的道路也看不清。晚上，月上柳梢，他们还在山溪小路上赶路。虎豹豺狼，也不敢躲避；三伏炎暑，也不得休息。听说前面有片竹林，他们就无比欣喜：终于可以遮阴歇息了。山中虽然有小桥流水，月色云烟，但是由于匆忙赶路，加之炎暑，时有豺狼，诗人哪里有时间和心情欣赏？此诗与萨都拉的诗一样，都写到三伏炎暑。可见，在元代，上至廉访使，下至照磨，均为录囚而辛苦奔忙。录囚最苦的地方，不是在办公室比勘文牍，而是在陡山险路上来回奔波。

元代在岭南的官员，工作比其他地方艰苦，待遇比其他地方差，以致“终身不得与朝士齿”。官员如果内心失衡，便会趁机鱼肉百姓。结果就是残暴的统治逼得人民揭竿而起，而起义中必然会诛杀官吏，统治危机周而复始。元朱思本《广海选论》云：

> 五岭之南，列郡数十、县百有一十，统于广、桂、雷三大府，自守、令至簿、尉，岁遣郎官、御史与行省考其岁月，第其高下而迁之，谓之调广海选。仕于是者，政甚善不得迁中州、江淮，而中州、江淮夫士一或贪纵不法，则左迁而归之。是选焉，终身不得与朝士齿。虽良心善性油然复生、悔艾自新，不可得已。
>
> 夫如是则孜孜为利，旦旦而求，仇贼其民而鱼肉之。其志则曰：吾知丰吾财、利吾子孙而已，抚字非吾事也。吾身之不能恤，庸讵知夫吾

子若孙，不资是而获仕于中州乎？部使者每至，必相语曰：某郡瘴疠甚，业邑猺獠杀人，某使者行部几不免焉。则巧计而趋避之。民之冤痛号呼者，终于无所诉而止。故地益远而吏益暴、法益隳，而民益偷。甚则疾视其上，勾结徼外蛮夷，凭陵郡邑，贼杀长吏之祸成矣。

是法也，行之且五十年，大府知之而莫之言也，言之而莫能变也。今之论者，必曰：世皇混一区宇，法制具兴，远迩无废，大小不遗。后之人循守，犹恐弗及，敢轻议乎？呜呼！世皇之制，岂端使然哉！法无不弊，弊则必更，明王治天下之要道也。夫以海隅之于天下，犹爪发之于人身也，虽微且末，或拔焉，或折焉，则举体为之不安。遐陬僻壤，一夫不获，其所撞搪叫呼，扇动远近，中州、江淮之氓庸独安乎？昔者李唐之制：重内轻外，班生入朝，以为登仙。赵宋之法：远近适均，偏方一隅，无足多论。然则今日之事，将奚师？曰：圣人一视而同仁，笃近而举远。①

这是一篇元代岭南官场问题专论。元代岭南官员问题甚多，但主要是官员素质低下，官场腐败公行，而其根源在中央错误的岭南官制。朝廷在政策上歧视广、桂、雷三大府的岭南官员，三府官员自恨待遇不公，故愈加盘剥人民、制造冤案，从而激发人民起义，以致撼动天下。海南即属于广、桂、雷三大府之一的雷府，范梈也属受不公平待遇、艰难为官的官员。朱思本是范梈的朋友，他并未在岭南为官。他的这些观点，当部分来源于范梈。范梈不仅没有昧着良心制造冤案，反而批判这种现象。因而，在工作中范梈尽己之力，为冤民平反，这是何等的难能可贵！

范梈为人正直，居官清正廉明，工作细致认真，日夜比勘卷宗，“询事考纤芒”，查出大量冤案，使大批无罪被押的平民得到平反。《元史·范梈传》：“巡历遐僻，不惮风波瘴疠，所至兴学教民，雪理冤滞甚众。”他的辛勤有了成效，大量冤民得到平反，故其事迹载入史册。明嘉靖《广东通志初稿》之《循吏传》也记载了他的录囚事迹。

---

① （元）朱思本．贞一斋诗文稿·卷上．济南：齐鲁书社，1997.

（二）创办学校

对于“元诗四大家”之一的范梈来说，录囚并非自己所长。最能发挥他的专业特长、最让他高兴的还是文化教育工作。元至元三十一年（1294），朝廷将学校的管理权放归廉访司。《元史》卷十八：“置蒙古学正，以各道肃政廉访司领之。”蒙古学是元朝的国学，蒙古学如此，其他内容的教学亦均归廉访司。明万历《雷州府志》卷十：“元至元三十一年，学隶廉访司。”因此，范梈在海南更重要的工作，便是展现其文人本色，运用文化资源，为民众普及教育和兴办学校。

海南的经济落后，人民的生活艰苦。苏轼《释迦文佛颂》：“海南荒陋，不类人世。”这首诗就写了海南人民过着非人的生活。苏轼《自雷适廉宿于兴廉村净行院》说：“荒凉海南北，佛舍如鸡栖。”此诗中写人们最重视的佛寺也如鸡圈一般，哪里还能修建学校？这种情形，到元代并无改变。明丘濬《高州府学记》：“十数年来，海以北地为峒猺所侵掠，民十丧其七八，官府岌岌然。居民上凡事，一切粗具。上之人亦不甚拘以文法，按以故事。至于学校一事，尤以为不急之务，视之蔑如也。”① 明代的学校尚且如此，元代更甚，而且海南的情形，远甚于海北的高州，学校就更是不急之务了。延祐三年（1316），范梈到乐会县时，看到县里居然没有学校，他感慨万千，于是捐俸创建。明《正德琼台志》卷十六：“延祐三年，海北廉访司照磨范梈，始建庙学于邑（乐会县）治之东。梈按行至邑，捐俸，命黎兵千户王有益建。有益亦舍学田。”“庙学”，即儒学。古代学校供奉孔子等儒家圣人，故学校即孔庙，儒学又名庙学。宋王安石《潭州新学诗序》：“治平元年，天章阁待制兴国吴公治潭州之明年正月，改筑庙学于城东南。”海南在海外，乐会县更是偏僻，县城如斗大，居民仅十余家，故教育尚未起步。范梈有感于此，于是慷慨解囊，捐俸千贯，以建学校，他令黎兵千户长王有益监督学校的修建工程。王有益被范梈的精神所感动，于是，他也捐钱购置学田，以襄助范梈兴学的义举，从而使乐会县破天荒地有了第一座学校。元天历三年（1330），王士熙《乐会县庙学记》云：

> 夫海之南，乾宁为都会。乾宁之县，乐会为远僻。分山阻岭，民居

---

① （明）丘濬．丘文庄公集·卷五．清康熙四十七年（1708）刻本．

仅登十室。田野阔而不食，黎峒棋踞。方之三代幅员，其又远于九夷，辽且邈矣。延祐三年，海北肃政廉访司照磨范梈使至县，矜其远，察夫俗，可以兴夫文教也。出橐中钞千贯，付黎兵千夫长王有益，使建庙学。王有益伐木于山，求甓于陶。殿于前，圣哲位焉；庑于左右，先贤从祀列焉；堂于后，以居生员。辟规阐模，绰乎有成。[①]

王士熙曾任参知政事，被贬海南，他将范梈的创始之功记载下来，后被采入《正德琼台志》。

延祐六年（1319），范梈在儋州创建了学校。清翁方纲辑《粤东金石略》卷九："儋州桄榔庵，址在州城西南学宫前。有元延祐己未夏范梈撰《东坡祠记》，并书。"[②] 延祐己未，即延祐六年（1319）。东坡祠得名于范梈，它本是儋人黎子云的农庄，前临大池，水幽木茂。苏轼到儋州后，官方百般刁难，不许他住现成的房屋。待罪的苏轼只得借黎子云的土地，自己结茅搭棚为居。为了答谢，苏轼与使军张中一起造访黎子云家，连饭也吃不饱的苏轼，受到有酒有肉的款待，于是他乘兴名黎子云家为"载酒堂"。两百年后，范梈在苏东坡故居流连忘返，为了纪念苏轼，他在苏东坡故居上兴建学校，校内供奉苏东坡像，故名学校为东坡祠。七年后的泰定三年（1326），即范梈离开雷州后的第四年，东坡祠苏东坡故居又恢复了"载酒堂"的旧名。

此事见载于明万历《儋州志》和范梈《东坡祠记》等。明弘治间王佐《载酒堂记》云："儋城东郊，有载酒堂，即元延祐所迁建东坡祠。今名载酒者，以先生昔所自名其堂，在城东南，今不忘初也……江右范太史德机，作《东坡祠记》。泰定三年，州倅重修，仍复载酒旧名。"琼人敬重苏轼，是可以理解的。但事实上，苏轼在海南的生活条件十分艰苦，连吃饭都没有保障，而且病痔呻吟，哪能常有酒喝？"载酒堂"只是对杯酒之恩的感激。苏轼《和连雨独饮二首》序云："吾谪海南，尽卖酒器以供衣食，独有一荷叶杯，工制美妙，留以自娱。乃和渊明《连雨独饮》。"苏轼在海南，多是玩杯而醉而已。"载酒堂"三字，也是他示人以旷达的表现。范梈变酒堂为学校，供奉苏东坡，既符合苏轼在海南无酒的历史，更有崇学敬苏的深意，但不幸其学校名被改。因此，此堂名

---

① （明）唐胄．正德琼台志·卷十六．海口：海南出版社，2006.

② 林荣华．石刻史料新编·第一辑（第十七册）．台北：台湾新文丰出版公司，1977.

"东坡祠"的时间，仅为范椁在任的七八年间。《大明一统志》卷八十二："载酒堂，元泰定间移祀轼于此，范椁作记。"范椁《东坡祠记》："延祐四年（1317）春，佥海北海南肃政廉访司事大都军行部至是，乃求其偃息之地，构堂三间，而像其中。周以堂庑门室，两庑为房，将以处郡人子弟，择师教焉，命儒者六十家奉祠事。又植桄榔为林而表之，归铭石林下。祠成，属记之。椁也窃尝抚铭而感焉……延祐己未。"

这里，应该指出的是，如本书第三章所说，"大都军行部至是"中的"军"是衍文，"大都"即其籍贯，"大都军"即元张图南《重修雷州儒学记》中的"佥事赵公珍大都承直［郎］"，也即范椁《海角亭记》中的"承直郎、佥海北海南道肃政廉访司事、燕山大都人"赵珍。《正德琼台志》卷三十二："大都军，延祐年间廉访司佥事。四年，于儋建东坡祠。"误，历史上并无"大都军"其人，而只有"燕山大都人"赵珍。

《东坡祠记》叙创建学校一事较明，东坡祠在宋是载酒堂，在元是海北海南道肃政廉访司佥事大都人赵珍的宿舍，后范椁将此改建为学宫，在延祐六年（1319）完成。学宫中供奉苏东坡像，故名。明顾岕《海槎余录》载，在堂的东隅，立有元海北广东道肃政廉访使周伯琦的隶书牌文，书法甚精。学堂周围，是范椁亲手种植的桄榔林；学宫外，还有石林。学堂外百余步，即黎子云邀苏东坡垂钓的池塘。波光涟漪的池塘、翠绿的桄榔林、学宫外的石林，彼此交相辉映，构成优美的氛围，使学校掩映在园林之中。范椁擅长书法，他撰《东坡祠记》后，又隶书上石，使儋州学宫初具规模。东坡祠隐藏着范椁两到儋州，修建学宫以兴学崇教的功德。但当东坡祠改为载酒堂时，不知范椁兴学的良苦用心，是否被理解？

范椁虽然是"庛吏"，但他的政绩仍被载入史册。《元史·范椁传》便表彰他在海南兴学的事迹。《大清一统志》广东省《名宦传》云："范椁，清江人，擢海北海南道廉访使司照磨，巡历遐陬，不惮风波、瘴疠。所至兴学教民，雪理冤滞甚众。"[①] 雍正《广东通志》卷三十九琼州府："范椁……以荐为海北海南道廉访照磨，尝录囚琼州，巡历遐僻，不惮风波、瘴疠，冤滞多所雪理，称廉明焉。"范椁录囚和兴学的功绩，主要在海南。历史记住范椁主要有三点：第一，不辞辛劳的精神，他半夜仍然在黎族山沟里摸爬滚打的艰辛感动了几百年来的人

① （清）穆彰阿，潘锡恩等．大清一统志·卷三百三十八．上海：上海古籍出版社，2008.

们。第二，教育上大力办学，特别是他捐俸办学的苦心，一个家中揭不开锅的人能捐俸助学，是何等的难得，历史没有理由忽略他。第三，在录囚中为冤民平反的良心，也被人们看在眼里。人生是短暂的，个人是渺小的，能被历史记住这三点，已属万幸。

诗人在延祐三年（1316）春离开海南时，曾遭遇大风，他写下《二月二十四日自琼州出白沙驿阻风，二日不得渡海。是日有幕客送寒衣，却，出赋诗》二首：

盲风怪雨一时晴，又阻扁舟两日程。天意似将留客住，明朝浮海看清明。

芍药荼蘼已结花，无人江郡寄天涯。凄凉更欲辞寒食，犹恐旁观议大奢。①

本诗写于延祐三年（1316）二月二十六日夜晚，即诗人第一次从琼州白沙驿渡海返回雷州廉访司时。

第一首诗，前两句写被大风所阻。范梈这次遭遇大风，先是突然的大风怪雨，然后雨止天晴，于是诗人拟启程返回雷州的海北海南道廉访司。但大风依然不息，把他困在海边。琼州府城离海边十里，于是诗人只得在白沙驿住下。大风又吹了两天。后两句，写诗人在大风后的感想。延祐二年（1315）五月二十六日，范梈从雷州渡海来琼州，在琼州度过春节。次年二月二十四日，他结束琼州公务回雷州，不想又被大风所阻。大风为何耽误他这两日呢？这恐怕是天意，要将他在琼州的岁月凑足八个月的整数吧。二十六日夜晚，风渐渐停息，诗人想，明天早上天气当是风和日丽，大概可以渡海回雷州了。

第二首诗，描写苦等大风停息的凄凉。第一首诗，诗人还对第二天风止天晴充满希望，但是第二首诗中他的情绪却转低了。这天正是寒食节，大风起处，天涯四顾无人。只有芍药荼蘼的花朵相伴。诗人体弱多病，受不了这冷风和寒食之苦，但是他却拒绝了琼州官吏送来的御寒衣服，依靠意志坚强地支撑着。

范梈在海北、海南多次录囚，但是被历史记住的却只是在海南的事迹。他到

① （元）范梈撰，（明）杨翚编．选校范文白公诗集·卷六．济南：齐鲁书社，1997.

海南不下五次，但是第一次到达和第一次离开的日子都是二十六日，这是历史的巧合。能被历史准确记载的，也只有这一次。在漫漫时空之中，人乃沧海之一粟，万世之一瞬，能留下点滴印记，已是大幸！

第六章　范梈在海北

元代海北海南道的“海北”，指沿北部湾地区的雷州、化州、高州、钦州、廉州五路。范梈在海北雷州的诗歌已见前文，这里的“海北”，指除雷州以外的化州、高州、钦州、廉州这海北四路。

范梈在任海北海南道肃政廉访司期间，工作最久的地方是治所在雷州的廉访司和治所在琼州的海南廉访分司。雷州在明代以前多属广南西路（即广西），故它又常称“广西雷州”。因此，范梈除了多次到海北其他四州巡察外，因公务需要，他的足迹还到了相邻的广西梧州、郁林等郡县。范梈在海北化州、廉州、钦州和梧州、郁林等州县均留下了历史遗迹。

一、化州

诗人第一次到化州，是延祐元年（1314）冬到雷州赴任时，他在石城县写下了《登石城驿亭》。此外，以后因公务他还多次到化州。在化州路上，他写下《过三合驿》（《范德机诗集》卷六）：

> 一春归计又蹉跎，穷粤风光奈病何！总有青山千万叠，行人长少鹧鸪多。

诗歌作于延祐三年（1316）春。“三合驿”，元代属化州路石城县（今廉江）的驿站，地处今广东与广西分界处：距吴川县70里，距广西陆川县永宁驿70里，又是三江的交汇处。这三江是梅魁江、乾塘江（今鉴江）和西边江，三江在此汇合，故名三合。明解缙《过三合驿》：“望见石城三合驿，便分岐路广西东。”[1] 当时，诗人到雷州已两年，由于诗人在延祐二年（1315）的春、秋均在

① （明）解缙．文毅集·卷六．上海：上海古籍出版社，1986.

海南廉访分司，故延祐三年（1316）春才第一次到海北化州“宣布郡县”。此诗是诗人离开化州后，在前往廉州的路上，路过三合驿馆时所写。

诗歌前两句，写诗人抱病赶往廉州时的感受。“穷粤”，比起中原地区，粤地素来偏远贫穷。宋元之间的改朝换代，使得海北地区成为宋、元之间反复争夺的地带，战争断断续续地延续了二十七年，而且战斗惨烈，化州、雷州一带的人口十死其九，故人烟格外稀少。“奈病何”，诗人本来就体弱多病，在京城时甚至有“病太史”之称，《范德机诗集》卷三《王继学晚过舍下，翌日惠诗两章用韵答贶》其一：“平生病太史，浅陋媿曹邦。”本诗写诗人在海北海南道期间，他四处奔波、工作繁忙，健康日下。诗人在化州时已感风寒，致使这春天的计划又遭挫折。后两句，写诗人在三合驿的所见所闻。化州的春天风景美丽，万重青山相叠如画，青山绿水间到处有鹧鸪的啼鸣。明解缙《文毅集》卷六《化州》曾写道：“石龙江上水云腥，巨浸东南合四溟。神电卫城何处是，半边山色一痕青。”景色虽美，但只闻鹧鸪难见人，加之诗人身体有病，面对春色也只能徒唤奈何。

诗歌反映了元代海北海南道廉访司的“底僚”的工作状况，因为工作繁忙，他们长年奔走在道、路、州、县之间。即使有病，却只能“过”三合驿，而不能在此休息片刻。所以范梈虽然抱病，仍继续赶路，以便早日赶到廉州。

二、广西路上

诗人在广西的诗歌已受到地方文化的重视，清桂林府通判汪森编的《粤西诗载》中收录两首，即卷十的《发横浦之永淳县》，卷二十二的《正月二十四日至宝圭驿是北流县，自此遵陆指郁林矣》。诗人在广西的诗歌不多，但也不止两首。

元代高州属于海北海南道，延祐年间，诗人到了高州信宜县，再取道广西梧州，有《封州作》（《范德机诗集》卷六）：

> 魏阙迢迢隔彩霞，别来几岁客天涯？春风二月崖州道，时见棠梨一树花。

“封州”，隋文帝开皇十年（590）置，为汉苍梧郡广信县地，梧州西南即北流县。“魏阙”，指京城。“崖州道”，这里指通向海南的道路。诗歌前两句写诗人在岭南的落魄：诗人到位于天涯海角的雷州已经几年了，雷州和京城之间隔着遥无边际的彩霞。后两句抒发诗人的感慨：“到岭南已经多年，一次又一次地行走在通往崖州的道路上，虽有时也能看到满树的棠梨花，但我的奔波仍然没有尽头。”

梧州不属于海北海南道，但属于岭南广、桂、雷三道，雷州与郁林相邻，故诗人有时也会来到郁林和梧州，往返奔波的范围十分广泛。

延祐年间，诗人在正月到了北流县，作《正月二十四日至宝圭驿是北流县，自此遵陆指郁林矣》：

远辞京阙碧云端，溯尽夷江未到官。回雁峰南更千里，是行谁为报平安？

“宝圭驿”，在广西郁林州北流县治东北15里，因著名的宝圭洞而得名。北流县在广西东南部，它南与广东高州、化州、信宜县接壤，古称“粤桂通衢”和“古铜州”。闻名遐迩的宝圭洞，是广西名洞勾漏洞的正洞，内有三个石室，《道书》以为第22洞天。宝圭洞之西即为勾漏洞，旁边又有龙潭洞、太阳洞、太阴洞等。宝圭洞与勾漏洞形成勾漏洞天，它四面石山环绕，石灰岩的山体形成众多的地下溶洞，风景美丽，传说晋葛洪选择在此炼丹，故宋祝穆说：“勾漏甲于天下”。勾漏山还与附近容县的都峤山、贵平县的白石山林麓相接。其中如普照岩、独秀岩、白沙洞等的风景，均美不胜收。但是，范梈在新年刚过不久的正月二十四日就到了梧州，然后从梧州乘船到了广西北流县的宝圭驿，在宝圭驿需换走陆路，然诗人似乎在风景名胜区也没有驻足游览，而是匆忙弃舟登岸，骑马继续西行赶路，以便早日赶到郁林（今玉林）。

诗歌前两句，写诗人匆忙赶路的情形。诗人从京城翰林院来到中国的“南极”雷州，京城巍峨的双阙永远地被隔在碧云端了。而今，诗人匆忙地奔波，已经行尽了夷江，但是仍然没有到达目的地，还要继续奔波。后两句抒发诗人的感慨：在古代文人眼中，中国最南的地方是湖南衡阳的回雁峰，但是诗人到了比回雁峰更南数千里的地方。诗人真正地奔波在天涯海角，却连个报平安的机会也没有。

过北流县宝圭驿后，诗人骑马继续南行，到了广西郁林，有《郁林次韵寄怀王天辅知事》（《御选元诗》卷七十一）：

乍喜连山瘴雾收，黛眉更自锁乡愁。自从行李违沧海，九日初逢第二州。[1]

王天辅，即王懋，字天辅，太原人，曾任江西吉安司狱、广西梧州知事、郁林知事等职。元刘将孙《王司狱去思记》："若太原王天辅之为吉司狱者，前是未之有也……天辅，名懋，德阶进义，久在省闼。仪观伟然，而明练笃实，盖有用材也。"[2] 范梈到达梧州后，曾在江西吉安司狱任职的知事王天辅与诗人有江西老乡之缘。他乡逢故知，他受到王天辅的热情接待，遂有此诗。诗歌前两句，写与王天辅的江西缘分。一到郁林，因与王天辅是老乡，诗人十分高兴，似乎连瘴气也消失了。两人话语投机，说起江西的故事，又惹起诗人的乡愁。"第二个州"，指郁林。诗人从广西梧州出发，九天后到达的第二个州便是郁林。因诗人的行李丢在梧州，故写此信给王天辅，既表达诗人对他热情接待的感谢和怀念之情，也希望他把行李托运过来。范梈在广西一路不顺，先是行李丢失带来生活不便，接着在北流县遇到大雨，故宝圭洞等道教名山洞天也没法欣赏，到郁林虽然天晴，但又思念家中的老母。幸而得到王天辅的款待，才安定下来。

范德机到达郁林后，作《贵州》(《范德机诗集》卷三)：

离思久不惬，幽情晚旋添。天宜明月独，山与宿云兼。
蛩语通支柱，蛛丝映卷帘。若无光霁在，何以破朱炎?

长期以来，本诗一直被认为是在贵州省所作的。乾隆《贵州通志》卷四十五《艺文志》元代第一首便是此诗："范梈《贵州》：离思久不惬……"文字全同。《渊鉴类函》卷三百三十九《贵州省四》："元范梈《贵州》诗曰：离思久不惬，幽情晚旋添……"文字不异。人们对此诗所作之地的理解，几乎没有例外。但是，这是错误的。理由有三：第一，范梈一生从未到过贵州省。第二，贵州省在唐宋时期为羁縻之地，明代有郡县后才有朝廷官员到此。乾隆《贵州通志》卷二《地理志序》："贵州，古三苗之域，明始建都指挥司，后改布政司。"贵州之名，起源于元代。清田雯《黔书》："贵州之得名，始于元。前此则梁州、鬼方、靡莫、黔中、牂牁、罗甸、罗施羁縻州也，至元十六年，诸蛮降，置八番、

① 御选元诗·卷七十一. 长春：吉林出版集团有限责任公司，2005.
② （元）刘将孙. 养吾斋集·卷十六. 上海：上海古籍出版社，1986.

罗甸等处军民宣慰使及都元帅府于贵州，是以有贵州之名也。厥后相沿而勿改。明洪武中，设贵州、思州、思南三宣慰，而别设都指挥使司于贵州。”① 但是在元代，贵州省的通名是“八番”，而非贵州 。贵州省当时还是由程番、金石番等八个相对独立的番峒组成，又称“八番顺元等处宣慰司”，顺元，意即归顺元朝。元置八蛮顺元蛮夷官，在元至元二十九年（1292）。元代地理学家朱思本《八番释》云：“八番宣慰司都元帅府，治顺元，统八番安抚司。番各有府、州、军名。复有顺元宣抚，统蛮夷部落长官十数处。播州宣抚统黄平府，思州宣抚统镇远府，又各有部落长官。葛蛮、都云、永顺、南丹安抚、金筑府，又各有所统州、县、部落长官无虑数十百处，皆溪洞险阻，地窄而名猥多，兹得以略。”② 故八番，即元代的贵州省，顺元的治所在贵阳。《八番释》通篇论贵州省，但没有一处出现贵州、贵阳等称。其原因是，到明隆庆二年时贵州才改为郡县，此时改程番府为贵阳。贵阳因贵山而得名，贵山本名贵人峰。贵阳的治所在贵筑（贵竹）县，因在贵人峰之阳，故名。第三，范梈的“贵州”，实指广西郁林。唐宋元时期，郁林州叫做“贵州”，今广西贵港还保存了“贵”的古称。《元史·地理志》：“郁林州，下。唐为南尹州，又改贵州，又为郁林州。宋因之。元至元十四年，仍行州事……贵州，下。唐改怀泽郡，后仍为贵州。元至元十四年，领郁林县。大德九年，省县，止行州事。”元代广西贵州还辖郁林县。《元史·五行志》：“至正二十三年正月甲辰，广西贵州江中有物登岸，蛇首四足而青色，长四尺许，军民聚观而杀之。”为了区别于贵州省，广西贵州又称“小贵州”。宋魏庆之《诗人玉屑》：“章子厚谪雷州，过小贵州南山寺。有僧奉忠，子厚见之。已而倚槛看云曰：‘夏云多奇峰。’真善此类。忠曰：‘曾记夏云诗甚奇，曰：如峰如火复如绵，飞过微阴落槛前。大地生灵干欲死，不成霖雨谩遮天。’”③ 宋阮阅《诗话总龟》卷一、《宋人轶事汇编》卷五等，均载其事。小贵州的南山寺，在今贵港市南郊郁江岸边二十四峰中的狮山岩，始建于宋端拱二年（989），宋仁宗御书“景祐禅寺”匾额赐南山寺，故南山寺天下闻名。南宋李纲《次贵州二首》其二：“怀泽为邦古郁林，江边邑屋树森森。山连八桂峰峦秀，地近重溟雾雨淫。岁久承平消瘴疠，时危争战觉幽深。试谋十亩膏腴地，丹荔青

---

① （清）田雯．古欢堂集·卷三十八．清康熙三十七年（1772）刻本．

② （元）朱思本．贞一斋诗文稿·卷一．顾廷龙．续修四库全书．上海：上海古籍出版社，1995.

③ （宋）魏庆之．诗人玉屑·卷九．上海：中华书局，1959.

蕉获我心。”① 贵州指郁林，即古怀泽。李纲《梁溪集》卷一百一十二有《贵州答吴元中书》、《怀泽与吴元中别幅》、《郁林与吴元中别幅》、《郁林与吴元中书》等。这里的贵州、郁林、怀泽等，所指同一，均指广西之贵州。

此诗的写作时间，当在至治元年（1321）秋。这年，钦察台、咬住告脱允察儿等图谋不轨，事败，牵连到孛儿只斤图帖睦尔（即后来的元文宗），五月图帖睦尔被贬琼州。他路过贵州时，曾游南山。范梈的“若无光霁在，何以破朱炎”，即暗喻图帖睦尔到贵州一事，当时离图帖睦尔到贵州才数月。

诗歌前四句，写诗人夜宿贵州驿馆。因诗人离家已久，在贵州驿馆夜不能寐，更加思念故乡。这时，夜空晴朗，星星稀疏，一轮明月独挂天空，只有淡云不时飘过。后四句，写诗人的感慨。“蛩”，蟋蟀的别名。南朝宋鲍照《拟古》七有云：“秋蛩扶户吟，寒妇晨夜织。”“秋蛩”、“促织”均指蟋蟀。本诗的后四句写道：此时，蟋蟀的鸣叫声穿过廊柱，不停地传来。在月光的照耀下，窗户上的蛛丝也清晰可见。这里，朱炎两句双关：表面指月光照彻尘埃。其深层含义是：朱炎，暗喻朱崖，指海南；“光霁”暗指图帖睦尔。此时图帖睦尔并未登基，故以月比拟他。图帖睦尔被贬到海南，对他本人来说是件坏事；但对于海南人民来说却是件好事。如果不是他来到岭南、来到贵州，谁知道贵州、朱崖的艰辛呢？这几乎是预言，后图帖睦尔登基后，赐贵州南山寺以御题，今贵港“南山寺”大匾，便是元文宗的御笔亲书。元文宗即位后，在天历二年（1329）十月，将他到过的海南定安县升为南建州，对在雷州接待过他的人均予以嘉奖，这几件事基本同一时间。

离开郁林后，范梈继续向西南行进，到了广西横州，在横浦乘船前往永淳县，有《发横浦之永淳县》（《范德机诗集》卷三）：

急桨开晨涨，孤尊已夕阳。木光排峡静，洲势背城长。
太史才无敌，将军义不忘。感伤今岁月，淹泊愧沧浪。

“横浦”，横州辖地。横州在唐贞观年间始名，宋为宁浦郡，元为横州路，今名横州镇。横浦为郁江中的一个码头，郁江流到此名为横槎江，相传昔有人浮槎至此而得名。郁江从横州向西百余里为永淳县，今名峦城镇。永淳县、横州均

① （宋）李纲．梁溪集·卷二十三．长沙：岳麓书社，2004.

在郁江畔，故诗人可以乘船前往。

诗歌前四句，写雨过天晴，江水暴涨。诗人早晨从横浦出发；夕阳西下时，诗人还在船上，将连夜赶往永淳县。后四句，抒发在郁江行船的感慨。横浦一带，水急滩多，行路艰险，人们十分崇拜汉伏波神马援，祭祀虔诚而隆重。清屈大均《广东新语》："伏波神，为汉新息侯马援……又祀之于横州，以侯治乌蛮大滩也……滩有四，曰雷霹，曰龙门，曰虎跳，曰挂舵。每滩四折，折必五六里，出入乱石丛中，势如箭激，数有破溺之患。夹岸皆山，侯庙在其北麓。凡上下滩者必问侯，侯许，乃敢放舟。每岁侯必封滩十余日，绝舟往来。新舟必磔一白犬以祭……晴霁时有铜篙铁桨浮出，则横水渡船必破覆，须祭禳之乃已，此皆侯之神灵所为云。凡过滩，每一舟拨招者四人，使舵者四人，前立望路者一人。左右侧竖其掌则舵随之，然此地仅一姓人知水道，世为滩师，余人则否，其人亦马流遗裔也。"[①] 人们似乎时常能看见伏波神驾着铜船出现，"江中还有伏波神的铜篙铁桨浮出水面，护船过滩的"滩师"便是马援部将的后裔。这一切说明，虽然往事越千年，但伏波将军马援的精神还活着：他是乌蛮滩的伏波水神，他的遗裔是江上的滩师和祭神的巫师，他直接影响着江上的船只。因此，诗人十分感慨："汉代的太史司马迁和将军马援，如此深刻地影响着历史。我也曾是太史，但我却在底僚沉沦，与伏波将军马援等相比，我范梈愧对郁江的沧浪。"

诗人到永淳县后，经南宁到达钦州。诗人在钦州有旧友徐教授，两人在京城时就相识，范梈曾送徐教授到钦州任教。他们再次在海畔相见，他乡遇故知，因此，诗人在钦州的日子十分畅快。《范德机诗集》卷三有《赠别徐教授之钦州》二首，其一："徐子雅好易，白头来上京。如何怀远檄？竟往教专城。山近烟霞密，江澄瘴疠清。朋游政事少，况在仰修名。"其二："冉冉岁月暮，悠悠关塞长。歌钟凝旅宴，舞袖拂征艎。到日梅花乱，来春蕙草芳。南金自昔重，寄赠可能忘？"徐教授对《易经》很有研究，他顶着一头花白的头发到京城，终于谋得一个到钦州教书的职位。他与范梈的经历很相似，故两人遂成好友。徐教授到钦州后，两人还有书信往来。今日故友重逢，诗酒唱和，其乐融融。可惜，范梈在钦州的诗歌没有保存下来。

---

① （清）屈大均．广东新语·卷六．北京：中华书局，1985.

三、在廉州

范梈不止一次到廉州，延祐三年（1316）秋他到过廉州，二月到封州，正月到北流时，也应当路过廉州。但是，他在廉州的其他经历和诗歌均没有流传下来，他与廉州的关系，全赖一块坚硬的石碑——他的《海角亭记》保存下来：

钦、廉、雷，僻在百粤，距中国万里而远，郡南岸大洋，而廉又居其圻，故曰海角也。有亭在城西南隅，昔人以是名之，岁远代易，废已久矣。延祐三年秋，余使过郡，访其址，得于荒烟乱水之间，欲复之未能也。属之郡吏，曰诺。明年，来告成，请记之。

夫土木之靡，工人之用，虽未获谂，至于云霞之映带，岛渚之出没，梦寐所历，犹见其处，亦殊方之胜概也。然廉为侯邦，亭有地胜，居是者虽拥高爵厚禄，亦往往有悲愤无聊之感者。何也？盖常因是而忆之，地里僻远，复加瘴疠，自古以来，非谪徙流离之士，鲜至焉。以吾无所为而得之，宜其人之戚戚尔也。

抑尝推昔朝廷之于士大夫，苟非显过极恶，未尝不欲曲受而优容之。万不得已，则又非深放远屏无以启其摧痛自反之忠。古之人臣，思尧君而心魏阙者，每惓惓于畎亩之间，江海之上。彼萧墙之内，固有负不扶不持之忧者多矣。然则甚疏之者，乃所以甚亲之也。于此，固见圣王忠厚之至意也，而居者从未思也，思而或未之求也。寓斯土而登斯亭者，有能驱去流俗之态，涵养孤忠之气，把酒赋诗，临高瞰远，反而求之，何往而不得其所适。又岂独夸结构之华，从临眺之乐而已哉？

于是记之，俾刻亭上，后之览者，其不参省有所感发矣乎？

前翰林国史院编修官，今授将仕佐郎、海北海南道肃政廉访司管勾、承发架阁库兼照磨高平范梈文。

承直郎、佥海北海南道肃政廉访司事燕山大都题额。[①]

《海角亭记》的写作背景，明崇祯《廉州府志》卷九云：“范梈，字德机，

---

① （明）叶盛．水东日记·卷三十八．北京：中华书局，1980.

清江人。中丞董士选延之家塾。以朝臣荐，为翰林院编修。秩满，擢海南海北道廉访司照磨。以延祐三年秋至郡。巡历遐僻，不惮风波瘴疠，所至兴学教民，雪理冤滞甚众……于郡城西南隅，访得海角亭遗址，属郡吏为复建。自为记，勒之石，其隶法甚古。”但是，这里的内容没有超出《元史》本传和《海角亭记》的记载，可见《廉州府志》并没有增加新的内容，换言之，除了范梈的《海角亭记》和《元史》外，廉州并没有掌握范梈的新资料。崇祯《廉州府志》卷十二有范梈的《海角亭记》，但是内容不完整。

今天人们熟知的“天涯”、“海角”在海南三亚，但是古代的海角亭却在廉州。这意味着，古代合浦郡是中国最早称为“海角”的地方。海角亭，当年廉州城的西南隅，今为广西合浦县第二中学校园。范梈延祐三年（1316）在廉州办公事之余，到处寻找合浦的古迹。他在城西南的废墟之中，发现了海角亭的遗址，十分高兴，当即捐出薪俸修建海角亭。因他还要到钦州等地巡察，于是委托廉州路官吏完成修亭工程。延祐四年（1317），海角亭落成，廉州官吏请范梈撰写《海角亭记》。范梈欣然命笔，撰成碑文后，又以自己擅长的书法，手书上石。同时，范梈请他的上司兼好友——海北海南道肃政廉访司佥事赵珍题写碑额。由于碑文和书法均出自名家，《海角亭记》遂成廉州一宝。值得一提的是，在广州也曾有海角亭。广州、廉州、海南三亚的海角亭，从亭的角度反映了中国古代地理观的发展演变。

但是，廉州的海角亭后来毁于战火，《海角亭记》碑在明代也辗转流落到叶盛的家里。叶盛《水东日记》卷五《范德机书海角亭记》：“范德机隶古，见推当时，近见廉州《海角亭记》，为其自书无疑。此碑亦用汉、唐碑法，题额四篆字居首，下方就书文，不复重出亭记字。高平范梈撰文并题额，俱就在文后，不复分书也。”记叙了范梈的碑文书法。叶盛在同书卷三十八又说：“此吾家所藏范德机先生《海角亭记》石本，书出汉八分隶，先生笔也。惟草庐先生之次虞、范、揭、杨、欧阳圭斋、危太朴，皆元之季世文章大家。”上面《海角亭记》碑文的最后四行，并不见于《廉州府志》，而是笔者据叶盛家藏的《海角亭记》石碑所补。范梈和他的《海角亭记》，也历经沧桑，幸运的是它还能保存下来。

文章的署名，“前翰林国史院编修官，今授将仕佐郎、海北海南道肃政廉访司管勾、承发架阁库兼照磨高平范梈文”，保存了范梈人生中的许多重要的资料，弥足珍贵。他在京城的职务是翰林国史院编修官，正八品；将仕佐郎则是勋爵，与中议大夫同级，为从八品；管勾、承发架阁库、照磨，是三个职位，肃政廉访司的照磨、管勾一员，为正九品，范椁虽身兼这三个职位，仍是正九品。高平，则是范椁的籍贯。由此可见，范椁在京城的勋爵将仕佐郎是从八品，翰林院编修是正八品。但是，他到流放之地的海北海南道，还兼任了照磨等三个职务，反而降两级为正九品，这背后隐含了他人生中后世难明的曲折。

文章的主体部分，可分为三段。第一段，记叙海角亭的发现和撰写《海角亭记》的由来。诗人发现了海角亭遗址，于是决定修复古迹，在廉州官员的帮助下终于落成，故有此《海角亭记》。

第二段，写海角亭的景致和人们登亭的感受。海角亭是廉州的名胜，登高临远，视野开阔，上有云霞映带之美，下有海岛浪花相击之妙，故成为一方之胜。登临者虽多是高爵厚禄者，却往往涌出无限的悲愤。这是因为他们认为，天涯海角，是瘴疠之乡，自古以来只有贬谪流放之士才会到此穷海的尽头，于是便悲从中来。这些庸俗的陈词滥调，便是一般人眼中的海角亭的意义。

第三段，诗人阐述了他超凡脱俗的海角亭理论。诗人认为，上述登临者的观点是错误的。这是因为：第一，自古以来朝廷对士大夫都是宽容的，如果不是罪大恶极，朝廷未尝不宽恕包容。第二，即使把他流放到天涯海角，其目的也是为教育和挽救他，即以深放远屏的方式来启发他沉痛反省。第三，古代的忠臣即使人在江海，也会心系魏阙。相反，如果臣子不忠不义，即使人在京城，对朝廷也会居心不良。因此，贬谪的真正意义在于：君主在行为上的"甚疏之"，其实在心理情感上则是"甚亲之"，贬谪蕴含着圣王忠厚的深意。但是，到达海角的人从未认识到贬谪的伟大意义，他们辜负了帝王贬谪他的一番苦心。相反，如果到达廉州或登临海角亭的人，能够排除尘世庸俗的见解，以海角天涯来涵养自己的孤忠之气，在海角亭上把酒赋诗，登高临远，反思帝王把他贬谪到天涯海角的深远意义，那么他将在海角改过自新，从而无往而不适。

到此，《海角亭记》的深邃哲思跃然纸上：人们常常为贬谪到天涯海角而悲愤痛苦，但是从哲学的角度说，这是极不明智的。从辩证法的角度说，在贬谪的"甚疏之"的背后，却是帝王"甚亲之"的深刻用意。"甚疏之"是人君教育臣子的手段，而不是目的。"甚疏之"的目的是通过天涯海角的荒凉穷苦，通过贬谪的痛苦来启发臣子认识自己的错误，激发他内心深处的良知和孤忠，从而达到教育的目的。因此，被贬谪者应该正确认识贬谪的行为，屏除庸俗的见解和流俗的态度，以苦难涵养自己的孤忠之气，以大贤大智来对待贬谪，从而达到成人成圣的境界。

《海角亭记》文章虽短，题也不醒目，但是它却渗透着辩证的哲学思维，在中国历史上第一次提出了深刻的贬谪哲学，在中国贬谪史上有重要的思想意义。

其实，诗人来到中国大陆的“南极”，面对恶劣的气候和险恶的环境，他也曾有过抱怨。虽然廉州和广州有海角亭，但海北和海南等天涯海陬也可称为海角。诗人到雷州后，常常说到“海角”。《远游》说：“远游非吾志，偶堕天一角。去就亦有期，宁能计今昨?”这里的海角，指海北海南道。《赠海康举进士者》说：“圣主征儒用文学，翩翩五士起海角。”这里的海角，指雷州海康。《立秋日，分司书怀》说：“清晨钟鼓鸣，海角金气应。”这里的海角，指海南。这些海角，均指天地之涯，多含贬抑之意，表达了诗人对艰苦环境的感受。诗人的可贵之处，不在于他没有消极情绪，而在于他能克制消极情绪，发现贬谪的深刻的哲学意义。这既是支持他在海畔坚持八年的思想武器，更是他对中国贬谪哲学的重要贡献。

这种以苦难涵养孤忠的思想，使范椁在海北海南地区千古留名。《廉州府志》所载元代名宦五人，除范椁外，其余四人是：陈阿术，钦州达鲁花赤；王允恭，石康县令；吴正卿，合浦县令；郑光祖，灵山县令。县令、达鲁花赤均是廉州的达官，尤其是达鲁花赤，此官名又作答鲁合臣，或达鲁噶齐、达噜噶齐，它是蒙古语的音译，本意是“头目”。《钦定元史语解》卷八：“达噜噶齐，头目也。卷一作达鲁花赤。”从语源学上说，达鲁花（darug-ha）或达鲁花赤（darug-hatchi）是用突厥系的维吾尔文书写的蒙古词汇。据13世纪上半叶意大利柏朗嘉宾的《蒙古行纪》，该词根来自蒙古文daru（压迫），引申为至高无上的“镇守官”[①]。因此，蒙古人是高于一切的“镇守官”和“掌印者”，其地位相当于突厥语的八思哈（basqaq）和现代的书记，即权力至高无上者。此官始设于成吉思汗时，元入主中原后一直沿袭。当蒙古人征服异族而又无法统治时，便委托当地人管理，但仍派蒙古人任达鲁花赤以监临。故达鲁花赤一职由蒙古人担任，蒙古人实在不够时也可让色目人担任。对于当地官员来说，达鲁花赤便是钦差大臣。故他高高在上，可以生杀予夺，具有强烈的民族压迫特征。但是，多少“至高无上”者也灰飞烟灭，一个小小的照磨却在廉州历史永不磨灭。廉州对于范椁礼敬有加，让他在历史沧桑中永垂不朽!

还值得一提的是，在范椁《海角亭记》中印刻着伯颜的《海角亭记》，其时

---

① ［意］柏朗嘉宾．蒙古行纪．耿升，何高济译．北京：中华书局，1985. 151.

间是“至治壬戌孟秋吉日”，署名为“奉议大夫、廉州路总管府达鲁花赤、兼管内劝农事伯颜重建”，这也是一位显赫的“达鲁花赤”。但是，不管是县令，还是达鲁花赤，其在历史上的分量，都没能超过一个小小的照磨。

范椁在海北地区留下六首诗歌，一篇散文。比起他在雷州和海南的诗文来说，数量不多，但它们仍然反映了元代海北海南道廉访司与今广西地区的血肉联系，这是十分宝贵的。

第七章 范椁的佚文

范椁的著作，只有书坊选本的诗集传世，而散文素无刊本。但是，他当年的著作既有诗赋，也有散文。明刘嵩还读过范椁的赋，从《槎翁诗集》卷三《读范太史诗赋长歌一首以识感慕之私》可知，范椁有赋无疑。明杨士奇读过范椁致杨士奇曾祖的书信和杂文十七篇，《题范危墨迹后》："余来北京，喜求故元时遗墨断简，往往有得，最初得危公诗文五十七首于太医院判蒋用文所，盖与所得先公挽诗同出一集，后得范公杂文十七首于民间。皆出二公亲笔，遂装为一卷，范前辈，故列于首。尝闻范所著有《燕然稿》、《东方稿》、《海康稿》、《江夏稿》、《侯官稿》、《百丈稿》。此必出《燕然稿》或《东方稿》。"① 杨士奇的曾祖与范椁是朋友，此为杨士奇对范椁著作的索求增力不少。但他搜集的《范危墨迹》今不存。明杨翚《选校范文白公诗集序》说："先生之学，其精华在翰苑，其实履在传志。此其余绪，恐不足以究先生之大者。"② 已经指出，范椁著作的重要内容是散文《传》和《志》等，也即杨士奇所说的"杂文"，诗歌只是其余绪而已。但是，今传世的作品都是"余绪"，而"精华"却散佚不存。范椁的赋和《致杨载书》等，也永远地湮没了。

本篇所谓佚文，是针对李修生主编的《全元文》而言。《全元文》收范椁散文八篇：《杨仲弘集序》、《傅与砺诗集序》、《总管府忠爱堂壁记》、《经历司衡政厅记》、《临高县龙坛记》、《海角亭记》、《东坡祠记》、《武宁县儒学记》③。这是目前收录范椁散文最多的文本，为范椁散文的研究提供了基础。但是，《全元文》还有失收的范椁散文，笔者搜集到佚文四篇。

---

① （明）杨士奇．东里文集·卷十一．北京：中华书局，1998.

② （元）范椁撰，（明）杨翚编．选校范文白公诗集·卷首．济南：齐鲁书社，1997.

③ 李修生．全元文·第二十五册．南京：凤凰出版社，2004. 590 ~ 598.

一、书信、序文两篇

在元代，江西诗派仍在发展，江西文人和文学仍然兴盛。范梈是元代江西诗派的首领，他的佚文首先便是在与江西朋友的交往中产生的文章：

（一）范梈《与虞伯生书》

山居乏江海之使，无由上记。即日伏想，神相台候，起居万福，某株守碌碌耳。

近来武昌与乡友傅汝砺会，其人妙年力学，所为诗赋警拔可爱，其为人静慎又可尚。谓将北行，介之以见，无他。出门而瞻望泰山、黄河，以洗穷乡之卑陋，此其志也。与语当知仆之非妄，未由参侍，更冀以斯文自爱，不宣。①

虞伯生，即范梈的好友虞集（1272—1348），字伯生，号邵庵，又号道园，元代著名的文学家、史学家、教育家和南人名臣。傅汝砺，即范梈的弟子傅若金（1303—1342），字汝砺，一字与砺，元代江西新喻县（今江西新余）人，元代后期著名的诗人。傅与砺家距范梈家仅二十余里，少贫，编席为业，拜范梈为师，遂成一代名士，是范梈栽培贫寒之士的典型。揭傒斯说："每读与砺诗，风格不殊，神情俱诣，如复见德机。"即基于其师生之谊。元顺帝至元元年（1335），傅与砺以参佐的身份出使安南（今越南），不辱使命，获"以能诗名中国，以能使名远夷"的赞誉。后与范梈一样任职岭南，为广州路学教授，年仅四十而卒。著有《初稿》、《南征稿》、《使还新稿》、《牛铎音》，后其弟傅若川编为《清江集》。今有《傅与砺诗集》、《傅与砺文集》传世，存诗800余首、文190余篇，亦是著作之富者。明胡应麟《诗薮外编》卷六："新喻、晋陵二子，稍自振拔。雄浑悲壮，老杜遗风。有出四家上者。"他认为，晋陵张翥和新喻傅若金，有的篇章甚至超越了范梈等元诗四大家。

本篇是范梈请求好友虞集帮助自己弟子的书信，它是范梈帮助江西同乡傅汝砺改变人生的重要一环。虞集与范梈两人同岁，贫贱时同在董士选家共事，又同

① （元）傅若金. 傅与砺文集·附录. 上海：上海古籍出版社，1986.

在京城为官，两人是最要好的朋友。书信内容可分三层：一是问候语。在虞集“神相台候”与自己“碌碌无为”的对比间，既叙了友情，也为托傅于虞集伏笔。二是推荐。范梈从两个方面推荐：第一，傅与砺的才华：“妙年力学”，而且“诗赋警拔”；第二，傅与砺的人品：“为人静慎”，他沉静而慎重，即忠诚而可靠。三是委托，范梈从“穷乡卑陋”的角度打动朋友，激发朋友帮助贫寒之士的道义感。虞集是宋丞相虞允文的五世孙，是一个富有正义感的人，其父虞汲和他本人在贫贱的时候，均受到过以推贤荐士著名的董士选的帮助，故帮助寒士的话打动了虞集的心。

傅汝砺手持范梈此信进京见虞集。当时，朝廷正禁推荐，虞集阅信后颇是为难，故不能即时直接向朝廷推荐。但是，出于对老友临终请托的重视，他也激赏傅汝砺的才华，遂四处延誉，将傅汝砺引见给京师同僚和朋友如揭傒斯等。揭傒斯也是范梈的朋友，他将傅汝砺改名为“傅与砺”。在虞集和揭傒斯的帮助下，傅与砺名满京师，进入元代京城文坛。傅亦三生有幸，从一个织席小儿，在元诗四大家中三人的帮助下，直接进入元代文坛的中心区，演绎出一段寒士得范梈师友知遇的传奇人生。明梁寅《傅与砺文集原序》：“范太史德机先生，居百丈峰之下，自少承其面论口传者为多。迨游燕都，缙绅先生既咸奖饬，而诸公贵人愿见惟恐后。”范梈乐于助人的精神，范梈与虞集的友谊之深挚，均于斯并见。范梈一信改变了一介寒士的一生，此信的功德在中国书信史上也应有一席之地。

此信的写作时间是天历二年（1329）。此时，傅与砺 26 岁，正值“妙年”；虞集任国子祭酒、秘书少监、礼部考试官，有荐人之便。傅与砺在京师见到虞集，时范梈已去世，此信成为他的绝笔之作。范梈去世后，傅与砺的人生在此信的作用下，开始发生改变。他愈加思念恩师，哀请虞集在此信上题词，以资纪念和保存。于是，虞集题写《题范德机书》：“范先生与集同岁生，又同在故平章董忠宣公馆中，于今不复见矣。与砺携此书至，先生已宿草在墓矣。怀想畴昔，可胜凄断。与砺文采动人，以为方至之彦，莫与砺若也。余方犯严荐之会，以病告去国，不获如志。然与砺之才，奚必有待于不肖也。与砺欲仍藏先生书，题此而归之。虞集拜手于城东岱祠西舍。虞集书。”这是对范梈《与虞伯生书》的回应，也是虞集和傅与砺对范梈最好的悼念，亦可证范梈奖掖后进、热情助人的精神得到了最好的回报。

《与虞伯生书》不见于范梈的文集，它与虞集的《题范德机书》，均赖《傅与砺文集》附录，而得以保存。傅与砺之于其师范梈，仅此二文其功德亦不可谓不大。

（二）范椁《贞一稿序》

夫为大而无当、往而忘反之言者，必世所谓山林枯槁、果于违人之士，岂非以其志？与若仁义之本、风化之原，论说必归儒者，而稽之章逢家，或反谬是。夫士也，乃气必充、辞必端，驰骋上下，横从今古，无不极而约之，无逾乎礼。其志若是，恶可以山林之果者蔽之耶？余得上清朱君本初《贞一稿》读之，未尝不掩卷而三叹息也。

余与朱君游，知其文学旧矣。来南州，君主玉隆别馆。去年冬，行县田，有乌山小兵驰田间，得君寄诗二章，盖六朝庾、鲍而唐太白之流也。今夏，君自西山来示余此稿，概篇百数，而矩度若一。其《武当山赋》与《巢湖》等诗，论庄词澹，尤吾所谓驰骋横从而无所逾者。其大而不夸，往而知所至与雅颂。废风气降，数十年来，乡之事进取伎者，一趋于诗。人愈多而诗愈少，非诗少也，征诸本原则微矣。

江西号多文邦，顷在都，与同列论是邦人，咸独推某、某，今又得君。君故临川人也，顾又蔽于是，是山林者又恶足以蔽君？使无知者亦云然耳。兹所以资吾掩卷之叹，而尚悲其志也。世之观人者，往往循名远实，靡然成风，将使天下负无士之累于后世，其病类如是。凡不可而众说可，与而失之者，岂特如本初之文而已！君论著外，此若诗所称《舆地图书》者尚多。谨先归此稿，竢休告叩云谷，相与并论之。

至治三年八月朔，临江范椁序。①

《贞一稿》，又作《贞一斋稿》、《贞一斋杂著》、《贞一斋诗文稿》，元朱思本著。朱思本（1273—?），字本初，号贞一，江西临川（今抚州）人。祖父任南宋淮阴县令，入元，坚持民族气节，坚决不仕，遁世隐居、学道于江西龙虎山，成为元代南方道教正一道派中玄教一门的杰出人物，与马臻、陈义高、吴全节、薛玄卿、张雨等齐名。他游历山川 20 余年，在此基础上著有《舆地图》、《梵图说》等地理学著作，是元代最著名的地理学家。文学著述尤富，每岁一个

① （元）朱思本．贞一斋诗文稿·卷首．顾廷龙．续修四库全书集部·第一千三百二十三册．上海：上海古籍出版社，1995.

《诗集》，如《北行稿》[1] 等，今存《贞一斋诗文稿》二卷。范梈出身贫寒，也喜帮助寒士，他与朱思本是同乡，又敬慕其人品，故交谊甚厚。元英宗至治元年（1321），朱思本“荐鳌称秘祀，承制领殊庭”，主持玉隆万寿宫，时贤如许有壬、柳贯、袁桷、王继学、薛元曦等巨擘，皆有《送朱本初法师赴豫章玉隆宫》诗。时范梈不在京师，后也作《玉隆宫》诗以贺。至治二年（1322），朱思本呈诗二篇给范梈。至治三年（1323）夏，朱思本呈《贞一斋诗文稿》，并请范梈写序，八月范梈即成此序。

序末署明的时间是至治三年（1323），时范梈已经离开雷州，在江西廉访司副使田赟幕府任照磨。序言可分为三层，第一层论述《贞一稿》的内在精神。朱思本本是隐居的志士，与汲汲于名利的俗士不同。范梈极力揭示作为“山林枯槁”之士的朱思本，与儒家“仁义之本、风化之原”的指归一致，指出他气充辞端、驰骋纵横，又约之以礼的士大夫精神，以及他实际上就是具备了孟子“浩然之气”的高尚之士。第二层，论述《贞一稿》的文学成就。范梈先从两人的交往说起，娓娓道来如行云流水。再评论朱思本著作如《武当山赋》、《巢湖》等诗，“论庄词澹”的语言特点和纵横驰骋的风格特征，把他与六朝庾信、鲍照和唐代李白相提并论，赞扬《贞一稿》具有中国古典的浪漫特色。最后，范梈把《贞一稿》与同时代的著作加以比较，指出朱思本的诗歌远远超越世间俗士与山林隐士的思想和艺术价值。

序文语言平实，叙事简洁，在对比中对《贞一稿》作了简要的评价，语短而意长，体现了范梈文辞简练的特点。

为《贞一稿》作序的人不少。据明吴宽《题元朱本初道士贞一稿后》：“遗编不用重评品，虞范亲题在卷端。”作序的有虞邵庵、范德机、柳道传等七人[2]。明汪砢玉《珊瑚网》卷十一：“《元名公为朱炼师本初七序墨迹》：‘故元文章之盛，虽方外道流，亦有其人，如吴全节、薛玄卿、张伯雨辈是也。此则朱本初所著《贞一稿》，观其所得，尤为精深，宜一时大家，特为亲书其首也。本初临川人，出家上清宫，而从吴宗师居都下，其稿既无刻本，不知此编何从传至吴中。幸而为抑夫县人之所藏，不然其亦泯矣。’”据此，《贞一稿》的七篇序文，篇篇均是序者亲笔书写的书法作品。清卞永誉《式古堂书画汇考》卷二十一《元人

① （元）许有壬．至正集·卷三十二．上海：上海古籍出版社，1986.
② （明）吴宽．匏翁家藏集·卷二十三．上海：上海古籍出版社，1991.

为朱炼师本初七序卷》，从书法的角度，把七篇序编为一卷。这七序为：胜国、范梈、刘有庆、欧阳应丙、虞集、柳贯道传、吴全节七人的序言。今存宛委别藏本——元朱思本《贞一斋诗文稿》卷首有序六篇，它们是：范梈《贞一稿序》，至治三年（1323）八月朔，临江范梈序；刘有庆《贞一稿序》，癸亥（至治三年）中秋，友人眉山刘有庆志善父谨叙；欧阳应丙《朱炼师文集序》，癸亥（至治三年）十月甲子，临江欧阳应丙书；虞集《贞一稿序》，泰定二年（1325）四月八日，承德郎、国子司业、蜀郡虞集伯生甫书；吴全节《贞一稿序》，泰定四年（1327）岁在丁亥四月八日丙子，元教大宗师吴全节书；柳贯《贞一稿序》，东阳柳贯道传父序，实天历纪元之岁（1328）十又一月之丁酉。而缺胜国序。这六篇序文的作者，不是文坛巨擘，便是宗教界宗师。序文名称，除欧阳应丙名《朱炼师文集序》外，其余均作《贞一稿序》。它们按时间先后依次排列，前后序之间的时间达六年，范梈序最早，故列在第一，也可见范梈在文坛的地位以及他与朱思本的关系。

二、临高县毗耶神文两篇

范梈的另外两篇佚文，是关于海南临高县毗耶神的。

（一）范梈《高山毗耶神祷雨有应记》

琼之临高，西去有山，山以毗耶名，神亦以毗耶名。毗耶果何物哉？《寰宇记》有云："山顶有兽，状似大虫，俚人以毗耶呼之，故以名山。"吁！山其神乎！物其神乎！其妙用为难名也。得之邑之耆老曰：汉建武二年，青州人王氏家于邑之南村，有子长名祈，次名律，与邑人王居杰猎于山，惓憩石上。祈为石所吞，居杰三引刀不解。祈曰："我为毗耶大神，隐此石室。已后可以纯白牲三载一祀我。"语讫，则神人两途矣。律与居杰归，而谋之里人，如期致祭。后人因之，乃知人因石而神，山因神而明。自是神赫厥灵。宋靖康年间，逆酋王文满攻掠我边鄙，虔刘我人民。兵少怯敌，登山告神，而神以蜂虿驱之，贼徒败北。建炎二年，陈韬、莫因等贼侵境，邑之官叩神求相（助）。一指顾间，渠魁授首，比之风鹤雪鹅，公山草木，尤其神也。人以为神，故岁之水旱则祷之，疾厉祟降则祷之，咸若有答焉。

延祐甲寅（延祐元年）春，民以旱告。邑宰登坛，一祷而霖雨作，神之果神。令尹于乎信，乃语邑人曰："夫渤海之五峰，蜀地之三峨，奇则奇矣，岂若此山之有其神？魏榆之石能言，金华之石可叱，怪则怪矣，岂若此石之灵而异？况其功于国，惠于民，厥勋章明，宜受显祀，坛而祭之。必碑以纪之，俾邑人不忘神之赐，后来者亦知山之所以名，神之所以灵也。"佥曰："唯唯。"爰镌石而铭之曰：

高山蒙洪，俯视众峰。天造石室，有神居中。灵妙变化，机神感通。英物呵护，三边息烽。阳殄而和，十雨五风。民乃受赐，报彰神功。岁有常祀，曝牲致恭。刻在金石，以垂无穷①。

康熙《临高县志》卷十二称范椁为"元廉访使"，有误。范椁只是廉访司的照磨，在廉访司是最低的九品官。

"毗耶"，除了见于佛教之西域毗耶离城，也即维摩居士石室所在地外，还见于海南黎族文化区。毗耶山在海南有二，一在儋州。宋欧阳忞《舆地广记》卷三十七："宜伦县，本义伦隋为珠崖郡治，唐立儋州，州城即汉儋耳郡城也。皇朝太平兴国元年，改义伦曰宜伦，有毗耶山、昭山、伦江。"毗耶山是因为山上的毗耶兽而得名："毗耶，似大虫，俚人呼为毗耶，故名。"一在临高县。《大清一统志》琼州府："毗耶山，在临高县西北。《寰宇记》：废富罗县有毗耶山，山顶有虫似伏蛇，俚人以虫为毗耶。"② 毗耶成神以后，人们在临高县西北毗耶山下建立神庙，每年八月十六日以白色的牲畜祭祀。两说略有不同。毗耶神是只有海南才有的山神。

《高山毗耶神祷雨有应记》可分为三部分：第一部分，叙述临高县毗耶神的起源。这里除了引宋乐史的《太平寰宇记》外，范椁还实地采访了临高县的耆老。故事起源于东汉光武帝刘秀时的建武二年（26），南村人王祈被毗耶大神吞没，大神要求以白色动物祭祀，其弟王律和猎人王居杰均是见证人，之后就产生了毗耶神。石神故事在海南屡见不鲜。在万州东二十里港门有二石神，昌化县西北二十里有石神，形似人帽，其首面南。《琼台外纪》载，山石往往吞人。光绪《临高县志》卷三："在疍村都，有大王神石。昔有老妇姚姓者于河洗纱，忽一石似鸡卵，逆流旋绕其足，掷去复至。妇怪之，携归，行数十步渐重，弃之。回

① （清康熙）临高县志·卷十二．海口：海南出版社，2004.

② （清）穆彰阿，潘锡恩等．大清一统志·卷三百五十．上海：上海古籍出版社，2008.

语众，往视之，石已高大，推不动。有一人跳曰：‘吾乃石贤神也，若等祀我，当保障尔村。’因为立庙，祀石于中，号曰石贤大王。旱祷立应。”《古今图书集成·广东黎人岐人部》之《外编》载：“崖州东一百二十里罗活峒有大石，黎人罗艾猎过此，石衔其犬足。艾弓扑之，石舍犬衔弓。艾又以左足踏之，石舍弓而衔足，吞身入半。父界闻之，率众往救，不出。许纯白牛羊祭，方出至膝间。有触禁者，遂吞没。界怒，杀触者；伤子，以黎被覆石上。至今石色杂花如被纹。”① 临高县的毗耶神与崖州罗活峒巨石吞人事件，尤其类似。诗人将采访到的民间传说记载下来，使毗耶神的故事细节生动，内容比《太平寰宇记》更丰富。文章还记载了宋代山神帮助官军镇压王文满、陈韬、莫因等黎族起义的事件，在海南黎族传说中，毗耶神管军事和水旱，而且十分灵验。第二部分，叙述了延祐二年立碑的原因。延祐元年，临高县大旱。临高县令牛那海，登上祭坛向毗耶山神求雨，果然甘霖大降，为报答毗耶神，故立碑歌颂。第三部分，是歌颂毗耶神的铭文。

与《高山毗耶神祷雨有应记》有关的文章还有《龙潭坛记》。康熙《临高县志》卷十二载范椁《龙潭坛记》：“距临高二十里曰西村，有龙潭坛……延祐元年，安丰牛君那海来尹是县，会旱祷之，雨三日。既霁又雨，谷大熟。思所以贻灵报贶，惟是表章……（延祐）二年又旱，予录囚历县，牛君请述其事，刻诸坛石。欲往察，不果。命吏剪丛翳，审面势，以来旦与龙约曰：庶予文哉，以神视子。吏反而雨至，禾乃大起。吁，可谓灵矣！”求雨之时既祭祀毗耶神，也祭祀龙神。范椁的《龙潭坛记》和《乐龙之章》，是在延祐二年（1315）他到临高县录囚时所作。那么，可知《高山毗耶神祷雨有应记》也应作于延祐二年。

（二）范椁《请敕封临高县毗耶神》

在多次向毗耶神和龙神求雨灵验后，范椁受临高县令牛那海之托，起草请封毗耶神的呈文。呈文原作：“元至正间，廉访司范椁呈省文。”“元至正间”，有误，当作“元至治间”。“廉访司范椁呈省文”，是转述性的文字，不是原文。故依古代公文格式，改为“请敕封临高县毗耶神”：

有山彰灵异，惟神多感应之功；民受恩庥，则国有褒崇之典。窃见

① 洪寿祥，周伟民．海南地方志六种．海口：海南出版社，2006. 571.

乾宁临高县去西二十里，有山名毗耶。按《郡志》：汉建武二年，邑人王祈猎至此山，倦憩石上，为石所吞，其徒三引刀不解。祈曰："我为毗耶大神，隐此石室，后当以纯白牛三载一祀我。"邑人信之，如期往祭。自是神赫厥灵，其来已久。宋靖康间，逆酋王文满煽乱，兵士告神，而神遣蜂助顺，逆酋败北。建炎二年，陈韬等贼侵境，官民叩神求相（助），而渠魁授首。迨于天朝九（五）十年间，神每效灵，以卫兹土。至正十一年（至治元年），土人吴国宝等构乱，焚掠沿海诸村。乡人望山告神而神殛，贼自败而散。凡诸旱潦、疾疫，民有所祈，如响斯应。至正十二年（至治二年），当职分巡，至于是邑。维时旱潦，民以为忧。乃往山一祈，而雨霖沾足，民遂其耕。邑之耆老合词告曰："是神先后有功于兹土，如是而朝廷不闻，褒崇未及，神虽无憾，我辈窃不慊焉？"当职历验兹神之功，又协舆论之实，若非显赠，奚报厥灵？如准所揭，转以上闻：易名锡封，加以显爵。则幽而为神，且获上报之宠；明而为人，岂不知所劝乎？

文章有错误，"天朝九十年"，当作"天朝四十年"，因形近而误。"至正十一年"，当作"至治元年"（1321）。这是因为，范椁"当职分巡，至于是邑"的时间，在延祐二年至至治二年之间。"至正十二年"同理，当是"至治二年"。文章前两部分与上文内容相近，但是在叙述毗耶神的起源和佑民功勋方面更简洁。最后，文章转达了海南人民的意愿，请求朝廷敕封。呈文上报后，皇帝制曰："可。"于是，封临高县毗耶神为"显应侯"，列入"祀典"①，成为朝廷承认的神灵。在当时的意识形态下，这算是范椁为海南人民所做的一件好事。

三、佚文存目

除了上述四篇完整的文章外，范椁还有《桃源记》、《邓文原行状》、《万实元茂字说》、《跋赵子昂鹊华秋色图》和《南窗铭》五篇。

范椁的《桃源记》，见元危素丁亥年（1347）写的《仙岩图序》："复登舟行

① （清康熙）临高县志 · 卷一. 海口：海南出版社，2004.

数里，至桃源，太史范先生尝为之《记》。”① 另外，揭傒斯《桃源图序》：“江左龙虎山南十里有桃源者，刘、王二尊师所辟也。临江范亨父为之《记》，予为赋五言诗十七韵。”② 二文均提到范椁在江西龙虎山撰的《桃源记》。范椁《范德机诗集》卷六有《桃花原是渐岭对江》：“雪晴寻路入华原，绝爱清江抱远村。行处只贪幽树好，不疑山谷易黄昏。”当是同时所作。

范椁的《邓文原行状》，见元黄溍《邓公神道碑》：“乃退，而以前史臣范椁之《状》，授臣溍。”③ 黄溍的《邓公神道碑》所据的原始资料，便是范椁的《邓文原行状》。

范椁的《万实元茂字说》，见元吴澄《万实元茂字说》：“豫章士万氏，实名，而元茂字。清江范德机，叙其名与字之说以勉之。范之清操廉节，实清实廉者也。益贫而益坚，弥久而弥光，斯其为实之茂也已。元茂从之游，其有所师法欤！子方慨，斯人之不可复见，而幸见斯人之所与游者焉，如见吾德机也，是以识乎其说之左。”④ 由此可知，范椁有《万实元茂字说》。根据“是以识乎其说之左”，吴澄的《万实元茂字说》，当作《跋范椁万实元茂字说》。

范椁的《跋赵子昂鹊华秋色图》，见于清朱彝尊《题赵子昂鹊华秋色图》：“《鹊华秋色图卷》，元贞元年，吴兴赵王孙罢守齐州，归为周公瑾作。用丹墨，淡着色，参合王右丞、董北苑法。华不注一峰特立，而鹊山附之。对此，益信郦善长单椒秀泽，一语之善形容也。卷有杨仲弘、范德机、虞伯生三公《跋》。”⑤ 赵子昂，即元代大书法家赵孟頫。赵孟頫（1254—1322），字子昂，号松雪，湖州（今浙江吴兴）人。累官至翰林学士承旨，荣禄大夫，死后封魏国公，他在诗歌、书法、绘画、篆刻上均有很高造诣，书法上精通行书、楷体，独创“赵体”，当时在士大夫中威望很高。他画了《鹊华秋色图》后，元诗四大家中的范、虞、杨均在画上题诗，成为一代之盛。范椁的《跋》文，当作于京城翰林院时。

范椁还有《南窗铭》。元傅若金《南窗记》：“卫人王良辅，敦厚而志于学，往年余还清江时，见良辅侍其亲郡幕，有儒雅之风，无纨绮之习，盖王氏佳子弟

① （元）危素．说学斋稿·卷三．文渊阁四库全书．上海：上海古籍出版社，1986.
② （清）江西通志·卷一百五十六．上海：上海古籍出版社，1986.
③ （元）黄溍．文献集·卷十下．长春：吉林出版集团有限责任公司，2005.
④ （元）吴澄．吴文正集·卷八．上海：上海古籍出版社，1986.
⑤ （清）朱彝尊．曝书亭集·卷五十四．文渊阁四库全书．上海：上海古籍出版社，1986.

也。今年余游湖南，良辅复从其亲尹衡之鄙邑，以余有通家之好，因出中书许公所书‘南窗’二字示余，曰：‘斯余昔者，读书之所也。翰林范先生尝为之铭，今先生且不可作矣。子盍为我识诸。’余于翰林为乡子弟，而辱知中书，以二公之所与，虽未尝知其人，犹将申一言。矧余于良辅有通家之好者乎。”① 从“余于翰林为乡子弟”可知，此翰林范先生，即指范梈，傅若金是范梈的老乡和其最钟爱的弟子。此“南窗”集三大名人手笔：匾为许有壬书写，范梈作《南窗铭》，傅若金作《南窗记》。它集中了有元一代俊杰的手笔，亦一代之宝。范梈《南窗铭》的全名，当作《王良辅南窗铭》。此时，范梈已经去世，故请他的弟子傅若金作《南窗记》，以资纪念。范梈的《王良辅南窗铭》，当属于杨士奇所说的“杂文”一类的文章。

上述五篇，文均佚，仅存题目。

据上可知，范梈的散文，除了《全元文》所辑八篇外，至少还有八篇，虽然其中五篇仅存目录，但是我们可以知道范梈的散文至少有十七篇。

在范梈的十七篇散文中，从文体上说有：记、序、书、说、跋、行状等六体，其中记、序最多，而古代散文的大宗如赋、碑铭却一篇也没有。范梈的十七篇散文，所存者当不及十分之一，甚可痛惜。

范梈的佚文并不限于他在海北海南道的散文，他在海北海南道的五篇散文笔者将辑于《海康集》中。

---

① （元）傅若金．傅与砺文集·卷二．上海：上海古籍出版社，1986.

第八章　范梈《海康集》的文学和历史价值

对于范梈的诗歌，前人多有评价。例如《元诗纪事》云：“《诗法正论》：‘我朝有亘古所无之混一，故有亘古所无之气运。一时文人，如刘静修、姚牧庵、卢疎斋、元复初、赵子昂诸先达，固已名世矣。大德中，清江德机先生，独能以清拔之才、卓异之识，始专师李杜，以上溯《三百篇》。其在京师也，与伯生虞公、子昂赵公、仲弘杨公、曼硕揭公诸先生倡明雅道，以追古人，由是而诗学丕变，范先生之功为多。’曼硕尝语人曰：‘近年诗流善评者，无如刘会孟，能赋者仅见范德机。’熊雪峤曰：‘范诗如绝色妇人，洗净脂粉，与人斗妍，故无有及之者。’周靖之谓余曰：‘范公践履不愧古人，故其词翰亦不愧于古人，要皆自其胸次流出，不可强学而能也。’且范先生尝曰：‘吾平生作诗，稿成，读之不似古人，即削去改作。’”① 这里并未全面研究范梈诗歌的艺术成就，仅探讨《海康集》的文学和历史价值。

从体裁上，范梈《海康集》包括诗歌和散文两类文体。诗歌以产生地点来分，包括以下几个部分：一是赴雷途中诗歌 4 题、4 首；二是雷州诗歌 41 题、50 首；三是海南诗歌 32 题、38 首；四是雷州外的海北诗歌 6 题、6 首；五是后雷州诗歌 3 题、8 首；共有诗歌 86 题、106 首。《海康集》还有写海北廉州题材的《海角亭记》和海南题材的《东坡祠记》、《龙潭坛记》、《高山毗耶神祷雨有应记》、《请敕封临高县毗耶神》，共五篇。这些诗文的篇幅约三卷，它并非范梈《海康稿》的原帙，而是范梈在海北海南道八年时间中诗文的遗存，但其《海康稿》的主要部分仍保存下来。

一、《海康集》产生的历史背景

范梈的诗歌成就当然不能与李白、杜甫相比。原因甚多，其中之一便是《海

① 陈衍辑．元诗纪事·卷十三．上海：上海古籍出版社，1984.

康集》产生的历史背景独特。元朝的历史具有两重性，一方面由于蒙古骑兵的军事优势，世界历史上第一次形成了东风压倒西风的格局。欧亚大陆的草原地带，以阿尔泰山和天山山脉为界可分为东西两部分。西部是印欧各族，东部是蒙古、突厥等民族。东部地势高而干燥，气候寒冷而恶劣，西部则水草丰沃，利于放牧。地理资源的不平衡最终转化为历史人群的大冲突——东部的突厥、蒙古人持续向西大迁徙。他们或以难民身份，或以征服者的强悍姿态，前赴后继地向西推进。到中世纪中期的13世纪，成吉思汗及其子孙们征服了从太平洋到波罗的海和黑海的整个欧亚大陆，入侵了人类四大文明中心地区所在的欧洲、中东、印度和中国，形成了历史上最大的蒙古帝国。这个军事大帝国的疆域，从太平洋的西北岸一直延伸到伏尔加河的源头和多瑙河下游的北岸，从贝加尔湖延伸到越南北部。就其外部说，这是个庞大的军事帝国。但就其内部而言，这个军事大帝国又是野蛮的。欧洲大陆、非洲大陆和阿拉伯半岛、印度半岛被蒙古野蛮统治的时间比较短暂（1241—1259），但是中国和俄罗斯则成为蒙古人长期野蛮统治和奴役的国家。蒙古人入主中原后实行民族压迫政策。人口不到5%的蒙古人和色目人享有统治者的多种特权，95%以上的汉人尤其是南人（原南宋统治下最后臣服的人民）则以被征服者的身份备受民族歧视和迫害。

这种政策反映在海北海南道的官制上，便是肃政廉访司的首长必须由蒙古人担任，没有蒙古人时则由色目人担任。肃政廉访司使为正三品官，相当于今天的省部级首长。而汉人和南人一般只能做低级的文吏。明陶安《送许经历序》："然数十年来，南人不得仕省台院部，仅补远道宪史。君因以吏役，历海北两广宪司，除惠州路照磨。"①"补远道宪史"，即任边远地区廉访司的书吏，在海北海南道和海北广东道生活多年，才升为照磨，许经历比范梈更不幸。汉人和南人在蒙古语中叫"札答兰"，即外人。《左传·成公四年》也有"非我族类，其心必异"的话，外人当然只能任低级俗吏。明万历《雷州府志》记载，任海北海南道廉访使（正三品）或副使（正四品）的，都是蒙古人或者色目人，如廉访使乌古孙泽、张忽里罕；副使拜都、马合谟、答里麻识理等。乌古孙泽、张忽里罕等的名字，已表明他们来自蒙古或女真或维吾尔。"答里"，在蒙古语中是老疙瘩的意思。"马合谟"，似乎是汉族姓氏，其实也是蒙古人之名。元代蒙古或维吾尔贵族名字音近"马合谟"者甚多，如尚书右丞马合谋、吏部尚书马合谋、

① （明）陶安．陶学士集·卷十四．上海：上海古籍出版社，1986.

湖广行省参知政事马合谋、湖广行省左丞马合谋、江西行省平章马合谋等，均为蒙古或维吾尔贵族。此马合谟，也为维吾尔人。明《永乐大典》卷三千九百四十九引元代《雷州府志》："元马合谟，字瑞卿，回回人氏。后至元三年为宪副。以廉介守己，以严明律众，与同寅者多妒忌之。而瑞卿发奸（擿）伏（状），其政如神。"海北海南道肃政廉访司的正副首长均是蒙古人或者色目人。这种歧视政策，被元朝中央的文件固定下来。《元史·成宗纪》："各道廉访司，必择蒙古人为使。或阙，则以色目世臣子孙为之。"其次，参以色目汉人。作为汉人，尤其是"南人"的"劣等民族"，只能做八九品的杂庸小吏："各道廉访司通事、译史出身，比依书吏一体，考满正九（品）。"因此，范梈虽是中国一代文学大家，但在元代却因为是"南人"，只能做"书吏"。他在宦海挣扎，8 年不迁，长期沉沦下僚。"能官不必高"，成为决定他命运的谶语。一代人杰的范梈在八九品任上长达 23 年，直到他去世时，也没有熬上个七品芝麻官儿。范梈的遭遇表明，明代是何等的黑暗，世道是何等的不公，民族精神是何等的萎靡！

雷州虽偏在海隅，但在汉代开始就成为流放官吏的地方，可悲的是，大诗人范梈，甚至连享受被发配的资格也没有。他到雷州并非被发配，但是却比历代上的被发配者更久地沉沦在"雷州百日蒙"的海畔，范梈的《海康集》，就产生于这样的不是被发配却胜似被发配的苦难岁月中。

这样阴郁压抑的精神环境，决定了诗人的心志不能自由地抒发，思想不能高高地飞翔，也决定了《海康集》所寄寓的情感不能尽情挥洒。这是今日评价元代文学和《海康集》时，我们应该考虑的前提。

二、《海康集》在中国文学中的意义

但是，尽管如此，《海康集》与范梈其他诗歌一样，还是取得了很高的成就。

一般而言，元诗四大家之说已经显示了包括《海康集》在内的范梈的诗歌在元代文学中的意义。在这样的前提下，本篇重点探讨范梈《海康集》对于中国文学的意义。

在马背民族的军人政权的统治下，中国文学陷入极度的艰难之中。当时，在都市梁园棚内的勾栏行院里，用小市民语言写作的杂剧等市井文学应运而生。这种文学的功能，用元代佚名的《汉钟离度脱蓝采和》的话说便是："你道我谎人钱，胡将这传奇扮，则许官员上户财主，看勾栏散闷。"这种在市井中即时消费的“勾栏艳品”，虽在形式上为中国文学提供了新鲜的体裁，也使元代也有了自己的“一代之文学”，但是，它在内容上却丧失了民族道义和时代精神，是种“提灰笔写遍鸳鸯字”的勾栏文学。这种“勾栏里把戏”的粗俗文学，近百年来却成为中国文学史家研究的热门，亦值得深刻反省。但是，有种奇怪的文学现象，如范梈一生没有写过一首元曲。他与元诗大家们一起坚持传统的中国文学创作，使中国文学精神世代不息地承传着。《海康集》便是在元杂剧、小说等市井文学盛行的时代里的中国传统文学的代表，它的产生标志着与“趋艳附市”的市井文学相反的文学精神的坚持，实在难能可贵。《海康集》在中国文学中的意义，表现在以下两个方面：

首先，《海康集》在内容上坚持中国文学的精神。贯穿在《海康集》中的是人道主义的精神。范梈在海北海南道的主要事迹表现在录囚上，范梈为什么会十分认真地录囚，努力地为冤民平反雪冤呢？这是基于其人道主义的考虑。在《郡中即事十二韵》中，他道出了他录囚工作的动机。他深知囚犯获罪的原因，地区经济文化落后，人民过着“古来非人居，禽兽相伏藏”的原始生活，但统治者奉行野蛮的统治，让他们“高结舞大卤，上衣不备裳”，将他们逼上梁山。然后，又不知安抚，一味残酷屠杀：“杀戮乃酬功，诛之仁者伤。”因此，监狱里的冤民特别多，这便是他认真地平反冤狱的原因所在。在这里，他谴责统治阶级的不仁、政治的简单粗暴，而同情无助的平民。这实际上是在张扬人道主义精神，为人民的生活和政治遭遇而呼喊。范梈职位九品，官位不高，俸禄微薄，家人衣食不保，但是他却捐出自己的薪俸以修创学校，其目的就是给人民开辟一条文化自救之路，使他们走上文明的道路。因而，他的捐资修学是一桩利民利国、功在千秋的善举。

在诗歌创作中，范梈以杜甫为榜样，不断伸张正义，表现出强烈的人道主义精神。范梈在文学上取法中国盛世的诗歌精神和技巧。他说：“诗当取材于汉魏，而音律以唐为宗。”① 这既指诗歌精神，也指诗歌艺术。鉴于对唐代诗人李白、杜甫的情有独钟，他深入地研究李白、杜甫的诗歌，著有《批选李翰林诗》四卷和《批选杜工部诗》六卷。明张綖《杜诗通》十六卷，就是在范著《批选杜工部诗》基础上形成的。明方九叙《选校范文白公诗集序》：“江西诗派有二：

---

① （明）谢榛．四溟诗话·卷一．北京：人民文学出版社，1961.

宋则黄太史，元则范文白。二人皆法杜少陵氏。”[①] 范梈以忧国忧民的杜甫为榜样，《宪司双榕轮囷数十围其庇数亩，雨止观白鹭》：“每当弹射思伤物，忽到徘徊感离群。”这是典型的杜甫式语言和杜甫式情怀。他像杜甫一样写新乐府诗为百姓鸣不平。《元史·范梈传》：“闽俗素污，文绣局取良家子为绣工，无别尤甚。梈作歌诗一篇，述其弊，廉访使取以上闻，皆罢遣之，其弊遂革。”范梈所作的歌诗即《闽州歌》，此诗主题素来被认为是反对闽俗污秽，其实不得要领。史家认为，文绣局的问题是不该把良家女子与污俗女子混在一起，不作区别。其实，这是不明白范梈诗歌的本意。元军的文绣局“污”女子，“污”在何处？范梈《闽州歌》：“那更诛求使者急，鞭棰一似鸡羊群。古来闺阁佩箴管，今者女工征六军。”元军之“污”在于，他们进入中原后在屠城的同时，还肆意抢劫奸淫。在福建，他们不仅“污俗”女子，还设立“文绣局”，强征良家女子入军，女子进入军营，并非为了女红“文绣”，其实是为了满足官兵的淫欲，以方便他们奸污。在“文绣局”里，六军不仅奸淫女子，而且还残酷虐待她们，鞭打如同鸡羊。在这时，“文绣局”还是为了缝纫绣花吗？它分明是元军的“慰安妇”的集中营，元军在福建的罪行令人发指，岂一个“污”字可了？范梈见状，为之奔走呼喊，终于使六军“污”女子的机构得以撤销。范梈与杜甫一样，充满同情人民的人道情怀。录囚与罢遣文绣局事情虽殊，但是主张人性、反对暴行、同情人民的人道精神是相同的。当然，范梈的成就是不能与杜甫相提并论的。这主要是因为范梈生活在民族压迫的黑暗时代，例如在《公堂暇日》中，他对统治阶级的讽刺，只能以“新起危楼接大荒，海天奇观压殊方”这样歌颂的方式进行，使人感受到在言论不自由时代里的人们的低声嗫嚅。但是，范梈的精神批判仍然可感可触。元吴澄说：“若亨父，可谓特立独行之士矣。”明熊逵《叙范先生诗集后》：“乃若吴草庐先生，以东汉诸君子例之，则评其人云。逵尝即东汉诸君子方之，而妄为之评曰：‘先生之行如范式，诗如张衡。’《大过之象》曰：‘君子以独立不惧。’夫独立不惧者，守之《过》乎人也。先生当《大过》之时，而狷介超卓，天正固穷。隐于卖卜以自给，屹有东汉诸君子之守，所谓独立者欤。其与金溪危素善，未终前两月疾已剧，尫羸骨立，犹走数百里外哭素母，因与素诀。此与范式友张邵式何异？乃若先生之诗，出于是时，发愤之所为，可拟《四愁诗》而忠厚恻怛，尤过与衡。”范梈在暴政制度下仍然坚持人道

① （元）范梈撰，（明）杨翚编．选校范文白公诗集·卷首．济南：齐鲁书社，1997.

主义精神，在元代像他这样的人的确不多。

其次，《海康集》在艺术上坚持中国传统文学的方向。范梈是江西人，他的诗歌是江西诗派在元代的发展。他生活在宋朝灭亡之后的时代里，宋朝为什么会灭亡？宋代文学与宋朝灭亡有什么关系？这些都是元代有思想的文学家思考的问题。范梈拒绝了宋代江西诗派玩弄“点铁成金”的技巧遗习，自觉地革除宋代诗歌的“空疏”习气，从而坚持诗歌朴实创新的原则。他的诗歌意象清丽，语言清新朴素，具有《国风》的风格。范梈是清江人，自幼生长在清江畔，耳濡目染的都是清澈动人的自然景象。元揭傒斯《范先生诗序》说，虞集伯评曰“范德机诗如唐临晋帖”，揭傒斯不以为然，改评为：“范德机诗如秋空行云，晴雷卷雨，纵横变化，出入无朕。又如空山道者，辟谷学仙，瘦骨崚嶒，神气自若。又如豪鹰掠野，独鹤叫群，四顾无人，一碧万里。差可仿佛耳。”其实，这些评价均不如《四库提要》之“清微妙远”四字准确。

范梈不仅是诗人，也是文艺理论家，著有《木天禁语》、《诗学禁脔》、《说文要指》等，门人熊逵等辑为《清江诗法》。《木天禁语》研究作诗之法，《诗学禁脔》研究诗歌之格，二书被后人视为伪托。日本东聚《木天禁语序》：“《木天禁语》刻成，或辨非范梈撰。然六关、十三格，详示作诗之法，学者一拳槌破，可以透入妙境。我取其书，不取其人，虽则伪撰，亦何伤乎？”[①] 可谓确论。其实，门人所辑的著作，难免因繁杂繁芜，贻人口实。但这只能说明范梈诗歌理论的著作还不成熟，并不能否定范梈对诗歌理论的追求。范梈研究诗歌的创作方法，目的在于诗歌创作实践中的创新。故《四库提要》说：“其（范梈）机杼亦多自运，未尝规规刻画古人。”[②] 自出机杼，是范梈诗歌的最大特色。

范梈有诗歌创新的理论自觉。他在《奉寄翰林邓侍讲》说：“我生长在穷谷，那有文字争人雄。”他自幼贫贱，为人本分，为文也本色。写作有感而发，并非与人争胜的文字游戏。他在《留赠黄明府》说“屈身试下位，载道发清音”，人在下位，为文需要顺应自然，以本色为文，以本色取胜，文章在内容上要载道，在艺术上要有清新的清音。这是他对文章之道的深刻妙悟，也是指导他诗歌创作的诗论。他认为，在诗歌素材上，诗歌应以大自然的清醇之气为根基。他在《饶国吴氏晚香堂》诗中说“乾坤有清气”，他在理论著作《诗家一指》中

---

① 张健．元代诗法校考．北京：北京大学出版社，2001. 465.

② （清）永瑢等．四库全书总目提要·卷一百六十七．北京：中华书局，1981.

说："乾坤之清气，性情之流至也。有气则有物，有事斯有理。必先养其浩然，存其真宰，弥纶六合，圆摄太虚，触处成真，而道生于诗矣。"① 认为应该把乾坤之清气内化为诗人之性情，再外化为诗歌之清景。明贝琼、偶桓等受此启发编有《乾坤清气集》。诗人正是以这样的精神创作诗歌，他在《西岩夜宿怀雷州幕府同僚》诗中说："邂逅逢清景，飘萧澄素襟。"他已经将天地之情景，内化为自己澄素之胸怀。他的《赠海康举进士者》、《奉酬段御史登岳阳楼之作，时分理盗贼至海康》等诗歌，格调刚健，是元代诗坛的代表作。《望潮曲》、《送答里麻廉访使》等诗，风格苍凉，仍不失为元代诗坛的好诗。范梈在海南歌咏桄榔林、槟榔寨、荔枝园的诗歌，语简而景幽。其他如《郡中即事十二韵》中的西风廨宇、蛮貊秋草，《宁州道中》中的烟外小桥、月下流水，《西黎歌》中的山花白云，《定安县》中的晴云海笛，樟树镇中的乡心杜宇，分司署的清钟芳树等，均描绘出海南大自然的清新之景。大自然的清丽，化为他诗歌中的清醇文学，从而使范梈的诗歌呈现出清新朴素的精神面貌。

元代诗歌虽受到俗文学的大冲击，但由于范梈等元诗大家一起坚持传统的雅正文学观念，既拒绝当下流行的勾栏风气，也力图纠正宋诗空疏的倾向，努力恢复唐诗自然朴素的传统，代表了元代诗歌的发展方向。明何乔新《重刊黄杨集序》："有元一代，俗漓政庞，无足言者。而其诗矫宋季之萎靡，追盛唐之雅丽，则有可取者……杨仲弘、范德机倡于江南，而虞伯生、揭曼硕诸公从而和之。"② 明贝琼《中都集》之《陇上白云诗稿序》："盖元初文治方兴，而吴兴赵公子昂、浦城杨公仲弘、清江范公德机，务铲宋之陈腐，以复于唐。"③ 元末明初的文坛大家，对范梈代表元代文学弃宋追唐的新贡献，均一致肯定。范梈诗歌，清遒雅致，颇具古士风貌。这是范梈诗歌的特点，也是《海康集》的主要特点和艺术成就。

三、《海康集》对海北海南文学的贡献

范梈的《海康集》，对于海北海南地区的文学也有重要的贡献。这主要表现

---

① 张健．元代诗法校考．北京：北京大学出版社，2001. 277.

② （明）何乔新．椒邱文集·卷九．上海：上海古籍出版社，1991.

③ （明）贝琼．清江文集·卷二十九．长春：吉林文史出版社，2010.

在以下三个方面：

首先，元代岭南地区分为广、桂、雷三道，而这岭南三道几乎没有诗集传世。首府在广州的海北广东道，有诗集传世的记载。《广东文献综录》载元代广东诗集两本：一是耶律铸《双溪醉隐集》六卷，二是新会黎贞《秫坡先生诗集》八卷[①]。但是，耶律铸从未到过岭南，其《双溪醉隐集》没有一篇岭南文字。黎贞（1346—1405），字彦晦，号秫坡，广东新会人，黎贞生于元代，但成年时已是明朝，应算明代人。故《四库存目丛书》集部第25册《重刻秫坡先生文集八卷首一卷》作："明黎贞撰，清光绪元年重刻本。"如果黎贞的《秫坡先生诗集》算元代文学的话，那么他的老师——明顺德人孙蕡（1334—1389）的《西庵集》九卷，以及他与王佐、黄哲、赵介、李德的《广中五先生诗》四卷，更应该是元代文学了。其实，孙蕡是明代洪武三年进士，《明史》有《孙蕡传》，他虽生在元末，但主要活动时间在明代，仍应算是明代人。孙蕡如此，何况其弟子呢？元代海北广东道肃政廉访使周伯琦倒是有《近光集》三卷。周伯琦，字伯温，饶州人，曾任南海县主簿，至正五年任海北广东道肃政廉访使。他的《近光集自序》末署："至正五年岁乙酉九月廿四日，朝散大夫佥海北广东道肃政廉访司事鄱阳周伯琦伯温自序。"《近光集》在地点上，当属于岭南文学范畴。但是，从内容上说，《近光集》中，除了他在北京所作的《十月廿八日己酉台臣传旨拜广东佥宪赐四品服入觐谢恩作》、《受除南行有日作》[②] 和《送邹鲁望赴北流令》等题目涉及岭南外，实际上没有岭南文学。元王礼曾任广东宣慰使司都元帅府照磨，有《麟原文集》二十四卷。但是，除了《德庆路郭推官行状》、《高州通守冯公哀辞》等与岭南官员有关外，并没有多少岭南的内容。元代首府在桂林的广西两江道的文学，有陈孚（1259—1309）出使安南（今越南）途中的诗歌《交州稿》100余首，有《灵川县观桂林山》、《柳州道中》等广西境内诗歌20余首[③]。清桂林府通判汪森编的《粤西诗载》、《粤西文载》中也有元代广西肃政廉访副使臧梦解等人的不少诗文，但还未见诗集传世。首府在雷州的海北海南道，更没有诗集见诸记载。《海康集》不仅是海北海南道的唯一诗文集，也可能是元代岭南的唯一诗集。当中国唯一的海北海南道消失之后，《海康集》是今人认识

① 骆伟．广东文献综录．广州：中山大学出版社，2000. 229.

② （元）周伯琦．近光集·卷二．上海：上海古籍出版社，1986.

③ （元）陈孚．陈刚中诗集·卷二．上海：上海古籍出版社，1986.

元代海北海南道的唯一文本，也是元代岭南文学的珍贵遗存。

其次，《海康集》描写了海北海南地区具有民族特色的人和事。元代岭南的广、桂、雷三道中，治所在广州的海北广东道隶属江西行省，治所在静江（桂林）的广西两江道与海北海南道均属湖广行省，这是因为元代的海北海南道与广西在部落种群上比较接近，都是少数民族的聚居区。诗人在海北海南道，自觉地以民族学的眼光观察和了解当地的风俗文化。诗人曾说，他是以观风使者的态度到海南来工作、观察和写作的。范梈多次写到“观风使者”，他在《题燕山佥事彩绣堂》云：“海康城下白云飞，南部观风使者归。”他在《赠答杨显民四方采诗》云：“观风本是使之职，太息幽人为之起。”另外，在《次韵送人之五羊》等诗也写到观风使者。在诗中，范梈称赵珍、杨显民等为观风使者，其实他自己也是以“观风使者”自任。从诗人心性上说，“平生政坐嗜奇古”，由于喜爱奇异的事物，诗人练就了一双能洞察奇异事物的“慧眼”，在他眼里，“人间何处无奇绝”。到了岭南，他虽有“南州未识异州苹”的困惑，但是更多的是收获，他珍惜“蛮荒异俗中年历”的观风机会，感受到“异草吐奇芬”的欣喜。《夜上乌岩》描写了雷州海畔海神庙对汉代将军的崇拜以及其中的古祠老巫和铜鼓五兽等，特别是“黎金”型的五兽铜鼓今已失传，南海独特的文化赖此诗得以保存。他描写了海南的历史和地理，把海南黎山的开发史，黎族人民的奇异风俗，海南的贬谪文化，黎族的村寨，海南的热带雨林，海南的桄榔树、槟榔寨、荔枝园和飓风暴雨，均写进诗歌，由此，他的诗歌成为南国的《国风》。

再次，《海康集》对海北海南地区的文化有深入的描写，这对于研究这一地区的历史有重要意义。有唐一代，雷州诗歌仅寥寥数首。宋代雷州的诗家辈出，诗歌大增，不仅出现了苏轼、苏辙、秦观、李纲等大家，也出现了《雷阳书事三首》和《海康书事十首》等大型组诗，雷州的文学达到一个顶峰。但是，有宋一代寓雷诗人的诗歌，仅有三四十首。范梈对雷州文学的意义在于：第一，他的《海康集》是雷州历史上第一个以雷州地名命名的诗集。第二，《海康集》诗歌数量之多，是此前唐宋两朝寓雷诗人诗歌的总和的两倍以上。第三，《海康集》内容丰富，它对雷州历史和文化描写之深入，也远超前代。在中国历史上，雷州曾三次成为省级单位首府：一是西汉时，合浦郡的郡治在雷州；二是南北朝时；三是在元代。但是前两个时期，均无文学传世。在元代，中国有22个道，广东地区有两道，即治所在广州的海北广东道和治所在雷州的海北海南道。元代是雷州历史上很重要的时期，但元代两部《雷州府志》均不存，历史资料所存甚少。

范梈的《海康集》犹如诗史，记录了元代雷州历史的重要事件，如《赠海康举进士者》对于雷州乃至中国的科举史，《辛酉岁元日》对于雷州的风俗史，《己未行》对于中国的地震史，《送答里麻廉访使》和《登沓磊驿楼自此渡海》对于雷州和中国南海的古代交通史等而言，都是十分珍贵的历史文献。虽然雷州历史上有“雷州十贤”，也有文学大家的诗文，但是《海康集》仍是雷州历史上最重要的诗集，范梈当是中国历史上对雷州文化贡献最大的诗人。

当然，范梈的诗歌并非只有《海康集》，其成就也并非《海康集》可以完全概括。钱基博《中国文学史》第五编第五章第四节：“（范梈）五言古如《进张炼师归武当山》、《九日报熊敬舆》、《赠安西王提举别》、《宿夏庄》、《赠方永叔往教重庆路》、《古干将》、《二杏》、《饶国吴氏晚香堂》，七言古如《王人能远楼》、《钱舜举画马歌》、《掘塚歌》、《怀旧游赠别杜君还益津》，五言律如《秋山图》，七言绝如《渡端州峡》、《临高阻雨》、《卧病》、《绝句》；豪宕清遒，足为高调……其实梈诗如晓钟疏唱，清音独远，意有沉郁，语会缥缈，以魏晋之缥缈，发唐人之沉郁。”[①] 钱先生“以魏晋之缥缈，发唐人之沉郁”等语评价范梈，可谓既贴切，又独到。尽管如此，《海康集》在范梈的诗歌中，依然占有十分重要的地位。

对于范梈诗歌的价值，明刘嵩的评价较有代表性。他在《读范太史诗赋长歌一首以识感慕之私》说：“麒麟凤凰不世出，我思美人宁有终。飘然一去不可挽，徒令四海歌清风。慷慨范夫子，行高身益穷。读书白云下，养母青山中。大布之衣乌角巾，于世不牾亦不同。时来清江弄明月，潇洒绝似商山翁。中年徒步谒京国，一鹗矫矫飞南东。群龙方满朝，怪尔独来晚。岂无五色线，可补舜华衮。当时作者杨与虞，倡和往往谐笙竽。蓝田共拟雪色玉，沧海独携明月珠。一朝低回去台阁，骑马南入闽中幕。幕中三士总知名，江海高风动寥廓。蹇予束发弄笔时，已解窃写早朝诗。独怜生晚堕荒僻，每诵制作增涟洏。峨峨百丈遗灵阜，安得披榛荐卮豆。兹晨再读《海康稿》，玉立疏髯恍神觏。嗟哉老成今不存，筝笛满耳愁喧喧，百年气运有屯复，月落江南空断魂。”[②] 刘嵩（1321—1381），原名刘楚，字子高，号槎翁，元末明初的文学家，江西泰和珠林（今江西泰和县塘洲镇）人，为元代江西诗派的代表人物，官至吏部尚书。此诗在

① 钱基博．中国文学史．北京：中华书局，1993，358～359.

② （明）刘嵩．槎翁诗集·卷三．四库存目丛书．济南：齐鲁书社，1997.

《豫章丛书》之《皇明江西诗选》中作《读范太史诗》，它对范梈的为人和为诗，作了全面的总结。刘嵩热情地歌颂了范梈“行高身益穷”的伟大人格，同情他“怪尔独来晚”的人生遭遇，歌颂他“沧海独携明月珠”的诗歌成就。“兹晨再读《海康稿》，玉立疏髯恍神觐”，更是集中歌颂他的《海康稿》。刘嵩是已知的唯一多次读过《海康稿》的人。他在范梈所著的《燕然稿》、《东方稿》、《豫章稿》、《侯官稿》、《江夏稿》和《百丈稿》等诗集中，特别挑出《海康稿》来，作为范梈诗歌和元代文学“百年气运”的代表。他研读《海康稿》后，顿时有“玉立疎髯恍神觐”的艺术体验，神思飞腾，直上九霄。可见，范梈的《海康稿》的确是“沧海明月珠”，而且是曾经在历史长河中湮没了的沧海明珠。

附录：《海康集》辑佚

（元）范梈撰　张应斌辑

凡　例

一、《海康集》收录诗歌八十余题、百余首，散文五篇，是范椁在延祐元年到至治二年（1314—1322）八年间的诗文，地点以海北海南道的首府雷州为中心。如果说唐代是诗歌的时代，那么元代则是散文的时代，元曲可说是散文化的诗。元人的著作，大多散文多而诗歌少。范椁的著作本是诗与散文的合集，吴澄《故承务郎湖南岭北道肃政廉访司经历范亨父墓志铭》："范之诗文有《燕然稿》、《东方稿》、《海康稿》、《豫章稿》、《侯官稿》、《江夏稿》、《百丈稿》，总十二卷。"可知范椁的集子本是"诗文"兼收的，故《海康集》也取诗文合集的形式。

二、为了便于对雷州和海康的研究，《海康集》将范椁在前雷州时期（赴任雷州途中）和后雷州时期（怀念雷州）的九题十四首诗，也收录其中。这些诗歌的创作地点虽不在雷州，但主题和题材与雷州的关系十分密切。

三、《海康集》的诗歌主要来自七卷本的《范德机诗集》，它由元葛邕仲编选、元儒学学正孙存吾校刊，后至元六年（1340）由孙存吾的私塾益友书堂刊行。其他的诗，主要来自明杨翚编、熊逵校的《选校范文白公诗集》、《御选元诗》、《元音》、《元诗选》等。

四、《海康集》的诗歌，按主题和题材编排。

五、诗歌后附辑者考订的时间、地点，不能确定的阙如。

六、为使文本简洁，文字有误的，据善本改正，不出校勘。

一、赴雷诗歌

《将赴雷阳送罗提举之任广东》

（《范德机诗集》卷七）

松滋暂泊蓟门船，复指番禺路几千？茉莉香深和酒露，桄榔叶暗煮盐烟。

齐人旧算无遗策，汉史新藏有剩钱。莫为遐荒心力怠，朱崖更在海南边。

时间：延祐元年十一月；湖北松滋。

《渡端州峡》

（《范德机诗集》卷六）

棹郎得便溯清流，忽报舟前晓雾收。蛮语酬人翻自苦，好山不敢问何州。

时间：延祐元年十一月；肇庆。

《端溪峡》

（《选校范文白公诗集》卷六）

芙蓉生石壁，猿鸟路东西。维舟逢暮雨？戴笠看端溪。

时间：延祐元年十一月；肇庆。

《芙　蓉》

（《范德机诗集》卷三）

芙蓉生石壁，云锦映青松。那忆南州路？归船处处逢。

时间：延祐元年十一月；肇庆。

《过峡山寺》

（《选校范文白公诗集》卷四）

飞来何代寺，重过念孤踪。木叶鸣秋舫，金人坐晚钟。

去留原不碍，喧静看为容。记说号猿黠，知藏第几峰？

时间：延祐元年十一月；肇庆。

《登石城驿亭》

（《范德机诗集》卷二）

南游未是谪，北行不当归。今旦上崇冈，飘飘风吹衣。
始我在京时，双阙凝秋晖。别来守穷海，故国音书稀。
窃禄滋愧负，何时睹柴扉？胡不依白石？去即能如飞。
驿楼俯平川，其下白云围。雨余足稻粱，可以信丰饥。
去去道路远，王事毋稽违。

时间：延祐元年十二月；化州石城（今廉江）。

二、雷州诗歌

《开　岁》

（《元音》卷四）

自违北极向南辰，重见东皇似故人。合席管弦方殿岁，殊乡花柳觉先春。
水归楚泽鱼俱化，土覆周郊兽亦仁。薄宦于时无补报，且须康济百年身。

时间：延祐二年正月初一；雷州。

《宪司双榕轮囷数十围其庇数亩，雨止观白鹭》

（《范德机诗集》卷七）

榕树庭中翠欲昏，飞来白鹭动如云。每当弹射思伤物，忽到徘徊感离群。
护子乌鸦来辟易，附人鸛鹊漫缤纷。要知得失都何与？含育无由报圣君。

时间：延祐二年春；雷州。

《独　立》

（《范德机诗集》卷七）

能诗不得静中师，又是天涯独立时。高阁夕阳人影乱，曲河新水棹声迟。
一身慷慨家仍远，十口凄凉岁荐饥。偶尔凭阑感风物，临流先被白鸥知。

时间：延祐年间；雷州。

《公堂暇日》（二首）

（《选校范文白公诗集》卷六）

新起危楼接大荒，海天奇观压殊方。周墙恨未高千尺，犹见他家竹短长。

阑干只合护花黄，石径循篁底自斜。又是一年秋思过，蛮烟瘴雨满天涯。

时间：延祐年间；雷州。

《闻　角》

（《选校范文白公诗集》卷六）

西风嫋嫋拂弓旌，千里来看晓角声。纵复凄凉归未忍，炎州此外更无城。

时间：延祐年间；雷州。

《院中夜直》

（《范德机诗集》卷六）

此身只似到南州，莎草寒鸡一片秋。后夜玉堂谁上直？料应少睡更多愁。

时间：延祐年间；雷州。

《秋日海康斋居》

（《范德机诗集》卷二）

吟事久已落，兹辰遇高秋。泠泠空中籁，袭我书帷幽。
如何寒暑疾，径与大江流？江流不复转，岁月已还周。
游子去京华，邈在天尽头。胡雁不逾岭，眷眷非良谋。
排云挹飞观，金爵露光浮。在远心所仰，胡为滞沧洲？
茅屋足草花，洵美难久留。苟能一吾志，斯道将何忧？

时间：延祐三年秋；雷州。

《草　堂》

（《元音》卷四）

草堂不在万山峰，时有幽人步往踪。雨压墙烟笼薜荔，石行渠水鉴芙蓉。

清名岂让陶贞白？共住犹须陆士龙。忽忆雁行天外去，归来期在粤城中。

时间：延祐年间；雷州。

《西轩即事》

（《御选元诗》卷七十一）

行厨晚食坐萧条，欲买银鱼待早潮。鼓绝山城门未掩，梦和疏雨度西桥。

时间：延祐年间；雷州。

《夜坐有怀，舍弟在江右，别来凡阅九冬至矣》

（《范德机诗集》卷七）

天边此夜逢冬至，江表频年望客还。谬戴词林深雨露，却怜棣萼远河山。

周流本已违长策，趋走那堪益厚颜？何日求田归计定？一尊松下咏间关。

时间：至治元年十一月冬至；雷州。

《题燕山佥事彩绣堂》

（《范德机诗集》卷七）

海康城下白云飞，南部观风使者归。督郡须持直指斧，历阶尚挂老莱衣。

高堂见月思丹檄，远路逢春忆翠微。赖有胜流词翰在，定随华榜照林扉。

时间：延祐四年；雷州。

《寄友人》

（《元诗选》初集卷二十九）

绣衣行部直南州，幕府英名早岁收。如此一台兼二妙，令人万里破千愁。

桄榔叶暗潮声幕，薜荔花悬岳影秋。此去三湘宁久住，近天须应玺书求。

时间：延祐四年；雷州。

《赵佥宪旧居》

（《御选元诗》卷七十一）

闲门付与东风扫，独客残春思远道。日午不见蝴蝶飞，细看儿童弄芳草。

时间：延祐四年；雷州。

《传之经历谒告还湘中未语别而宵征，翌日与僚友追送生居亭中》（二首）

（《范德机诗集》卷七）

美人归思落沧波，昨者论心肯重过。寒尽极知春意在，夜深无奈月明何！
海隅虽暂违霜幕，天上应须接玉珂。如此才贤移病去，瘴烟端的为谁多？

北风尽日破南溟，行客经年倚寿星。子有全家依翠岳，我犹万里隔青冥。
山田鹿下投书去，水馆猿啼却坐听。王事驰驱知有素，何由重见此邮亭？

《寄刘传之》

（《范德机诗集》卷三）

故人去南海，已度百花时。万事须重到，孤舟何太迟！
云迷帝子渚，月过伏波祠。幕府文书省，来须慰我思。

《寄李秘书洞》

（《元风雅》前集卷九）

秘书出是蓬莱苑，流落东吴又一春。见月定怀骑鹤侣，闻秋肯让鲙鲈人。
吾曹事业徒温饱，子等居诸异隐沦。海表何时携手再？相怜同是老词臣。

时间：至治二年；雷州。

《送别周仪之推官赴钱塘，并简李四秘书》

（《元风雅》前集卷九）

武帝龙飞第一春，京华相送各沾巾。讵知邂逅文身地？总是栖迟皓首人。
山驿蛟眠星满洞，水乡雁起月迷津。若逢李洞南天竺，谓是前书感谢频。

《和李溉之园居集咏》（八首）

（《范德机诗集》卷三）

书剑上青霄，乡关雨雪遥。年华侵水竹，客思堕山苗。
会想商岩绮，将从郑里侨。文辞诚小技，只比俗情饶。

岂是幽栖地？飞腾亦未量。城根分鼠壤，池面合鱼梁。
名久喧郎署，歌时感女桑。畏卿音调苦，畴复贵相忘。

圃色依帘障，天光切户庭。草生连夜雨，花落遍池星。
未遂翔寥廓，真堪托晦冥。逢时须紫燕，得意拂青萍。

亦欲依家耳，衡门斗极边。乡心征化鹤，宦迳跕飞鸢。
白日抛书送，青山拂槛延。风流自无已，忆上五湖船。

都无京国意，满眼旧生涯。壁隐崆峒木，毡蒙婀娜花。
善邻垣故辟，爱客酒能赊。皎皎荒途子，音期只尔遐。

偶从耕凿事，便有古人风。井泻千畦碧，林然独杏红。
世情何近远？宦秩自卑崇。任道流行意，雩坛或与同。

磊落人间士，名成定不虚。愿陈元有策，交荐可无书？
莫遣从师苦，因将作吏疏。吾徒岂念此？媿尽马相如。

丹柰花初结，朱樱子半成。寝兴因物变，筋力与年增。
燕拂承尘去，蜂随曳杖行。玉泉几千仞？好在翠如倾。

《送元经历赴广东》

（《元诗选》初集卷二十九）

番禺直北望长沙，元帅持戈镇海涯。万里送君归幕府，几时为我寄梅花？
云蒸巨浪鱼吹岸，柳压荒山獠阵牙。欲托乡书妨枉骑，湄湘西上是吾家。
时间：延祐四年。

《奉酬段御史登岳阳楼之作，时分理盗贼至海康》

（《范德机诗集》卷五）

谁能手铺湘水平？刬却君山看洞庭。昔人已骑黄鹤去，楼前乱芷春兰青。
岂知绣衣后千载？远违凤阙来江城。凭高吊古落日紫，领客置酒开云屏。
酒酣点笔赋新句，薄海传诵令人惊。忆我初游白玉京，与君联步趋承明。
手宣皇猷敷帝绩，济济学士如登瀛。一行竟堕万里外，回首沧浪思濯缨。
守官区区事无补，惟有白发欺人生。牂牁水外万竹底，四时鸟语烟边鸣。
忽忽此地复相见，恍如幽梦求仙灵。中宵秣马不遑暇，君又北乡予南征。

如兹后会复何日？念之使我双涕零。宫中圣人总四溟，所过海岳须澄清。
铁冠峨峨望天下，青霄快展皆修程。由来豺虎伏仁兽，况有鹰隼当秋横。
明夜相思隔云岛，月落高台闻笛声。

时间：至治二年。

《归次雷州答刘文学》

（《选校范文白公诗集》卷二）

杨梅蕴熟厉，薄寒亦中人。囿形大器内，错迕四时真。
昨暮新病已，行乐芜城根。扶衰谢今知，遂扣城南门。
残腊见佛桑，花开一丈春。长安多冰雪，陌上无游尘。
我愿有美酒，与子欢相持。及乱圣所戒，偶醉亦神奇。
去国悄行迈，未言心自嗤。幸有前识人，在春探新知。
先民有名言，来者犹可期。苟能念交修，勿用徒伤悲。

雷州。

《赠别李教授亭赴五羊，先往余饶觐省》

（《范德机诗集》卷三）

行色动西风，乡心去住同。诸生五岭外，之子大江东。
且羡还家鹤，无愁度海鸿。若逢天上使，书记莫匆匆。

《曾教授趋韶州》

（《范德机诗集》卷七）

荔子红边五月初，广文去住定何如？报恩岂恋将军马？治盗聊迂太守车。
多近藤萝安吏舍，少凭椒葛附音书。到官定有佳声荐，瘴雨蛮烟细祓除。

时间：至治二年五月。

《五月二十日发雷州过徐文次驿候役者不至留二日》

（《元诗选》初集卷二十九）

久约归吴弄钓舟，海天羁思复悠悠。谁知树底春生月，独坐人间地尽头。
粉壁旧题分藓读，瓦罂新酒接花刍。边鸿固是南来绝，绝为雷城信滞留。

时间：延祐二年五月二十四日；徐闻县英利驿（今雷州市英利镇）。

《怀京下亲友》

（《范德机诗集》卷六）

海上经年思杀人，绝怜京国旧交亲。过江唯有传梅使，寄得书回是暮春。

《随闻县怀京下旧游》

（《范德机诗集》卷七）

平生不识张廷尉，中岁方逢马伏波。昨见山川皆胆落，稍侵霜露始心和。
皇恩远荷优隆至，旅况深惭慨惜多。天上故人安好在，西风迟暮意如何？

《怀东坊》

（《选校范文白公诗集》卷六）

帝城东下有柴扉，手种黄花宅四围。岁岁年年得相见，如今只似故人稀。

《远　游》

（《范德机诗集》卷二）

远游非吾志，偶堕天一角。去就亦有期，宁能计今昨？
料理贫居士，守书负西郭。清心见古初，德宅甘寂寞。
杜门坐春深，绿竹解寒箨。虽无清时赏，幽意各有托。
千载非长生，松乔未足学。焉知勾漏令？不厌宦情薄。
山中归去来，朝霞可以酌。

时间：至治二年春夏；雷州。

《昨夜书怀将行，且书且赋，因成十二韵》

（《范德机诗集》卷一）

钜海截上国，危星转清旻。去来抵二极，俯仰适周晨。
往鹘无遗影，潜鱼有纵鳞。劲风山叶碎，浓露草根匀。
卓彼赵李辈，郁为唐宋臣。忤恩非弃置，知命有高屯。
妙句铿金石，荒台蔓蒸薪。凭高重回首，怀古独伤神。
记别玉堂夜，来寻丹灶春。常恐学仙侣，亦犹辟世民。
蓬莱虽异坞，即此是通津。

时间：至治二年八月十四日；雷州。

《八月十五日，公堂宴别作》

（《范德机诗集》卷二）

悠悠我行迈，去此粤山端。迟明驻征车，爰尽公堂欢。
开筵俯城郭，箫鼓集仪鸾。谓欲戒醉饮，重此良辰难。
关门集会府，僚友并征鞍。更辞无别语，但祝长加餐。
役者四五人，相从出林峦。亦复路旁泣，岂独殊肺肝？
况我离慈母，朝暮侦平安。送行各如许，焉得不辛酸？

时间：至治二年八月中秋节；雷州。

《肇庆李知事会别，至峡上阻风，因以怀李》

（《范德机诗集》卷二）

取别非云暮，王事有程拘。临流逢执手，复念野踟蹰。
季秋北风急，遥遥别方舻。出峡江始放，迢迢波浪敷。
仰天觉形全，俯地会心娱。暂得珪组解，乐与渔樵俱。
抚事悉邂逅，回翔且须臾。满秩不受更，竟行谅非愚。

时间：至治二年八月下旬；肇庆。

《初九日至章贡泛舟，而此日止到韶州，因怀刘子仪勾漏旧作奉怀》

（《选校范文白公诗集》卷五）

勾漏山前题句早，郁孤台下泛觞迟。一从沧海轻为别，再见黄花重所思。
书尽不嫌花类碧，鬓毛空嗟色成丝。登高不得贤宾主，并负西风落叶时。

时间：至治二年九月九日；韶州。

《出岭即事奉寄中书元翰林》

（《选校范文白公诗集》卷五）

几人生出鬼门关？我独从容仗剑还。扶病犹能驱瘴疠，投间应欲选云山。
炎郊未用辞行役，卤海先当奏庶艰。赋有均输令再倍。相携卖子尽诸蛮。

时间：至治二年九月中旬；大庾岭下。

《西岩夜宿怀雷州幕府同僚》

（《范德机诗集》卷一）

月出万籁静，岩宿紫烟深。邂逅逢清景，飘萧澄素襟。
久辞蓬莱苑，复忆嵩高岑。扫雪待白鹄，凌霄看翠禽。
如何较奇赏？而此事幽寻。虽负简书畏，还希金玉音。
泾暗泉移涧，风疏星满林。愿持千里意，空外写瑶琴。

时间：至治二年冬；福建。

《百丈山中夜坐闻谨思将还忆甲寅入南中正此日也，十二月二十三日》（六首）

（《范德机诗集》卷三）

近得雷州信，遥知弟侄来。江山淹远望，天地保疏材。
乡为鱼羹起，今宁马豆猜？残年有心事，未定着寒灰。

欲雪翻成雨，何天恰吝晴？似缘春在近，故与月争明。
谷树行行暝，川云冉冉轻。往年当此夕，孤桌适南征。

岁月嗟匏系，乾坤信梗浮。蹉跎逐越鸟，迂阔问吴牛。
正道曾无弊，旁观各有由。圣人如可起，吾欲诘东周。

饮谷惊风合，空阶队溜鸣。灯昏时作晕，漏远不传更。
但得林间趣，何须谷口名？是谁超物外？不用计浮生。

备清华职，宁知濩落心？槐街春日盛，杏省午烟深。
出试终何补？还归敢自任。只惭山泽吏，空受二毛侵。

客行身万里，家在地中分。爵命优臣子，江湖远圣君。
夜瞻龙凤气，岁出虎狼群。旧故无消息，低回瘴海云。

时间：至治二年十二月二十三日；江西新喻百丈山家中。

《清明日怀雷州》

（《选校范文白公诗集》卷四）

今日清明日，殊非异域春。只疑冲雨客，犹似望湖人。
柳狎莺求友，花开燕卜邻。未厌酬节物，思远独沾巾。

时间：至治三年春清明；江西。

《赠海康举进士者》

（《范德机诗集》卷四）

圣主征儒用文学，翩翩五士起海角。元戎虎帐飞荐鹗，泮水成材玉新琢。
吉日举饯钟鼓作，皇华大夫绣朱襮。快马凿蹄轮脱斫，相送西风出郊郭。
问君此行事何若？于菟要是赤手缚。候雁南飞不逾岳，洞庭山秋木叶落。
词场先锋夺霜锷，万里青山上黄鹤。明光宫中问礼乐，董生策有经济略。
一朝声名动河朔，往取青紫如六博。前年礼闱开峻擢，明当接武丝纶阁。
归来锦衣照丘壑，人生无如进士乐。呜呼，人生无如进士乐，勖尔高步翔寥廓。

时间：延祐四年；雷州。

《七月一日飓风后奉和廉访使》

（《范德机诗集》卷四）

海上飓风久不来，一日示我破柱雷。乘此便欲归蓬莱，炎州四时无落叶。
大木不效躯干折，怪事何止犬吠雪？蓬门土锉虽足怜，日月昼夜行青天，
借尔楚竹洗蛮烟。

时间：至治元年；雷州。

《己未行》

（《范德机诗集》卷五）

二年六月己未朔，京城五更大地作。卧者颠衣起若吹，起者环庭眩相愕。
室宇无波上下摇，乾坤有位东西却。自我南来睹再震，依微初震不今若。
昨朝展席坐堂上，耽玩图书静无觉。堂下群儿又惊报，方馔饔人丧杯勺。
栉者仓皇下床榻，门屋铿锵振铃铎。只今犹自腾妖讹，旦暮殊言共郛郭。
大家夜卧张穹庐，小家露坐瞻星落。焉知怪变不可屡？安巢尽有南飞鹊。
昔闻上帝忧瀛洲，亲敕巨鳌十二头。特为群臣举首戴，万古不与水东流。
岂其九州亦类此？此事或诞或有由。上帝甚神吾甚愚，戴者勿动心优游。

时间：至治二年六月；雷州。

《送答里麻廉访使》

（《范德机诗集》卷二）

龙节猗皇皇，六辔忽如流。圣主命大吏，出按东南州。
东南何所有？榕荔蔽山丘。深有险跋履，浅有佳遨游。
绣衣辟庭户，法署若瀛洲。提封宪令行，霜日净高秋。
公来天为欢，公去海生愁。渺渺众庶望，为我少淹留。
郊亭接乌石，杨柳荫清沟。鸟哢方睍睆，花林复绸缪。
吾闻古君子，弗替进退忧。昕朝正图旧，庶用慰忠谋。

时间：至治元年；雷州。

《谒海神庙》

（《范德机诗集》卷六）

南州未识异州苹，初向沙头问水神。料得行藏无用卜，乘桴人是北来人。

时间：延祐二年夏；徐闻。

《登沓磊驿楼自此渡海》

（《范德机诗集》卷六）

半生长以客为家，罢直初来瀚海槎。始信人间行不尽，天涯更复有天涯。

时间：延祐二年夏；徐闻。

《辛酉岁元日》

（《范德机诗集》卷七）

西山千仞郁崔巍，山下楼台紫翠开。玉帛会同来万国，玑衡县运属三台。
尝闻海客谈金鼎，更见祠官进玉杯。惭愧辞臣今白首，久无赋颂献蓬莱。

时间：至治元年；雷州。

《望潮曲》

（《元风雅》前集卷九）

潮来直上青崖住，潮住却寻沧海去。乌石山头望故乡，故乡更在云深处。我生不如桥下水，消息春秋任流止。又不如如水上船，去去来来年复年。负禄旅孤二千里，上念慈亲下妻子。子生未解别爷啼，睡恋阿婆怀抱里。乌鸦日日傍人飞，喜鹊时时噪群西。更有平安书字到，金壶约伴玉人携。

雷州乌石。

《夜上乌岩》

（《范德机诗集》卷四）

扁舟夜傍乌岩宿，然火上岩寻古祠。老巫辍睡启神户，牵幌请官窥汉仪。汉家将军利于鹘，征行往往皆良奇。当时光武皇帝圣，举以善驭皆周知。将军再出定穷粤，忠义耿耿光精垂。不然夷祀已千载，何尚至今歌舞之？高悬铜鼓五兽缺，以手摩拂增深悲。蜈蚣宵行蛛网结，不识款书何岁时？庭中蕉叶照石面，猛虎出谷灵风吹。泽鱼导从吏扶掖，欲留颇复惧深危。登临有客动必戒，况此星露景倭迟。独立苍茫问横浦，明日江山劳梦思。

雷州乌石。

三、海南诗歌

《至海口》

（《元诗选》初集卷二十九）

曾随仙仗集灵台，流落于今岂不材。但比麻姑休狡狯，两行持节过蓬莱。

时间：延祐二年五月二十六日；海口。

《五月二十六日夜，宿松林兰若》

（《范德机诗集》卷六）

白沙寨下接飞霞，行至招提日已斜。睡觉忽闻山鸟语，不知今夕离吾家。

时间：延祐二年五月二十六日；海南。

《苦热，怀楚下》

（《范德机诗集》卷二）

苦热不可极，念此西南风。谁云灏气远？乃在庭户中。
我家百丈下，井上双梧桐。向夕集归鸟，未秋足鸣蛩。
自从别家来，江海信不通。宛宛维桑思，愿从孤征鸿。
夜梦白发亲，欢笑携稚僮。倚门望子归，未归忧忡忡。
东皋无良田，何以待岁丰？盛年将称意，无为学转蓬。

时间：延祐二年秋；海口。

《数日毒热，喜雨，适立秋先三日也》

（《范德机诗集》卷二）

夏末始炎毒，沉忧坐匡床。起行无所之，登高睇遐荒。
问昔西风归，飙飙向何方？往还不可期，赖得天道常。
圣主御大历，故可稽明堂。粲粲白骆驼，兹晨郊路长。
念我伏迁次，江海叶再黄。旅怀抱焦火，思濯寒冰乡。
忽来浮苍雨，爽气吹衣裳。稻田已就获，晚种待新秧。
微躯亦易持，但愿烝黎康。

时间：延祐二年立秋前三日（八月五日）；海口。

《立秋日，分司书怀》

（《范德机诗集》卷二）

清晨钟鼓鸣，海角金气应。芳树衰蜩歇，凛节亦已征。
如何向亭午？毒热尚吹甑。是宜起居谬，不与安养称。
逝川无回波，驾马少返乘。簪发耻虚名，丘园激高兴。
飘飘百年内，过者已蹭蹬。强学而有成，庶以道自胜。

时间：延祐二年立秋日（八月八日）；海口。

《西黎歌》

（《范德机诗集》卷四）

一十三县海之州，四城结带相绸缪。中有群黎集百峒，耕凿不知尧舜忧。
手扶长弓架钩箭，白马白似雪花片。此又外黎渐汉习，仇杀从前如旅劝。
春花满山禾满皋，妇馈壶浆夫血战。曾不如深居不识礼教人，又谁使之郡若县？
黎雾山高裹白云，哀猿惊鹿夜深闻。下濑戈船今已远，行人犹说路将军。
时间：延祐二年秋；海口。

《定安县》

（《范德机诗集》卷六）

坞上晴云灭复生，谁家吹笛海天明？县堂晓起西风急，半是深黎夜雨声。
时间：延祐二年秋；海南定安县。

《澄迈县有苏内翰所题通潮阁，在海上》

（《范德机诗集》卷三）

候馆驻征骑，西风独夜清。开门闻叶落，倚杖看潮生。
有礼齐蛮俗，无歌学楚声。凄凉苏季子，行处足高名。
海南澄迈县。

《怀京城诸公书崖州驿》（四首）

（《元诗选》初集卷二十九）

甚忆清河元侍讲，送行犹有玉堂诗。只今夜夜陇头月，照见征人有所思。

复忆济南张吏部，作诗文气压诸公。佳儿亦是门生辈，尚想他年似若翁。

绣衣御史果能文，蜀道新来有李君。记得京城黄菊烂，为余来觅董将军。

妙为文字吾雄甲，精切于今孰与俦。说著奉常虞博士，恨渠犹不见崖州。
海南崖州驿。

《休日出郊》（三首）

（《范德机诗集》卷七）

上方钟鼓昼依稀，出定诸僧绾法衣。迎客犹能下殿走，访人更有待寻归。秃鹜近水行仍啄，危燕当梁乳更飞。自古旅怀烦慰借，并游万事莫相违。

丞相祠西椰子园，新开湖馆见遥村。风含碎羽珊珊过，浪涌长干刬刬翻。止息幸然无鹤爵，去来应或有鹏鹍。江边柳树晴相倚，只为行人作断魂。

歇马高林烟雾开，感今怀古独登台。迁臣逐客皆前辈，幕长郎官尽上才。放浪已闻穷九域，飞腾终合近三台。谢公自有青云屐，且与从容步紫苔。海南崖州。

《〈焚楼镇志〉曰：汉大将焚船处也。今为文昌县。怀古，奉简邑文学》

（《范德机诗集》卷七）

龙节迢迢去不归，汉家将军建国威。当时曾见楼橹集，异代空闻尘土飞。风压春潮吞乱屿，岸分古木转斜晖。旁人犹解祠神女，何故功臣庙貌稀？海南文昌县焚楼镇。

《得樟树镇，便寄家书》

（《范德机诗集》卷六）

商船夜说指江西，欲托音书未忍题。收拾乡心都在纸，两声杜宇傍人啼。海南万州。

《临高阻雨》

（《范德机诗集》卷六）

恐倾南海成秋雨，急唤西风作晚凉。净扫黎山须见骨，莫令楚客屡回肠。海南临高县。

《将行值暴涨》

（《范德机诗集》卷三）

雨发蛮山涨，来从五指原。风桥初没马，到县已侵门。
甚欲乘槎去，还思弃佩言。轻身犯南斗，信有北溟鲲。

海南临高县。

《会同道中》

(《选校范文白公诗集》卷六)

缓乘羸马踏苍苔,山谷风惊瘴雨开。白发槟榔林下叟,侏离似道客曾来。海南华亭县。

《乐会县》

(《元诗选》初集卷二十九)

早发端赵村,暮投乐会县。县阻道路长,但见水葱茜。
轻风掠溪麋,好月触石面。前行日已分,后从气犹眩。
役者向我言,前年土豪变。黄旗伐画鼓,樵屋拟牙殿。
居民绝烟爨,搬并入淮甸。却又遭劫杀,流动靡安奠。
群夷尽蜂起,尽用血洗箭。公然肆浡暴,请与官军战。
官军幸努力,摧落得深便。虽获覆其巢,奸愚不胜谴。
于今郊原间,芳草白骨遍。我行适夜分,听此毛发旋。
前冈明炬火,叫应欣蹂践。官吏候我来,始与人相见。
沿河岛沚深,问路山田转。啾啾乌鸟鸣,靡靡鞍马倦。
一从违京国,几度梦霜霰。何所非异乡,开怀谢身健。

时间:延祐三年;海南乐会县。

《送　菊》

(《范德机诗集》卷四)

卧病高秋留海浦,明日重阳更风雨。杜门不出长苍苔,令我天涯心独苦。
篱角黄花亲手栽,近节如何独未开?含芳闷采亮有以,使君昨暮征诗来。
凌晨试遣霜根送,畚土虽微甚珍重。极知无意竞秋光,往作横窗岁寒供。
忆我初客天子都,西垣植此常千株。结花年年应吹帽,始信南邦事尽殊。
愿得封培自今日,何间朱崖万家室?秋香端不负乾坤,但愿箫管乱俦匹。
归去来兮虽得归,念归政自莫轻违。他日采英林下酌,谁向清霜望翠微?
海南。

《以琼扇一握奉致黄明府》

（《范德机诗集》卷六）

拾得炎州月一团，殷勤持赠比琅玕。情知已是秋风后，留作明年九夏寒。
时间：延祐二年秋；海南。

《琼州出郭》

（《范德机诗集》卷六）

自出琼州古郭门，更无平衍似中原。重重叶暗桄榔雨，知是黎人第几村？

《槟榔寨》

（《范德机诗集》卷六）

秋入黎山风雨多，长江不定驻惊波。翠榕叶底闻鹦鹉，自此无如客思何！
海南。

《县下凿池种树成聚，晨起视水深五寸，
而草树承夜雨后苍翠郁然可爱，戏题厅柱》

（《御选元诗》卷七十一）

槟榔池上芭蕉雨，更种垂杨十六株。中有玉堂萧散吏，检书正对《辋川图》。
海南。

《至乌石邸舍》（二首）

（《元诗选》初集卷二十九）

不见居人只见村，离家茅屋又黄昏。面前沧海来无际，闻说占城对县门。

苦竹丛西石色乌，来时依旧驿亭孤。自从历遍崖州路，不敢弯弓射鹧鸪。
海南万州。

《咏荔子》

（《范德机诗集》卷三）

思归江路永，荔子几时丹？只念违亲久，何愁待尔难？

园林有专美，霜雪莫留寒。记得珠崖道，长吟立马看。

海南。

《河　口》

神女大河口，逸人阴洞中。船鸣谷雨浪，门掩荔枝风。
鹤鹳行相背，乌鸦宿自同。为于百年内，试问鹿皮翁。

海南。

《郡中即事十二韵》

（《范德机诗集》卷二）

僧耳九州外，邈然在南荒。周回数千里，大海以为疆。
古来非人居，禽兽相伏藏。自从中世来，贡赋登明堂。
其或失抚驭，山薮更陆梁。聚则成蜂蚁，散即驱牛羊。
高结舞大卤，上衣不备裳。杀戮乃酬功，诛之仁者伤。
吾尝七八月，持节泛沧浪。一旬录郡狱，询事考纤芒。
问之守郡人，莫识为治方。但见西风多，廨宇秋芜长。
圣哲戒忠信，勿谓不足行。及兹蛮貊邦，始见斯道臧。

海口。

《壬戌秋录囚，晚行宁州道中，追录》

（《范德机诗集》卷三）

晓发高平镇，前旌路未分。小桥烟外过，流水月中闻。
虎豹宜多隐，豺狼不可群。居人敌炎暑，报有竹连云。

时间：至治二年；海南。

《二月二十四日自琼州出白沙驿阻风，二日不得渡海。是日有幕客送寒衣，却，出赋诗》二首

盲风怪雨一时晴，又阻扁舟两日程。天意似将留客住，明朝浮海看清明。

芍药荼蘼已结花，无人江郡寄天涯。凄凉更欲辞寒食，犹恐旁观议大奢。

时间：延祐三年二月二十六日；海南琼州。

四、海北诗歌

《过三合驿》

（《范德机诗集》卷六）

一春归计又蹉跎，穷粤风光奈病何！总有青山千万叠，行人长少鹧鸪多。

时间：延祐三年春；廉州。

《封州作》

（《范德机诗集》卷六）

魏阙迢迢隔彩霞，别来几岁客天涯？春风二月崖州道，时见棠梨一树花。

广西封州。

《正月二十四日至宝圭驿是北流县，自此遵陆指郁林矣》

远辞京阙碧云端，溯尽夷江未到官。回雁峰南更千里，是行谁为报平安？

广西北流县。

《郁林次韵寄怀王天辅知事》

（《御选元诗》卷七十一）

乍喜连山瘴雾收，黛眉更自锁乡愁。自从行李违沧海，九日初逢第二州。

广西郁林。

《贵　州》

（《范德机诗集》卷三）

离思久不惬，幽情晚旋添。天宜明月独，山与宿云兼。

蛩语通支柱，蛛丝映卷帘。若无光霁在，何以破朱炎？

时间：至治元年；广西贵港。

《发横浦之永淳县》

（《范德机诗集》卷三）

急桨开晨涨，孤尊已夕阳。木光排峡静，洲势背城长。

太史才无敌，将军义不忘。感伤今岁月，淹泊愧沧浪。

广西永淳县。

五、散文

《海角亭记》

（明叶盛撰《水东日记》卷三十八）

钦、廉、雷，僻在百粤，距中国万里而远，郡南岸大洋，而廉又居其垳，故曰海角也。有亭在城西南隅，昔人以是名之，岁远代易，废已久矣。延祐三年秋，余使过郡，访其址，得于荒烟乱水之间，欲复之未能也。属之郡吏，曰诺。明年，来告成，请记之。

夫土木之靡，工人之用，虽未获谂，至于云霞之映带，岛渚之出没，梦寐所历，犹见其处，亦殊方之胜概也。然廉为侯邦，亭有地胜，居是者虽拥高爵厚禄，亦往往有悲愤无聊之感者。何也？盖常因是而忆之，地里僻远，复加瘴疠，自古以来，非谪徙流离之士，鲜至焉。以吾无所为而得之，宜其人之戚戚尔也。

抑尝推昔朝廷之于士大夫，苟非显过极恶，未尝不欲曲受而优容之。万不得已，则又非深放远屏无以启其摧痛自反之忠。古之人臣，思尧君而心魏阙者，每惓惓于畎亩之间，江海之上。彼萧墙之内，固有负不扶不持之忧者多矣。然则甚疏之者，乃所以甚亲之也。于此，固见圣王忠厚之至意也，而居者从未思也，思而或未之求也。寓斯土而登斯亭者，有能驱去流俗之态，涵养孤忠之气，把酒赋诗，临高瞰远，反而求之，何往而不得其所适。又岂独夸结构之华，从临眺之乐而已哉？

于是记之，俾刻亭上，后之览者，其不参省有所感发矣乎？

前翰林国史院编修官，今授将仕佐郎、海北海南道肃政廉访司管勾、承发架阁库兼照磨高平范梈文。

承直郎、佥海北海南道肃政廉访司事燕山大都题额。

时间：延祐四年；雷州。

《东坡祠记》

（清道光《琼州府志》卷三十八）

先生事宋神宗，绍圣间，被谴谪儋州。无地可屋，尝偃息城南桄榔林，有铭石。及元大德间，郡校官购之，得诸逻人之爨下，遂置学宫。先生居儋四年，计平生所历为久，而迄宋之世，儋无祠。

延佑四年春，佥海北海南肃政廉访司事大都军行部至是，乃求其偃息之地，构堂三间而像其中。周以堂庑门室，两庑为房，将以处郡人子弟，择师教焉，命儒者六十家奉祠事。又植桄榔为林而表之，归铭石林下。祠成，属记之。

椁也窃尝抚铭而感焉，曰：惟先生海内之士，其始至儋也虽以罪，然去朝廷投荒裔，极矣。识与不识，亦知其宜有以御燥湿、辟风雨也。当时之人，曾无念兹者，至使居无室庐，同于野处。今去之数百年，宜若远然，而山川之墟，城郭之圮，始有慨然过之以思者，曰：是先生之所止也。思之不足，又将栋宇肖貌，如欲闻其容声，率其学人，以挹其流风遗韵。若然者，吾亦不自知其何心也？岂古今之贤者，殆有不相似与？不然，何若是其旷也？礼曰：有其废之，莫敢举也；有其举之，莫敢废也；是故无所废而举也。举之者，贤者也，是非举者之自贤也，亦以示儋之人知所阙也。阙者，宜举也，祀先生，亦其孰敢废也耶？夫往者不追已，叙而刻之，以谂来者。儋州，今为南宁军云。

延祐己未夏，范椁记。

时间：延祐六年；儋州。

《龙潭坛记》

（清康熙《临高县志》卷十二艺文志）

距临高二十里曰西村，有龙潭坛。宋故事：令天下旱雩，择郡县地为坛，刺史、县令率诸吏奉行，具如法。兹其遗也。坛之成，长一丈，广半之。北有潭，东西广七之二。潭中有穴二，水碧黑色，测之无底，父老传天圣间尝有白龙出焉。其在祀典者，以此潭水可灌田千余亩，大旱不杀，甚雨不溢。或曰：地近海，穴通故然。天久旱，青白气上腾，祷者以为雨应。

延祐元年，安丰牛君那海来尹是县，会旱祷之，雨三日。既霁又雨，谷大熟。思所以贻灵报贶，惟是表章。先时，民有侵坛侧地以食者，垦辟四出，亵污不虔。君尽复而树之，注汲有涂，瘗瘗有次，泓涵澄映，勃郁葱菁。征时祈报，赞拜跪起，祀官以严，神灵以歆。二年又旱，予录囚历县，牛君请述其事，刻诸

参考文献

［1］（元）范梈．范德机诗集．文渊阁四库全书．上海：上海古籍出版社，1986.

［2］（元）范梈撰，（明）杨翚编．选校范文白公诗集．济南：齐鲁书社，1997.

［3］（元）苏天爵．元文类．上海：上海古籍出版社，1993.

［4］御选元诗．长春：吉林出版集团有限责任公司，2005.

［5］（明）孙原礼．元音．上海：上海古籍出版社，1986.

［6］（明）李蓘．元艺圃集．台北：台湾商务印书馆，1986.

［7］（元）傅习．皇元风雅．上海：商务印书馆，1934.

［8］（清）张英，王士祯等．渊鉴类函．上海：上海古籍出版社，1992.

［9］（明）偶桓．乾坤清气集．上海：上海古籍出版社，1986.

［10］（清）张玉书等．御定佩文斋咏物诗选．扬州：扬州书局，清康熙四十六年（1707）.

［11］（清）顾嗣立．元诗选初集．北京：中华书局，1985.

［12］（清）张景星，姚培谦，王永祺．元诗别裁集．上海：上海古籍出版社，1979.

［13］李修生．全元文．南京：凤凰出版社，2004.

［14］（元）张养浩．归田类稿．上海：上海古籍出版社，1986.

［15］（元）虞集．道园学古录．上海：中华书局，1912.

［16］（元）揭傒斯．揭傒斯全集．上海：上海古籍出版社，1985.

［17］（元）袁桷．清容居士集．上海：商务印书馆，1936.

［18］（元）程文海．雪楼集．上海：上海古籍出版社，1986.

［19］（元）许有壬．至正集．台北：台湾商务印书馆，1986.

［20］（元）杨维祯．东维子集．上海：上海古籍出版社，1987.

［21］（元）柳贯．待制集．上海：上海古籍出版社，1987.

［22］（元）刘将孙．养吾斋集．上海：上海古籍出版社，1986.

［23］（元）吴澄．吴文正集．上海：上海古籍出版社，1986.

［24］（元）黄溍．文献集．长春：吉林出版集团有限责任公司，2005.

［25］（元）傅若金．傅与砺诗集．上海：上海古籍出版社，1986.

［26］（元）傅若金．傅与砺文集．上海：上海古籍出版社，1986.

［27］（元）朱思本．贞一斋诗文稿．顾廷龙．续修四库全书，上海：上海古籍出版社，1995.

［28］（元）王礼．麟原后集．上海：上海古籍出版社，1986.

［29］（元）欧阳玄．圭斋文集．上海：上海古籍出版社，1986.

［30］（元）陈栎．定宇集．上海：上海古籍出版社，1986.

［31］（元）周伯琦．近光集．上海：上海古籍出版社，1986.

［32］（元）陈孚．陈刚中诗集．上海：上海古籍出版社，1986.

［33］［越］黎崱撰，武尚清点校．安南志略．北京：中华书局，1995.

［34］（元）舒頔．贞素斋集．上海：上海古籍出版社，1986.

［35］（元）陶宗仪．南村辍耕录．北京：中华书局，1959.

［36］（唐）欧阳询．艺文类聚．上海：上海古籍出版社，1965.

［37］（宋）苏轼．苏轼全集．北京：中国书店，1986.

［38］（宋）秦观．淮海集．上海：上海古籍出版社，1994.

［39］（宋）李光．庄简集．上海：上海古籍出版社，1986.

［40］（宋）李纲．梁溪集．上海：上海古籍出版社，1986.

［41］（宋）范成大．桂海虞衡志．南宁：广西民族出版社，2009.

［42］（宋）周去非．岭外代答．上海：上海远东出版社，1996.

［43］（宋）王象之．舆地纪胜．北京：中华书局，1992.

［44］（宋）张君房．云笈七签．北京：华夏出版社，1996.

［45］（明）永乐大典．北京：中华书局，1986.

［46］（元）危素．说学斋稿．文渊阁四库全书．上海：上海古籍出版社，1986.

［47］（明）刘嵩．槎翁诗集．四库存目丛书．济南：齐鲁书社，1997.

［48］（明）刘球．两溪文集．上海：上海古籍出版社，1986.

［49］（明）吴宽．匏翁家藏集．上海：上海古籍出版社，1991.

［50］（明）杨士奇．东里文集．北京：中华书局，1998.

［51］（明）杨士奇．东里诗续集．上海：上海古籍出版社，1986.

[52]（明）汤显祖．玉茗堂集．天启元年（1621）刻本．

[53]（明）解缙．文毅集．上海：上海古籍出版社，1986.

[54]（明）李东阳．怀麓堂集．上海：上海古籍出版社，1986.

[55]（明）叶盛．水东日记．北京：中华书局，1980.

[56]（明）何乔新．椒邱文集．上海：上海古籍出版社，1991.

[57]（明）贝琼．清江文集．长春：吉林文史出版社，2010.

[58]（明）丘浚．丘文庄公集．清康熙四十七年（1708）刻本．

[59]（明）海瑞．海忠介公全集．明天启六年（1626）刻本．

[60]（明）陶安．陶学士集．上海：上海古籍出版社，1986.

[61]（明）王临亨．粤剑编．北京：中华书局，1987.

[62]（清）永瑢等．四库全书总目提要．北京：中华书局，1981.

[63]（清）朱彝尊．曝书亭集．文渊阁四库全书．上海：上海古籍出版社，1986.

[64]（清）田雯．古欢堂集．清康熙三十七年（1772）刻本．

[65]（清）汪森．粤西诗载．粤西文载．台北：台湾商务印书馆，1986.

[66]谭棣华，曹腾騑，冼剑民．广东碑刻集．广州：广东高等教育出版社，2001.

[67]吴廉等．雷州碑刻．广州：岭南美术出版社，2013.

[68]［越］武琼校正，乔富修订．岭南摭怪列传．台北：台湾学生书局，1992.

[69]（明）宋濂等．元史．北京：中华书局，1976.

[70]柯劭闵．新元史．北京：中国书店，1988.

[71]（明）陈邦瞻．元史纪事本末．北京：中华书局，1979.

[72]（汉）班固．白虎通义．上海：上海古籍出版社，1992.

[73]（元）陈大震．元大德南海志残本．广州市地方志编纂委员会办公室编，1986.

[74]（清）屈大均．广东新语．北京：中华书局，1985.

[75]（清）钱大昕．补元史艺文志．广州：广雅书局，1920.

[76]林荣华编校．石刻史料新编·第一辑．台北：台湾新文丰出版公司，1977.

[77]（明）胡应麟．诗薮外编．上海：上海古籍出版社，1979.

[78] 王国维．观堂集林．北京：中华书局，1959.

[79]（清）吴景旭．历代诗话．上海：上海书店出版社，1994.

[80] 钦定续通志．杭州：浙江古籍出版社，2000.

[81]（宋）魏庆之．诗人玉屑．上海：中华书局，1959.

[82]（明）王世贞．艺苑卮言．南京：凤凰出版社，2009.

[83]（清）潘德舆．养一斋诗话．北京：中华书局，1983.

[84]（明）李贤等．大明一统志．西安：三秦出版社，1990.

[85]（清）穆彰阿，潘锡恩等．大清一统志．上海：上海古籍出版社，2008.

[86]（清）顾炎武．肇域志．续修四库全书．上海：上海古籍出版社，1995.

[87]（明万历）雷州府志．北京：书目文献出版社，1990.

[88] 海康续志．雷州：雷阳印书馆，民国二十七年（1938）刻本．

[89]（明）廉州府志．北京：书目文献出版社，1990.

[90]（清）江西通志．上海：上海古籍出版社，1986.

[91]（清）阮元修．（清道光）广东通志．上海：上海古籍出版社，1995.

[92]（明）唐胄．正德琼台志．海口：海南出版社，2006.

[93]（清康熙）临高县志．海口：海南出版社，2004.

[94] 洪寿祥，周伟民．海南地方志六种．海口：海南出版社，2006.

[95]（清）张嶲等编，郭沫若点校．崖州志．广州：广东人民出版社，1962.

[96] 黄仁生．日本现藏稀见元明文集考证与提要．长沙：岳麓书社，2004.

[97]［日］小叶田淳．海南岛史．张迅斋译．台北：学海出版社，1979.

[98]［意］柏朗嘉宾．蒙古行纪．耿升，何高济译．北京：中华书局，1985.

[99]［法］G. 费琅．阿拉伯波斯突厥人东方文献辑注．耿升，穆根来译．北京：中华书局，1989.

[100] 中国科学院民族研究所广东少数民族社会历史调查组，中国科学院广东民族研究所编．黎族古代历史资料．1964.

[101]（清）袁枚．续子不语．上海：上海古籍出版社，1986.

[102] 陈衍辑．元诗纪事．上海：上海古籍出版社，1984.

[103] 钱基博．中国文学史．北京：中华书局，1993.

[104] 袁行霈．中国文学史．北京：高等教育出版社，1999.
[105] 邓绍基．元代文学史．北京：人民文学出版社，1991.
[106] 张健．元代诗法校考．北京：北京大学出版社，2001.
[107] 骆伟．广东文献综录．广州：中山大学出版社，2000.
[108] 黄振强．历代名人与雷州半岛．广州：广东旅游出版社，1992.